〔美〕迈克·奥默(Mike Omer)—————— 著 吴宝康——————译

永远留在
我 KILLER'S 身 MIND 边

中国出版集团 现代出版社

图书在版编目（CIP）数据

永远留在我身边 /（美）迈克·奥默 (Mike Omer)
著；吴宝康译 . -- 北京：现代出版社，2020.8
ISBN 978-7-5143-8684-4

Ⅰ . ①永… Ⅱ . ①迈… ②吴… Ⅲ . ①推理小说—美
国—现代 Ⅳ . ① I712.45

中国版本图书馆 CIP 数据核字 (2020) 第 131248 号

版权登记号：01-2020-4352

永远留在我身边

作　　者：【美】迈克·奥默 (Mike Omer)　著
选题策划：杨　静
责任编辑：杨　静　赵海燕
出版发行：现代出版社
通信地址：北京市安定门外安华里 504 号
邮政编码：100011
电　　话：010-64267325　64245264（传真）
网　　址：www.1980xd.com
电子邮箱：xiandai@vip.sina.com
印　　刷：三河市宏盛印务有限公司

开　　本：880mm×1230mm　1/32
印　　张：14.125　　　　字　数：294 千字
版　　次：2020 年 10 月第 1 版　印　次：2020 年 10 月第 1 次印刷
书　　号：ISBN 978-7-5143-8684-4
定　　价：53.00 元

献给利奥拉，
感谢其在我们周年纪念日假期中
和我富有成效的讨论

第一章

2016 年 7 月 14 日，星期四，弗吉尼亚州戴尔市

佐伊·本特利在黑暗中猛地惊醒坐起，尖叫声卡在喉咙里尚未发出，手指攥紧了床单，全身还在轻微颤抖，心脏怦怦乱跳着。当她意识到自己还在卧室里，便感到如释重负了。只是又一个噩梦罢了。她睡下前就已知道噩梦会来。每当她收到那种用褐色信封封着的信件时，噩梦就会光临。

她恨自己那么容易受人摆布，那么软弱无能。

她从床头柜上拿起手机，看了看时间。屏幕上的亮光让她眨了眨眼，视野里金星乱舞。四点二十一分。该死。与其设法再睡一会儿，倒不如开始一天要做的事，可时间还太早了点呢。那将是靠七杯咖啡提神的一天了。不行，她还要设法维持通常五杯咖啡的量。

她起身解开了围裹的毯子。夜间她把毯子在腰间裹了好几层。她开了灯，眨眨眼睛。透过窗户，她看看对面的房子，依然笼罩在黎明前的黑暗之中。所有的窗户都暗着，她可是这条街上第一个醒来的人，并非所愿的"成就"。她看看乱糟糟的床，散乱在地上的衣服，乱堆在床头柜上的几本书。她心里一团糟，而眼前也是一团糟。

佐伊，开门吧！你不可能永远待在那里，佐伊。然后就是那一阵"咯咯"的笑声，一个男人的声音，充满着渴望。

她打了个寒战，摇了摇头。该死，她已经三十三岁了，不再是个小女孩了。究竟什么时候她才能摆脱那些回忆？

很可能永远摆脱不了了。过去的经历已深深地根植于她的内心。所有的人中，偏偏她就该明白这一点。她的研究对象中有多少人不就因为他们过去的经历而永久地伤疤难愈，永远地改变了吗？

她拖着沉重的步伐走进浴室，一股脑地把衬衣、内裤什么的都扔在地上。淋浴喷头喷出水来，让她脑子清醒了，帮她甩掉了最后一丝睡意。洗发精瓶子空了。她往里灌了点水，想兑出点残留的洗发精，可什么都没剩下。她昨天已经用过这一招了，三天前也是如此。再要用洗发精的话，她得去购买了。她听任流水多抚摩皮肤一会儿。她头脑清醒了，于是便走出了淋浴间，心里一直在想着：购物单上要加上洗发精，购物单上要加上洗发精。她从扔在地上的衣服里翻找了一下，没她想穿的衣服。打开衣柜，她看上了一件领尖有纽扣的蓝色衬衣和一条黑色裤子，便穿上了。购物单上要加上洗发精。她有点不耐烦地梳了梳红棕色的头发，把头发纠缠得最乱的部分梳理几下就行了。购物单上要加上洗发精。

她有点费劲地走进厨房，打开电灯。她的目光立刻集中在厨房里最重要的东西上：咖啡机。她走过去，拿起咖啡机旁那罐哥伦比亚咖啡粉。她从来不缺咖啡，即使在 2011 年精神崩溃时也是如此。咖啡机里放了两个过滤器，增强味道。她需要强烈的咖啡因刺激帮她维持一个上午。她把堆得像小山似的咖啡倒进了两个过滤器中，然后又加了点。她往上面倒了水，打开了咖啡机，眼看着咖啡涓涓细流似的流入壶里，这景象可真是赏心悦目啊。

在等待生命之水般的咖啡煮沸时，她走向冰箱门上贴着的购物单，盯着看了一会儿。她还需加上点什么。最后，她写上了"卫生纸"。这就对了。她总是发现卫生纸用完了。她又回到咖啡机前，把咖啡倒入她喜爱的白色杯子里去，尽管杯口稍有点缺口了，而在架子上还放着一排尚未用过的杯子呢。这些杯子之所以备受冷遇是因为它们要么太小了，要么太大了，要么杯口太厚了，要么杯子把手不太舒服。简直像个蹩脚咖啡杯陈列馆。

她啜饮了一小口，随之吸气闻闻咖啡味。她就站在咖啡机旁，只是喝着咖啡，品味着，那美妙的感觉渗透了全身，直到咖啡杯空了。

才第一杯。还可喝六杯呢。

那只褐色信封就放在厨房的木桌上，信封口露出一缕灰色布条。昨夜她随手扔在桌上的，仿佛是证明她毫不在意，这封信也根本不算什么。

眼下，在黎明时分的黑暗中，这么做似乎是件愚蠢的事。她拿起信封，走向居家办公室，那里有她的书桌。她鼓起勇气，拉开了书桌底层的抽屉。那个抽屉她几乎是永远关着不开的。

抽屉里有一小堆相同的信封。她把手里的那只信封往信封堆上一扔，压了压，"砰"的一声关上了抽屉，感觉好多了。她回到厨房，步子也轻快了一点。

随着噩梦而来的恐惧感逐渐缓解，她感到肚子饿了。这就是起床早的一个好处：她有足够的时间给自己做顿早餐。她往平底煎锅里敲了两个鸡蛋，"滋滋"地煎着，又往烤面包机里放了一片面包。她觉得该再往盘子里放上一大块奶油干酪。她微笑着轻轻地把鸡蛋铲出煎锅，放进盘子里。两个蛋黄都没破。佐伊·本特利赢了一次。她把烤面包切割成一个个小三角块，然后小心地拿起一块蘸蘸圆圆的黄色蛋黄，再放进嘴里吃。

优雅精致。简简单单的一个鸡蛋居然味道这么好？伴着这顿早餐的只是一杯咖啡而已。她给自己又倒了一杯咖啡。

第二杯了。

她再次瞥了一眼手机。五点半了。上班还太早呢。可一想到待在这个房间里，那个信封潜伏在抽屉里，她就感到不舒服。

如果我需要破门而入，你将后悔莫及，佐伊。

见鬼去吧。她可以去做些文案工作。曼卡索主管会高兴的。

她下了楼，钻进她那辆鲜红色的福特嘉年华车。她启动引擎，放进泰勒·斯威夫特的专辑《红》，快进到《回忆太清晰》。泰勒的歌声和吉他声一下子充满了车内小小的空间，安抚着佐伊快要崩溃的神经。她只能指望泰勒的歌声带给她安慰。

戴尔市的街道上空旷无人。天色依然幽暗，一层深蓝的色彩预示着即将日出。行驶在戴尔大道上，佐伊很喜欢这种宁静的气氛。也许她就该每天凌晨四点起床。这样她就拥有了世界。就算是她和那个浑蛋卡车司机的吧，那个家伙一下子插在她的车子前面，迫使她减速。现在泰勒的歌声夹杂着她一连串的咒骂声抛出车窗，同时她怒气冲冲地拼命按着喇叭。卡车司机加速开走了。

随着泰勒的歌曲转到《22》，她驶上了95号州际公路，一路向南。佐伊踩着油门，享受着加速的乐趣。她调大音量，跟着唱起来，脑袋随着歌曲那快乐的节奏而晃动着。毕竟，生活还是美好的。等她要开始工作时，她就会喝第三杯咖啡，她拿定主意了。这三杯咖啡应该能支撑着她直到午餐时间。她在福勒路下了州际公路，路标会引导她去匡提科镇。

她在几乎空空荡荡的停车场里停好了车子，四周稀稀拉拉地只停着几辆车子。她走了几步路，到入口处挥挥身份证件，爬了两层楼梯，就到了她的办公室。这层楼面上静谧得有点令人不安。即使在中午，联邦调查局的行为分析部门也不是嘈杂之地，她通常能听到特工人员在走廊里的说话声，或者偶尔一阵匆忙的脚步声经过她办公室的门口。今天一切都安静了，只听到空调机的"嗡嗡"声。她坐在电脑前，构思、准备一周的报告，她知道曼卡索一来就会催着要的。佐伊被要求每星期一必须递交一周报告，总结她上一周的工作情况。她典型的做法是拖到星期五才交，那时曼卡索总会威胁说要把她送回波士顿去。但今天会有所不同。仅此一次，她会在星期四就准备好，也即星期一之后的第三天。

这样一来就可以使自己摆脱这种官僚噩梦直至下个星期。佐伊笑了笑，开始打字输入报告。

办公桌上的电话铃声猛然惊醒了她。她有点困惑地盯着显示屏，上面孤零零地显示着"2016 年 7 月 4—8 日周报"几个大字，没有报告的内容。她一定是在思考如何开头时睡着了。屏幕右下方的时间显示为上午 9：12。这就是早起所能获得的一切了。她边接听电话，边转动着头，试图缓解颈部的疼痛："行为分析部，我是本特利。"

"佐伊，"曼卡索的声音传来了，"早安。请你来一趟我办公室，有东西让你看看。"

"好，马上就来。"

部门主管的办公室就在沿走廊下去的第四个门，门上的铜牌上写着"部门主管克莉丝汀·曼卡索"。佐伊敲了敲门，曼卡索立刻就让她进去了。

佐伊坐在办公桌对面的访客椅子上。曼卡索坐在桌子对面，她的椅子转向一边，正聚精会神地看着后面靠墙放置的鱼缸。她是个令人印象深刻的女士，皮肤呈黄褐色，光滑细腻，几乎岁月无痕，她那一头黑发向后梳着，间杂着几缕银白色的发丝。她的脸庞转向侧面，嘴唇上的那颗美人痣直接对着佐伊。

佐伊看了看让主管入迷的东西。鱼缸内部的布置时常改变，符合曼卡索的各种兴致。此刻鱼缸内部设计成苍翠茂密的森林，一簇簇水生植物映衬得鱼缸水呈绿色和蓝绿色。一群群黄色、橘黄色或紫色的鱼懒散地忽左忽右地游动着。

"这事和鱼有关？"佐伊问道。

"贝琳达今天闷闷不乐，"曼卡索喃喃低语，"她有点难过，蒂莫西和丽贝卡还有贾斯敏一起在游水。"

"哦……或许蒂莫西就想有点时间放松一下吧。"佐伊猜测着。

"蒂莫西是个浑蛋。"

"没错……嗯，您找我？"

曼卡索转动椅子，面对着佐伊："你知道那个分析员莱昂内尔·古德温吗？"

"就是那个总是抱怨别人偷吃他东西的家伙。"

"他是公路连环谋杀重案组成员。"

佐伊过了一会儿才想起来是怎么回事。在过去十年里，州际公路旁陆续发现了许多女性的尸体，其死亡模式令人恐惧。联邦调查局的一些分析员已经发现了这些谋杀案的某些共同之处。受害者大多是妓女或者吸毒女，嫌疑犯主要是那些长途卡车司机。为了将这些特定模式与嫌疑犯做比对，联邦调查局组建了公路连环谋杀重案组。重案组会通过暴力犯罪缉捕数据库，即联邦调查局的暴力犯罪数据库，检索类似模式的犯罪，然后比对嫌疑犯的特定路线和时间表。

"噢。"佐伊点点头。

"他觉得他已经发现了一个模式，他已对一大群可能的嫌疑犯做了比对。"

"了不起。"佐伊说,"那么您需要我——"

"这群人共包括两百一十七个长途卡车司机。"

"啊!"

曼卡索打开一个抽屉,拿出一个厚厚的档案文件夹,"啪"的一声扔在办公桌上。

"这些都是嫌疑犯?"佐伊问道。

"哦,不,"曼卡索说,"这些只是来自各有关警察部门的犯罪档案。"她又拿出两个档案文件夹,放在第一个档案文件夹上面,"这些才是嫌疑犯的档案资料。"

"您想让我缩小范围?"佐伊问。

"是的,请干吧。"曼卡索微笑着说,"如果你能在下星期结束前给我找出十个嫌疑犯,那就太好了。"

佐伊点点头,身上一股兴奋劲儿升腾而起。自从她进入行为分析部以来,这是第一次被要求做实时罪犯行为特征分析。可要把两百一十七个嫌疑犯缩减到十个也绝非易事。她能在一个多星期内办到吗?

她能行。这就是她最擅长的事。

"哦,你的周报……准备好了吗?"曼卡索问道,声调变得刺耳了,"你早该上交了,在——"

"已经差不多了,"佐伊回答说,"我只需再加上最后几点就行了。"

"午餐前送来吧!"

佐伊点点头,站了起来。她拿起三个档案文件夹,离开了曼卡索的办公室。回自己办公室的路上，她已经用手指翻开了最上面的档案文件夹。第一页是一个犯罪报告，描述了一个十九岁女孩的尸体状况。该女孩的尸体是在密苏里州 70 号州际公路旁的一条沟里发现的。她浑身赤裸，身上多处瘀伤，颈项有几个咬痕。佐伊正要翻第二页时撞到了一个男子，她手里的档案文件夹猛撞在他的腹部，他惊叫了一声"喔"。

他个子很高，肩膀宽阔，一头长发浓密乌黑，眼睛呈褐色，深陷在浓密的黑色眉毛之中。他看上去就像一个获得足球奖学金的自命不凡的大学男生，只是老了一点。他用手掌捂住腹部，微微一笑。佐伊立刻对他火冒三丈，仿佛是他的错，才让她撞上去的。

"对不起。"她说了一句，弯腰拾起掉在地上的档案文件夹。

"别急。"他说着就蹲下来帮她捡。

可还没等他的手碰到档案文件夹，她已一把捡起地上最后一个："我拿好了，谢谢。"

"我看到了，"他说道，接着站起身来，咧开嘴笑着，"我觉得我们还没见过。我是泰腾·格雷。"

"好。"佐伊心不在焉地说着，把手上的档案文件夹按序放好。

"你有姓名吗？或者是不是我需要更高级别的安全许可才能知道？"泰腾问道。

"我叫佐伊，"她回答说，"佐伊·本特利。"

第二章

泰腾朝佐伊匆忙一瞥。起先，他只是注意到了她瘦削的鼻子，还有他问她姓名时她有点生气地皱皱鼻子的样子。可当她抬起头来直视他时，他几乎后退了一步。她的两眼绿得发亮，炯炯有神。他觉得她的目光似乎能穿透他的脑袋，随手拈起他的思绪察看，就好像是在书店里浏览书籍一样。她的鼻子和眼睛几乎给人以猛禽般的印象，幸好她那张惹人喜爱的精致嘴巴阻断了这种感觉。她的秀发修剪得恰好在肩膀之上，几缕发丝飘到脸庞上，那是他俩相碰所致。她扬起头来，这种随意的姿势极其妩媚。她拂开飘到眼睛前的发丝，朝他微微一笑。

"哦，见到你真高兴，泰腾。"她说了句，转身就要离开。

"等等，"他说，"请问哪里是主管……"——他过了一会儿才想起姓名——"曼卡索的办公室？"他问道。

她瞥向走廊。"再过去三个门就是。"她说。

"你也是行为分析部成员？"他问道。

"我是顾问。"她说。而他几乎能听出她防御的口吻。她眼睛收缩了一下，似乎在等待一句挖苦的话。

"噢，这就对了。"他想起有人谈起过她，"你就是从波士顿来的那位心理学家吧！"

"我就是，"她说，"那么你就是从洛杉矶来的那个特工吧。"

"对啊，"他说道，颇感意外，"你知道我？"

"昨天有封电子邮件，"佐伊说，"欢迎洛杉矶分局的泰腾·格雷特工派来我部门，等等，等等。"

"噢，没错。"泰腾又说了一句，微笑着。这位女士让他感到明显的不自在。"哦……后会有期，佐伊。"

她大步走了，抱着一堆看似沉重的档案文件夹。泰腾凝视着她的背影，一时有点出神了。随后，他意识到自己站在走廊里，随着她的离去，正盯着她的臀部看呢。他随即转身走到曼卡索主管办公室门前，敲了敲门。

"噢。"

他推开了门。克莉丝汀·曼卡索，新部门的主管，坐在办公桌后，房间里有个巨大的鱼缸。他已经打听过曼卡索的情况了。她在波士顿分局的记录还挺不错的，在处理那件公开的绑架案中，她指挥了一个特别行动小组。之后，她被提升到行为分析部任主管。这招致了不少怨恨。上级部门的主管助理原先曾想在行为分析部内部提拔某个人的，结果显然是接到命令要任命曼卡索为主管。而她则立刻更改了原先的规定和人员配置。更为糟糕的是，她居然聘请了一个平民来担任顾问。

"请问是曼卡索主管吗？"他说，"我是泰腾·格雷。"

"请进。"她说着，指了指面对她的那把椅子。泰腾关上门，坐了下来。他感觉到自己的目光一再被吸引到主管嘴唇旁的那颗美人痣上。

"你是……"说着，她打开了办公桌上的一个档案文件夹，"格雷特工，来自洛杉矶分局。"

"正是我。"他笑着说。

"在成功破解了持续整整一年的一个恋童癖团伙案件后，近期得到了晋升。"她强调"成功"这个字眼时，让人听上去觉得并不那么成功，反倒像不成功似的，这让泰腾很生气。

"那只是我的职责而已。"

"是吗？你的主管并没有这样认为。我看到还有一个内务调查有待解决呢……"她"啪"地翻了一页，好像要读下去了，虽然泰腾猜想她已熟知内容。他感到一股怒火上升。

她放下档案文件夹："我们有话直说吧！你得到晋升只是因为这个案子知名度高而已。"

"老调重弹。"

她有点焦虑不安了。

真不会说话，泰腾，不到五分钟就让你的上司讨厌你了。

"但其实那不是真正的晋升，"曼卡索继续说道，她的语气冷冰冰的，"他们只是想让你离开那里，去某个你不会坏事的地方。坐在行为分析部的办公桌后面，看看案发现场的照片倒是不错啊！"

泰腾不说话了。曼卡索说得对，这正是他们"晋升"他时关上门对他说的。

"所以你就被派到我这里了，"她继续说道，"因为我是新上任的部门主管，给我捣个乱什么的很有趣。"

他耸了耸肩。他从不关心高层的管理政治那套东西，也不在乎曼卡索的职位高低。

"我不打算让你就坐在办公桌后，只是看看案发现场的照片，"曼卡索说道，"那是浪费人才。"

泰腾没说话，不知道会发生什么。

曼卡索推给他另一个档案文件夹。他向前俯身，拿了起来，打开了。最上面的照片是一个姑娘站在一条溪流上方的木桥上，凝视着水流，目光空洞，她的皮肤看上去很奇怪，苍白暗淡。

"这是莫尼克·席尔瓦，芝加哥的一个妓女，"曼卡索说道，"一个星期前她被发现死在洪堡特公园。如你所见，她被摆放的姿势就像在凝视着桥下的水流一样。"

"死了？"泰腾皱起眉头看着照片，这姑娘看上去栩栩如生，"怎么——"

"她被做了尸体防腐处理，"曼卡索说道，"法医说在她的尸体被发现以前，她已经死去五到七天了。据她的皮条客说，她是在两星期前失踪的。她是第二个以这种方式出现的受害者。由于这些姑娘的尸体被抛弃在公共场所，还有她们的尸体被摆放的特殊姿势，这已经成为一个非常公众化的案件了。芝加哥警察部门承受重压，要找出凶手。压力太大了，所以找我们帮忙。"

"我们的芝加哥分局怎么说？"

"该分局的特工们正忙得不可开交。不久就要开始对拉丁国王帮派成员大搜捕了。"

泰腾点点头。拉丁国王帮派是个庞大的街头帮派，在全国各地都有其行动基地。该帮派的头目就在芝加哥。

"尽管芝加哥分局有意就此案帮忙，但还是决定他们的人力资源最好还是分配在其他地方。"

泰腾那个胡言乱语解码器般的脑袋把这句话破译成"上层的某人决定让他们别多管闲事。他们正气得在骂街呢"。

他叹了口气，眼看着她："需要我干什么？"

"我要你明天就去那里，找警局的探长谈谈，确切了解调查进行到哪一步了，回来向我报告。然后我们会决定如何推进调查。"

"我还要向芝加哥分局报告吗？或者……"

"这最好还是让我来处理吧。"

"好吧。"泰腾说。他很乐意把那种踮着脚尖跳政治舞的麻烦事交给更能干的人。这桩差事意味着要在芝加哥牺牲一个周末，但他无所谓，他还从未去过芝加哥呢。

"格雷特工，联邦调查局在那里，可以咨询。我可不想听到你接管了这个案件，或者以任何其他方式行事，让人以为好像是你在负责这个案子似的。我们正在努力工作，获得警方的信任，以便在将来的案子中让他们还找我们帮忙。明白吗？"

他点了点头："明白，主管。"

"还有其他事吗？"

"没了，"他说着站了起来，"这些鱼真不错。"

"是啊，想要一条吗？"

他看了看她，有点困惑了："您要送我一条鱼？"

"我可以为你的新家送条鱼，"曼卡索说着，瞥了一眼她的鱼缸，"但我得警告你——这条鱼是个浑蛋。"

第三章

佐伊机械地打开公寓房门。她的思绪远在天边，正筛选着案发现场的资料呢。她花费了一整天的时间，反复阅读了曼卡索交给她的八个谋杀案资料，两个档案文件夹里的嫌疑犯资料还未碰呢。她知道她该快一点，更勤奋一点工作。但有某些情况阻碍了她，使她难以进行下去。一些细节不吻合，为此她反复地研究证据，试图追踪下去，找出问题所在。

回家的路上，案情一直萦绕在她的脑袋里，害得她差点错过 95 号州际公路的出口匝道。它就在她脑袋里一直嗡嗡作响，所以她明白今晚难以入睡了。

她走进房间，厨房里传来的某种声响立刻让她紧张起来。

"佐伊，是你吗？"一个声音在问。

她一下子松弛了，在门口扔下了手提包。"嘿，安德丽雅。"她叫了一声。

妹妹从厨房门口伸出满脸笑容的脑袋。"嘿，"她说道，"饿了吗？"

"饿昏了。"

"我做了意大利面，希望你会感到像个意大利人那样。"安德丽雅说着，把脑袋缩回了厨房。

佐伊想说几句俏皮话，有关她想要的那种意大利东西。她构想了一句俏皮话：没问题，假如那是一个身材性感的意大利男人的话。但这句话根本就不俏皮，甚至在她自己心里也没感受到俏皮味。正如佐伊的大多数玩笑一样，这句话还在她脑袋里时就已经夭折了。风趣机智是其他人具有的东西，要是佐伊也碰巧有的话，那通常是晚了三个小时的事了。"好呀，意大利面，听上去很不错啊。"她最后这么说了一句。

"棒极了。"安德丽雅快活地回了一句。

佐伊走进厨房，然后停下了："我的天呀，真是太美妙了。"

安德丽雅已经把两个盘子放在遮盖住丑陋方桌的格子桌布上。每个盘子上放了一层绿油油的罗勒叶，叶子上面再放了一份略带黄色的意大利细白面条。在令人垂涎的意大利面上是一小片鲑鱼，浅棕色的外皮上点缀着大蒜粒。

"我可不配享受这么美妙的大餐。"佐伊弱弱地说。

"当然可以。来——吃吧！我还带来了几瓶啤酒呢。"

佐伊坐了下来，咬了一口鲑鱼片。外皮又薄又脆，鱼片几乎融化在她的嘴里。她闭上眼睛，深深地吸了口气。这一整天来第一次让她感到了放松，她尽情地享受着品尝美食的乐趣。

安德丽雅在她面前放了一瓶啤酒，杯子里的啤酒泡沫翻腾着溢了出来，液体表面浮着一小片柠檬。

"真像在餐馆吃饭啊。"佐伊说。

"我想你是在说恭维话吧！"安德丽雅对她笑笑，用叉子绕了点意大利面条，"嗯……工作得怎么样啊？"

那八个死去的姑娘的形象又涌入了佐伊的脑袋。

"很糟？"安德丽雅问道，看着佐伊脸上的变化。

"不，不，"佐伊马上回答，"实际上非常好，非常有趣。只是……太紧张了。"

她设法挑起三股面条，用叉子缠绕住，上面再叉上一张罗勒叶，又切了一点鲑鱼片，然后把精心制作的一口美食放入嘴里。味道美极了。"我正在看一些谋杀案。八个姑娘被分别抛尸在几条州际公路旁的沟里，我们认为这些案子可能有关联。她们身上都留下了咬痕，这八个姑娘都遭到了强奸，有两个缺少了几颗牙齿。但诡异的事情是——"她停顿了一下。

安德丽雅喝了口啤酒，她的叉子掉在盘子里，看上去面色苍白。

"你没事吧？"佐伊问道。

"噢……我问你'工作得怎么样啊'，是想听听你老板是如何暴躁，或者打印机出故障之类的事。没想到听到的是……"

"抱歉啊，"佐伊说，"我就是——就是一整天都在查阅这些案件，我没想……"她自骂了几句。她一直很谨慎地避免和安德丽雅谈自己的工作情况；她可不想让她妹妹知道这种事。再也不会了。

"我只是不理解你怎么能够每天看这些事的，"安德丽雅说，眼睛直直地看着桌子，"尤其是想到梅纳德城里发生过的事。"

佐伊没说话。原本她可以很轻松地告诉妹妹，那是她的心理应对机制的缘故，再说几句诸如"这是我如何在确保梅纳德城里的事不再发生"，或者其他戏剧性的事情。但这么说是撒谎。她喜爱她的工作，她擅长这类事。她很清楚她过去遭遇的事造就了她的现在，但她相信自己已经超越了那些事。

最好是绝口不提她工作方面的事，保护妹妹免受她那部分生活的影响，正如她一直做的那样，正如她在很久以前的那个夜晚做的那样。

"别担心，蕾蕾，他伤害不了我们。"

"没关系。"安德丽雅摇了摇头，"我是说这是你的工作。"

佐伊点了点头："对啊，抱歉提起那事了，蕾蕾。"

一阵沉默。

"你好多年没这么称呼我了。"安德丽雅说着，抬起眼来。

佐伊有点不好意思地对她咧嘴笑了笑："我想大概是你做的这顿晚餐让我有点伤感了。"

安德丽雅"扑哧"一笑，推开了自己的盘子："不管怎么说，剩下的我待会儿再吃吧。你还没回到家时我就已经塞饱鲑鱼了。"

"好吧，"佐伊说，又咬了一口鲑鱼片，"你是用柠檬来调味的吗？"

"稍微放了点。"安德丽雅说着，站了起来。

"我能品出来，"佐伊高兴地说，"确实增加了不少味道。我想——"

拼图游戏的拼图板块突然发出了"咔哒"的声响。

所有的死尸都是赤身裸体，她们的衣服散扔在附近。但是，在其中的三个谋杀案里，她们的内衣裤和鞋子不见了。犯罪报告里没提到这一点，报告只是列出了已发现的证据，根本没提到下落不明的物件。失踪的内衣裤和鞋子可能成了凶手的战利品。但在另外五个案件里，不存在凶手获取战利品的事。两种不同的犯罪特征，说明可能是两个凶手所为，并非同一个家伙。

"一切都好吗？"她听到妹妹在说，"你正盯着盘子发呆呢。"

"我刚才弄明白了一件事。"佐伊说。

"啊？是什么事？"

她迟疑了一下，然后摇了摇头。"没什么，"她说，"只是工作上的事。"

第四章

2016 年 7 月 15 日，星期五，弗吉尼亚州戴尔市

一声沉闷的声响惊醒了泰腾。他睁眼一看，映入视线的是一双大大的、凶恶的绿眼睛，正瞪着他，离他脸庞仅几英寸而已。他"唰"地伸手去拔格洛克手枪，可他只穿着内衣，手枪不在身边。此时本能占了上风，他猛地后退，脱离了袭击者，一骨碌滚到地上，想抓起任何可以防卫的东西。可当他从地上一跃而起时，袭击者却不见了，他的心怦怦地乱跳。他打开了电灯，眨了眨眼睛。

他那只丑陋的橘黄色公猫鄙视地瞪着他。

"该死的弗雷克尔！"泰腾朝它吼了一声，"我告诉你别爬到床上来的。"

弗雷克尔眨了眨眼，伸了个懒腰，显然感到无聊。泰腾寻找水枪，弗雷克尔最怕这玩意儿了，可到处不见踪影。非常可能的是，这只猫趁泰腾不在跟前时毁坏了那东西，就像它毁掉了前三个一样。

又是一声沉闷的声响，有人在敲门，就是那声音惊醒了他，不是他这只反社会的病猫。他穿上短裤和 T 恤衫，从床头柜里拽出了那把

格洛克手枪，走向前门。他已经适应了在戴尔市的新公寓，但他刚从睡梦中醒来，还昏昏沉沉的，所以在黑暗中，不免感到门厅不熟悉了。他很怀念以前在洛杉矶的公寓，即使眼下的公寓房间更大，周围街坊、环境更好。

"谁？"他问了声。

"警察。"一个尖锐的声音，口吻正式地宣告了一声。

泰腾平靠在墙上，打开了门锁，然后稍稍开了门，向外张望。一个身穿制服的警察站在门外，旁边是个一脸迷糊样的老人。泰腾叹了口气，把格洛克手枪放在身旁的一张小桌子上，开了门。

"晚上好，先生，"警察说道，"你认识此人吗？"他瞄了一眼身旁那个迷迷糊糊的灰白头发的老人。

"是的。"泰腾叹了口气，"他是我的祖父，名叫马文。"

"我们发现他在洛根公园附近逛来逛去。"警察说。

"莫莉在哪里？"马文声音虚弱地问。

"他一直在问她的下落。"警察说。

"莫莉是我的祖母，已经去世了，"泰腾说，"我们才搬到此地……我想他一下子还难以适应吧！"

"我深感遗憾，"警察说，"他和一些年轻人在一起，可一看到我们那些人就逃走了。我觉得他们正想抢劫他呢。"

"明白了。"泰腾说道，"谢谢你，警官。"

警察瞥了一眼放在小桌子上的格洛克手枪。

泰腾清了清喉咙。"我是联邦调查局特工,"他说,"我的证章在卧室里,如果你要——"

"好了。"警察点了点头。"你应该确保让他待在屋里,先生,"他说道,"他不该夜里两点了还在外面逛来逛去的。很危险。"

"说得对,警官,谢谢!听到啦,爷爷?"

"我的莫莉睡着了吗?"马文问,他的声音颤抖着。

"晚安,先生。"警察说着离开了。泰腾关上了门。

泰腾和祖父静静地对视着,警察的脚步声渐渐远了。

"真该死,马文。"泰腾一知道警察走远了,火气立马爆发了,"究竟怎么啦?"

"哼,你要让我干什么?"马文问道,挺直了身板,脸上的迷糊样子不见了,"我可没那些年轻人跑得快,你还不如让我打电话说我曾经买毒品被逮捕过呢!"

"我宁愿你根本没去买毒品,"泰腾说,"你究竟还要买毒品干吗?你已经八十七岁了。"

"不是为我自己买的,为詹娜买的。"马文说着,大步走进了房间。

"詹娜是谁?"

"我认识的一个女人,泰腾。"

"你是在哪里遇见这个女人的?"

"宾果之夜。"①

泰腾闭上了眼睛，深深地吸了口气："詹娜多大年龄了？"

"她八十二岁，"马文在厨房里叫道，"但她精力旺盛。"

"这我敢肯定。"泰腾咕哝了一句，跟在他祖父后面走进了厨房，"唔，如果詹娜八十二岁了，她也不应该再去碰可卡因了。"

"泰腾，我们都这把年纪了，可以做任何想做的事了。"马文说道，"我要泡一杯茶。你要来一杯吗？"

"我只想回房去睡觉。"

"不管怎么说，再过几小时你要上飞机了。"马文说。

"是啊，听着——关于那事，我不在的时候别被警察逮捕。我需要你照顾弗雷克尔。"

"不。"

"就几天而已。"

"为啥不把那只猫送到宠物照看店去？或者，我不知道，是不是该扔在公路上得了？"

"我该把你送到养老院去。"泰腾抱怨说，接过马文递给他的杯子，呷了一口，"听着，只要确保它有足够的食粮，确保它不会毁了房间就行。我们才搬来，要确保别让它吃掉鱼。"

"什么鱼？"

---

① 译注：宾果之夜（Bingo night）：宾果是一种填写格子的游戏，以游戏中第一个成功者喊"宾果"表示取胜而得名。——译注

"起居室里那只大碗里的鱼。我需要你去给鱼买个鱼缸，我会给你一些钱的。"

"我们有了条鱼？"

"是啊。它的名字叫蒂莫西，很显然它是个浑蛋，你们俩相处太好了。别让弗雷克尔靠近它。"

"那畜生恨我。"

"它恨任何人，"泰腾说，"但是，如果你不再向它扔鞋子的话——"

"要是它不再向我猛扑的话，也许我就不会向它扔鞋子了。"

弗雷克尔悄悄地溜进了厨房，看了看马文，发出威胁的"咝咝"声。

"打住，"泰腾对猫说，"我不在的时候，你们俩都要规矩点。"

猫和老人都看着泰腾。他们都睁大了眼睛，一脸无辜的样子。

泰腾叹了口气。"别忘了喂那条该死的鱼。"他说。

当泰腾看到洛杉矶警察部门的塞缪尔·马丁内斯警督时，他倒是很喜欢那男子的胡须式样。他和后者握了握手，心里在想，他自己脸上也留胡须的话会是什么样子。那人的胡须浓密，梳理得很整洁，有点汤姆·塞立克式的派头①，这倒也给马丁内斯增添了些许威严气概。他那副边缘厚实的眼镜更是衬托出了他的双眼，增强了他的严肃性。泰腾怀疑，假如他也试试同样的脸部装饰，看上去会像个常常和学生睡觉的下

① 汤姆·塞立克（Thomas William Selleck），1945 年 1 月 29 日出生于密歇根州底特律，美国电影演员和制片人。在热播剧《警察世家》中饰演一家之主、纽约警察局局长弗兰克。——译注

流的文学教师。这种类型的胡须式样只能与其他人相匹配。直到如今，泰腾还没有发现有哪种胡须式样能和他的脸型相配呢。

"格雷特工，我很高兴你能来此地。"警督说。他俩站在芝加哥警察总部的门口，该总部还包括中央调查部门。这里人来人往，既有警察，也有平民，空气中混合着几拨人在谈话的微弱嗡嗡声。马丁内斯的嗓音轻易地盖过了喧闹声，他说话简洁谨慎："请随我来吧！"

他们乘电梯上升了两层楼，然后沿着走廊进了一个好像是会议室的房间。房间中央有一张白色大圆桌，六七个人围坐在那里。墙上悬挂着几块白板，上面钉着各种图表，还画了几张时间表。泰腾左边的墙上用胶带粘贴着一张芝加哥的大型地图，有两处用红色的三福记号笔画了个圆圈作记号。

"这是几桩殡葬人员绞杀案的警情室，"马丁内斯解释说，"请进。"

"殡葬人员绞杀案？"泰腾抬了一下眉眼。

"这是报刊上这么称凶手的，"马丁内斯说道，"一个报纸记者几天前想到这个绰号，就这么用了。"

"我无法想象这是为什么。"泰腾咕哝着。

马丁内斯把泰腾介绍给了房间里的人。其中五人是探员。第六个人，年纪更大点，头发卷曲，满脸雀斑。他被称作是鲁本·伯恩斯坦博士。

"伯恩斯坦三天前才加入特别行动小组，就在我们发现第二具尸体之后不久，"马丁内斯说道，"他是个经验丰富的罪犯行为特征分析员①，已经给了我们极大的帮助。"

"很高兴听到这个消息。"泰腾点了点头，和伯恩斯坦握了握手。那位老人的手握上去软弱无力，让泰腾感觉好像是手里抓了一条死鱼似的。"我觉得已经有些进展了吧？我的主管给我介绍情况时，她把这里的案情形容得极其可怕。"

"唔，开始时确实毫无头绪。"马丁内斯说着，他的表情严肃，"居民都吓坏了，这些死尸都出现在公共场所，被那些带着孩子出去玩的家长发现的。但是，伯恩斯坦博士大大缩小了嫌疑犯的范围，所以我们最终有了一点进展。"

"好，"泰腾说，"我很高兴听到你已经朝着正确的方向前进了。你愿意给我再提供点情况吗？"

"你阅读过这些案情档案了吗？"马丁内斯问道。

"是的，"泰腾说，"我只是来这里了解情况的。但是如果能有这些情况的简短小结和最新的评估，我会很高兴。"

"绝对没问题。请坐。"马丁内斯说。

泰腾瞥了一眼大圆桌，五个探员都坐在一边，伯恩斯坦博士坐在另一边，两旁还有几张空椅子。他就在老分析员旁边坐下了。

"这是苏珊·沃纳。"马丁内斯说着，指指白板上的一张照片。照片

---

① 罪犯行为特征分析员（profiler）的职责是分析罪犯行为特征，网上一般译为"侧写师"。译者认为虽然简洁，但词不达意，也不符合中文的表达习惯，会令许多读者不明其意，并且不够正式。所以，还是译为"罪犯行为特征分析员"为好，既能说明其工作性质，也比较正式。有时也简称"分析员"。——译注

上是一个躺在草地上的女子，她整个身体僵硬，嘴巴大张着，身穿黑色晚礼服，一只衣袖撕坏了，晚礼服下部卷曲直至大腿，腿裸露着。她的尸体看起来几乎处于完好状态，皮肤红润，只是她的左脚又黑又青，稍有肿胀。

"受害者年龄二十二岁。她的尸体是今年4月12日在福斯特沙滩发现的。尸体已做了防腐处理，只有左脚除外，左脚已经呈高度变质腐败状态。沃纳是个学艺术的学生，独自住在皮尔森地区。她的一个朋友报案说她失踪了，四天之后就发现了她的尸体。死亡时间难以估计，因为她的尸体已经做过防腐处理了。但根据左脚的状态，法医估计她已死亡至少五天了。死亡原因是绞杀。我们在她住所的淋浴间里发现了尸体防腐剂痕迹和血迹。有迹象表明，尸体遭到了奸污。"

泰腾听得很仔细。他已经把这一切案情阅读过两遍了，但是他想知道哪里是警督的关注重点。

"第二个受害者，"马丁内斯指着另一张照片，"莫尼克·席尔瓦。"

泰腾看着这张他第一次在曼卡索主管办公室里看到过的照片。莫尼克·席尔瓦的尸体站立在一条溪流上方的木桥上，倚靠在桥栏杆边，仿佛凝视着下面的流水一般。她的眼睛睁着，嘴巴闭着，身着裙子，长筒袜子，以及一件长袖T恤衫，皮肤完全灰白。

"席尔瓦年龄二十一岁，是在洛根广场卖身的妓女。她是在一星期前被发现的，7月7日。有个报案说她失踪的男子自称是她的表哥，其实是她的皮条客。报案之后才一天就发现了她的尸体，但他说在此之前她已经失踪至少一个星期了。死因又是绞杀，她身上的伤痕表明，在她遇害前遭到了捆绑。尸体也遭到了奸污。我们和目击者核对——"

"等一下，"泰腾说，"是否也在她家里发现了尸体防腐剂？"

"没有，但她不是一人独居，"马丁内斯说道，"我们相信她是在街上被掳走的，然后被带到了某个地方。"

"好吧。"泰腾点了点头，"你知道为什么尸体肤色是灰白的吗？第一具尸体的肤色看上去好多了。"这一点在案件档案里没有提及。

"根据法医的看法，凶手很可能使用了不同配方的尸体防腐剂，"马丁内斯说道，"第一具尸体身上栩栩如生的肤色是因为在防腐剂里有红色染料。"

"明白了，"泰腾说，"那么你们的线索是什么？"

"凶手很谨慎，"马丁内斯说道，"在苏珊·沃纳的尸体上几乎没有DNA痕迹可循。而在莫尼克·席尔瓦的尸体上倒是发现了精子，数量也说得过去，但她是个妓女，所以那完全不足为奇。样品在DNA综合指数系统里找不到匹配。"

泰腾点点头。

"第一桩凶杀案肯定没有任何目击证人，"马丁内斯说道，"第二个受害者很可能是在街上被带走的，所以我们询问了和她有关系的一些人。我们已经有了最后一晚接近过她的几个男性嫖客的描述，但这些人很一般，当时她被人看见在街上。我们还在苏珊·沃纳住所里发现了一大堆指纹，至少有七个不同的人，而追踪这些指纹让我们一无所获。"

"所以你们至今没有实质性的进展。"泰腾说。

他能感觉到房间里的气氛越发紧张了。有两个探员没给他好脸色看，马丁内斯也噘起了嘴。泰腾心里暗记着要说话谨慎，别听上去好像是在批评指责。"我的意思是说，这个凶手把他的踪迹掩盖得太严密了。"

"完全相反，"伯恩斯坦嘶哑的嗓音打断了他的话，"我得说凶手已经给我们留下了一条清晰的路径。"

泰腾两臂交叉抱着，朝博士看去，"我可以认为，您已经有了一条线索吗？"

"哦，我有了一份描述，"伯恩斯坦说道，"只要按照这个描述，探员就能找到凶手。"

"好吧，"泰腾说，"让我们来听听吧！"

博士站了起来，走到白板前。马丁内斯坐下了，全神贯注地看着博士。

"凶手是男性，白人，接近三十岁，或者才三十岁出头，"博士说着，"他——"

"您怎么知道的？"泰腾打断了他的话。

"什么？"

"您怎么知道他是个男性白人，接近三十岁或才三十岁出头的？"

"哦，实际上我并不了解什么情况。但这个概率非常高，而我们需要缩小嫌疑犯的范围。"

"好吧。那么是什么让您认为他很可能是那个年纪的白人男性呢？"

"哦……"博士看上去激动起来了，"他是个男性，因为——"

"我知道您认为他是男性的理由了，很好。但为什么是白人呢？"

"几乎所有的连环凶杀案的凶手都是白人，"博士说道，"而性侵白人女性就非常明确地表明了这一点。"

泰腾的脸一直板着，但他心里一沉。"知道了，"他说，"那么为什么是三十岁出头或者——"

"这桩谋杀案的想法不可能是一夜之间就在凶手心里产生的，"博士耐心地回答说，"这是他错综复杂幻想的结果。很可能凶手花费了几年时间才达到非得要动手实施的程度，所以他不可能太年轻。而假如他年龄再大一点，我们早该看到其他类似的谋杀了。"

"好吧，"泰腾说，感到有点累了，"继续吧！"

"他把尸体扔在公共场所，这明显在证明他比警方高明，所以他很享受这个出尽风头的时刻。很可能他要么装作是目击证人，向警方提供情况，要么设法让自己进入这些案子——比如接近受害者家属啦，参加受害者的葬礼啦，诸如此类。他很聪明，受过高中教育，甚至可能是大学教育。他有一辆车子。很明显他熟知尸体防腐处理工作，这让我推测他在殡葬馆里工作过，也许他仍在那里工作。他把一切都策划得严谨细致，事前选定了受害者。事实上，他每次都用比较长的时间保存尸体，这显示了他具有令人印象深刻的耐心。他是个单身汉，尽管他可能时常约会，而且也许他很英俊，很善于摆布他人。"

"这可真是一份非常详尽的罪犯行为特征分析啊！"泰腾说。

"这是我的经验，这类谋杀案——"

"什么经验？"

"对不起，请再说一下。"博士看起来是受到了侮辱。

"您说是您的经验，这个经验从何而来？"

博士的脸色气得发红。"年轻人，"他说，"我多年来一直在研究连环凶杀案的凶手，在这个问题上，我已经是十多年的咨询专家了。我——"

"对不起。"泰腾举起了双手，"和您一样，做警方咨询人员是我的工作，我习惯质疑我被告知的一切事情，这只是职业习惯而已，我无意暗示我质疑您令人敬佩的资历。"

博士皱着眉头，显然在怀疑自己是否成了笑柄。但泰腾已经转过头去了，面对着马丁内斯和其他探员们。

"那么，你们现在都在干什么呢？"他问。

"根据罪犯的心理分析概况，嫌疑犯很可能在某一家殡仪馆里工作，"马丁内斯说，"我们已经开始查询凶手下手地方的有关殡仪馆的记录，搜寻某个匹配罪犯行为特征分析的家伙。"

"好吧！"泰腾摸了一下鼻梁，"监控那些抛尸的案发现场如何？"

马丁内斯耸了耸肩膀。"那些都是公共场所，"他说道，"每天有成千上万的人进出呢。"

"但是这些地方夜晚都空无一人了，是不是？"泰腾说，"我猜想那时就是凶手设法抛尸的时候了。"

"唔……对。但为什么他还会……？"

"连环凶杀案作案者有时候会重返案发现场，"泰腾补充说，"我敢肯定伯恩斯坦博士能告诉我们其中的原因。"

"当然了，"博士说道，"这是一个非常共同的现象。连环凶杀案作案者往往潜意识里希望被逮住——部分原因是犯罪内疚，部分原因是获取他们渴望的名声。"

泰腾叹了口气。"警督，谢谢你给我提供这些情况，"他说，"有哪个地方我可以坐下来，仔细查阅一下你们最近的案情讨论记录？我需要写一份报告。你知道联邦调查局就是喜欢这一套。"

马丁内斯笑笑，"当然啦。我们特别行动小组有个办公桌空着，我陪你过去吧！"他转向其余的探员说，"达纳，能把你今天巡查场所的人手分一下吗？我想在那些殡仪馆上取得一些进展。"

"没问题，警督。"一位女士回答道，满脸严肃。

马丁内斯带着泰腾走出去，沿走廊走着。一走到别人听不到的地方，泰腾停下了脚步。

"听着，"他说，"你的那位罪犯行为特征分析员没用，别雇他了。"

"对不起，什么意思？"马丁内斯问，变得紧张了。

"我真怀疑他会有什么实际经验。他——"

"伯恩斯坦博士在本地区很出名，特工，"马丁内斯冷冷地说道，"他是芝加哥有关连环凶杀案最好的媒体专家。"

媒体专家，当然了。泰腾摇了摇头，"听着，也许他对付媒体很出色，但是——"

"你是罪犯行为特征分析员吗，格雷特工？"

"所有联邦调查局的特工都接受过罪犯行为特征分析的训练。"泰腾说。

"那么你有过罪犯行为特征分析的实际经验吗？"

"没有，但是——"

"可伯恩斯坦博士有。他曾和连环杀手约翰·韦恩·加西①面对面谈过，并就此写了一本书。他频繁受聘，就性侵谋杀案担任专家证人。相信我——关于连环凶杀案，他比你我懂得多。"

"连环杀手不会因为犯罪内疚或渴望名声而重返案发现场，警督，无论你的那位罪犯行为特征分析员怎么想。"泰腾愤然地说，"连环杀手回去只是为了回忆犯罪情景和玩玩手淫而已。你的那个杀手也许在今天晚上就会回到其中一个现场，缓解一下自己，而假如你只是监控——"

"我们没那么多人手去监控所有的案发现场。"马丁内斯说，"无意冒犯你，但这就是我犹豫着不想让联邦调查局插手的原因，你在这里大发雷霆，用你盛气凌人的姿态和出口伤人的口气来接管调查工作。那

---

① 美国芝加哥的连环杀手约翰·韦恩·加西（John Wayne Gacy），擅长扮小丑取悦儿童，在社区以好公民面貌示人，但夜间却又行凶作恶，故又称"小丑杀手"。他专找瘦子下手，在 1972 年至 1978 年杀害了 33 个男孩和年轻人。他被指控 33 次谋杀，并由其中的 12 次谋杀被判死刑，于 1994 年 5 月 10 日被处决。——译注

么，下一步要干什么？你要告诉媒体我们是多么的笨拙无能吗？"

"真对不起，"泰腾再次道歉说，"我度过了一个漫长的夜晚，几乎没睡。当然，你说得对，我刚才是有点过分了。我向你保证，联邦调查局希望这些协调的努力能够卓有成效。"

"或许他们不该派你来此地。"马丁内斯说。

泰腾完全同意。

泰腾靠在椅子上叹了口气，他感到空间狭窄，有点患上幽闭恐惧症似的。特别行动小组由马丁内斯警督领导，为侦破当前的连环凶杀案而特意组建，特别行动小组由来自芝加哥警察总部侦探局下属各单位的探员匆忙拼凑而成。分配给他们的办公室让人感到同样也是临时拼凑的，如做起居室用，大小倒很像样，但要容纳六个探员和一张办公桌给伯恩斯坦博士，那就显得很小了。现在他们还得再腾出点地方给泰腾，可他们设法办到了，只是不那么表示欢迎的态度。他的办公桌被安置在房间的角落里，背后是档案柜，右边是饮水机，他稍稍把椅子往后挪了挪，就难免碰到了档案柜，发出"哐"的一声响。

随着时间的流逝，他周围的探员们说话谈论，互相取笑，结伴去吃饭，刻意地无视他。

突然之间，他很渴望成为他们中的一员。他怎么会到这儿来的？他在特工部门任职，但那里不喜欢他，他也不想归属在那个部门里，在那里他没有朋友，只有一个不信任他的上司。

于是，一股自怨自艾的情绪涌上心头，真令人讨厌。人们为了能当个联邦调查局特工而乐意牺牲一个左肾，为了能进该局的行为分析部而乐意牺牲一个右肾。可至少有一个肾脏能正常运行又是联邦调查局对所有特工的要求，对这一点他非常确定。

他保存了正在写的报告。他已经花费了整天的时间仔细检查了两个受害者的验尸情况，和法医做了交谈，也和负责此案的探员们做了讨论。直到三天之前，特别行动小组事实上方向是对的——或者说，曾经是对的。他要做的第一件事就是帮助他们返回正确的方向，他只有一个不成熟的想法，该如何去做。他拿出手机，正想打电话给主管，就在此时他看到了四条未读短信的提示。他打开一看，四条短信都来自马文。

猫粮在哪里？

别介意，找到了。

那不是猫粮，但它喜欢吃。

我觉得猫得病了，它在起居室里呕吐。鱼儿没事。

泰腾边抱怨着，边回复了，猫粮在厨房最左边的食橱里。他不知道马文是怎么喂弗雷克尔的，但又觉得任何对此的回复只会让他感觉更糟。于是，他就翻找联系人，找到了"克莉丝汀·曼卡索"的名字，按下了呼叫键。

过了几秒钟，她接电话了："喂。"

"我是泰腾。"他四下看了看，办公室里眼下空了，所有的探员们不是去什么地方了，就是回家了。

"我知道。"

"很好。那么，听着。这里的小伙子们都很棒，负责的警督很敏捷。他们组成了一个像样的特别行动小组负责这些谋杀案，直到近期都工作得很好。"

"然后发生了什么事？"

"他们聘请了一个罪犯行为特征分析员。"

"噢。"

"这家伙一直在滔滔不绝地大谈特谈连环杀手的老生常谈。他似乎是芝加哥的连环凶杀案的媒体专家，他的脸很熟，所以那些探员都很乐意听从他的指点。但他在浪费调查的时间和资源，而他们要为他所做的事付费的。"

"你对他们谈这点了吗？"曼卡索问。

"是的，"泰腾说着，边拿笔在面前的纸上胡乱涂写着，"我告诉了警督，但受到了冷遇。他们对联邦调查局干涉他们的事很敏感。"

一阵沉默，"那你打算怎么进行？"

泰腾画了个愁容满面的图，然后敲敲笔，纸上弄得都是点点痕迹。"你知道你带来的那个平民吧？她的个人记录令人印象深刻，对吗？"

"佐伊·本特利？她在搞乔万·斯托克斯案件，"曼卡索说道，"所以最近也获得了一些媒体名声。她也是临床心理学哲学博士和法学博士，哈佛大学的。"

他压低了声音，尽管办公室里仅他一人："我认为她应该飞来此地，让这些探员被她的各种证书晃得眼花缭乱，让他们信服，把那个江湖骗子踢出去。然后，她就可以帮助我把这个调查推回到正确的轨道上去了。"

"她怎样帮助你？"曼卡索的声音听起来有点感兴趣了。

"运用她那罪犯行为特征分析员的术语和魅力。我有了一些很好的想法，知道这个调查应该如何进行下去。"

"所以你就想让她过去支持你。"

"他们不会真正听我那番不得不说的话，因为我是联邦调查局的特工。而她却是平民身份的罪犯行为特征分析员，所以，她的话也许更有分量。"

"好吧，"曼卡索说，"我派她过去。"

"太好了。"

"晚安，格雷特工。"她挂了电话。

谈话戛然而止，泰腾颇感突然。他把手机放回口袋里，然后再看看自己刚才画的那副愁容，他略一思索，又在上面添了一副眼镜和三根头发。

第五章

2016 年 7 月 17 日，星期天，伊利诺伊州芝加哥

没什么效果了。他曾希望就是她了，但他已经能感到魔力正在消失，厌烦正在占据上风。他在她身旁醒来时，不再感到性欲和刺激，他只感受到了失望。

部分原因，他清楚，是由于尸体防腐剂。

他尚未掌握好。她的尸体太僵硬，皮肤颜色不完美，也许他应该再加些染料来补偿生理盐水的消融。可他不知道该加多少，而他从网上发现的资料里对此细节说得不甚明了。

两个夜晚之前，他深感挫折，捆了她一巴掌。她从椅子上翻倒下去，沉重地倒在地上，她的身体依然弯曲如坐姿。他一阵暴怒，走出房子，"砰"的一声关上了门，开车在城里乱转，心里知道假如真有机会的话，他会再杀人。他看到的女人要么成双要么成堆，而当他走近街头的一个妓女时，她说她那天该干的事已经干完，结束了，但从她眼里却流露出恐惧的神色。她在他脸上看到了什么让她如此害怕？他感到恐怖，急忙返回车里，对着镜子仔细看了看自己的面容，和平常没什么两

样啊。于是，他就开车回到家里。

下一次会做得更好点，他会找出一个方法使她显得更加栩栩如生，也许玻璃假眼有点用。他该查询一下。

不过，他先得和这位结束关系了。

他把她从地上提起来，放回到椅子上。她眼瞪着桌子，无疑是当时感受到了他们之间关系的紧张。

他把手放在她的手臂上，轻轻地抚摩着。

"我们在一起时很快活，是吗？"他对她笑着。

他让沉默徜徉于他们之间。她该如何反应？他试着回忆所了解到的一切，他看过的电影啦，他读过的书啦，等等。

她会哭泣。

他拿起她的左臂，在她的肘部弯曲了一下。他想做得恰到好处，这可是很棘手的，但他最终还是设法把她的手掌放到她脸上了。接着，他又拿起她的右臂，如法炮制，这样让她看上去仿佛脸庞埋在双手里哭泣着一样。

她很美丽。他那时几乎要改变主意了，几乎要告诉她或许他们应该另找个机会，但他知道这只会最终伤害他们两个。所以最好保持沉默吧。

看在往日的情分上，他倒了两杯酒，她没碰她的那杯，所以他就替她喝了。然后，他帮她站立起来，把她拖拽到车子上，放置在乘客座上。她的脸依然埋在双手中，依然在哭泣的样子。

这一点对他们两人来说都挺难的。

他在她身旁坐了一会儿，思索着她会愿意去哪里为他们的关系破裂而伤心欲绝。

他有个极佳的地方。

第六章

1997 年 9 月 27 日，星期六，马萨诸塞州梅纳德城

佐伊的父母在交谈着，声音很低，几乎听不清。她母亲的嗓音之响通常在几英里之外就能听到，所以很容易注意到她的轻声细语。佐伊一旦意识到这是不想让她听到的交谈，她就怔住了，反而全神贯注地想听清每个字。她站在门厅里，别人看不到。厨房里映出的灯光洒在门厅地上。一个身影走过——是她父亲，他焦虑不安时总是走来走去的。

"他们有什么嫌疑犯了吗？"她母亲问。

"阿勒告诉我，警察局长说有嫌疑犯了。"她父亲回答说。他同样声音很轻，但佐伊的父亲说话总是语气柔和，所以他不用费劲就能轻声说话。"当然啦，他没说是谁。"

"她可怜的母亲。"佐伊的妈妈说着，声音哽咽，"你能想象吗？听到……"

"我不敢去想。"

"她……我是说他……强奸她了吗？"

佐伊从来没有听到母亲使用过那个字眼，但那个字眼的声音是从母亲嘴里发出来的，她感到一阵寒冷。父亲没有回答。他只是在思考吗？他在点头吗？他在摇头吗？她得知道。她悄悄地向门口走去，偷眼瞥见了父母亲的脸。他们两人都站着，相互靠近，母亲倚靠着柜台。她只能看到母亲的侧影，却能看到她伤心欲绝的样子，她嘴唇弯曲的样子暗示着她正在呜咽。

"我们需要告诉佐伊，"父亲说，"她应该知道——"

"绝对别说。"母亲"嘘"的一声说道，"她才十四岁啊。"

"她会发现的，最好还是我们去告诉她吧！"

母亲正要回答，却见佐伊的妹妹蹿过她身旁，进入厨房，一阵手足乱舞似的模糊影子，一团飞舞的发丝和声音一晃而过。

"我们在煎薄饼吗？"她叫喊道。虽然才五岁大，但安德丽雅极像母亲，只有两个音量设置：叫喊和睡觉。

母亲清了清喉咙："你姐姐醒了吗？"

佐伊一下子紧张起来了。

"是的，她就站在——"

"早安。"佐伊边说着，边快速走进厨房。厨房里的瓷砖地面冰冷，她赤着脚快要冻坏了。母亲倚靠在柜台旁，父亲则站在厨房中间的餐桌旁。可桌上没有早餐，令人困惑。周末佐伊的母亲总是在大家起床前就已经准备好早餐了，很明显，这一天不再是平常的周末了。佐伊伸出手臂，假装打了个大哈欠。"要我帮忙做早餐吗？"

"我要你穿好衣服。"母亲说着，目光透过她有点弯曲的鼻子看着佐伊。佐伊的鼻子像她妈妈，或者就像她在心情暗淡时说的，她鼻子像鸟嘴。至少她的眼睛像她父亲。她母亲嗤之以鼻，加了一句，"你会冻死的。"

佐伊依然穿着宽松的 T 恤衫和薄薄的睡裤。"好吧。"她说，她是在去浴室时听到父母说话的。她的膀胱也憋不住了，快胀破了，冰冷的地面也没用，她不舒服地扭动着。"发生了什么事吗？"

"没事，"母亲说，也许说得急了点，"就是做做星期六的早餐。你妹妹想吃煎薄饼，你也要吃点吗？"

"好的，"佐伊说，"我等会儿去希瑟家，因为——"

"你待在家里。"母亲打断了她的话。

佐伊皱皱眉头："可我们需要一起做化学作业，星期一要交的。"

"我会开车送你去。"父亲说。

"我更喜欢骑自行车去，天气多好啊，而且——"

"我会开车送你去。"父亲的眼睛专注在她身上，语气不容争辩，"而且如果你要回家的话，你打电话来，我会去接你的。"

"妈咪，我要煎薄饼。"安德丽雅抱怨说。

"发生了什么事？"佐伊问。

父母都沉默了。

父亲最终开口说："有——"

"没什么事。"母亲打断了他的话，看看安德丽雅。安德丽雅还在嘀咕着要吃煎薄饼。"我们只是不想让你一个人走过去。"

"他们发现了一具尸体，"等到她俩单独在她卧室里时，希瑟告诉她，"就在白塘路桥旁。"

"你怎么知道的？"佐伊问道。

"我今天早晨听到我爸爸和邻居在说此事。邻居说那是个姑娘，全身赤裸着没穿衣服。"

一阵寒栗袭向佐伊的脖子。她们两人都躺在希瑟的床上，四周的床单弄得皱巴巴的，希瑟的衣服扔得地上到处都是，她房间的衣柜永远就像是遭到飓风袭击了似的。希瑟啃了一片她母亲为她俩削切的苹果。她们的化学作业躺在桌子上连碰都没碰一下，很可能这天剩余的时间里也就如此了。

"他说了吗，她是谁？她也是梅纳德城的人吗？"

"没说。"希瑟低声回答，她朝佐伊挪近了点，手臂放在佐伊的肩上。希瑟身上散发出一股淡淡的洗发精和香皂的混合味，佐伊便后悔起那天早晨自己没有洗个澡。她感到躺在干净的床单上很不舒服，她的脚底可能很脏，因为她曾赤脚在家里走动过。虽说，希瑟似乎从不介意，她们还总是在她床上吃东西，她还时常把洗衣篮里的待洗衣服倒在床上，从中挑拣出衣服来穿。噢，如果佐伊的母亲也是每隔三天就换掉佐伊的床单，就像希瑟的妈妈那样，也许她也不会介意把床单弄脏了。

希瑟有点紧张："噢，我的上帝，佐伊，要是她是我们认识的人怎么办？"

佐伊的脑海里立刻跳出了一个画面，她们学校卡丽的尸体赤身裸体地躺在桥边，河水轻轻地拍打着她的两只脚。这个画面在她心里如此逼真，她几乎要掉泪了。为什么她会想到是卡丽？为什么她甚至会想象出这种事来？她出了什么问题了？她闭上眼睛，试图把这个画面从脑海里赶走。

"我觉得大家都人心惶惶的。"希瑟说道，"邻居告诉我爸爸，他不会让孩子们走出家门的。我敢打赌我妈妈也会这么做的，她会让我一直待在家里。妈妈有时情绪会非常激动的。"

"我父母不让我单独来这里，"佐伊说道，"他们开车送我来的。"她从希瑟的窗户向外张望了一下。从她在床上的位置，只能看到蓝天和附近一棵树上的叶子。一切看起来都很平静啊。

希瑟摇了摇头。"我希望这事会很快过去。"她说道，"我可不想让我的父母老是盯着我做的每件事情。"

佐伊心不在焉地点点头，但她有种预感这事不会很快就过去的。

她刹了下刹车，她的自行车轮子发出了抱怨似的声响。她停在白塘路桥的一侧，肺部因用力过度好像要燃烧起来似的。那天早晨，母亲同意让她骑自行车去上学的唯一原因是母亲已经要上班迟到了，并且佐伊答应她会和希瑟一起上学，放学后直接回家。她当时是这样打算的。

可她没这么做。

每当在学校的门厅遇见卡丽时，佐伊总觉得喉头哽住，内疚和羞愧涌上了全身。她总觉得仿佛卡丽能读出她的心思，读出她曾在心里想象着卡丽全身赤裸地死在河边的事。当卡丽在健身课上对她笑时，佐伊的脸"唰"地红了，她赶快转头看向旁边，浑身颤抖。那个想象的画面徘徊于她的心底，威胁着在任何特定的时机会再度出现。最终，佐伊觉得，假如去那座桥边看看那个地方，她就可以在心里摆脱这个恐怖的画面了。

她下了自行车，把车放倒在阿瑟贝特河边的草地上，恰在平静的河水之上。绿色的藻草漂浮在河面上，随着难以察觉的微澜而上下浮动着。难道他们就是在这里发现尸体的？

她知道尸体稍稍浮出水面——或者，至少学校里大家都是这么说的。其他的谣传私下里流传得无边无际，有人告诉佐伊，那个姑娘死前遭到了强奸。也有人说那姑娘曾受过折磨，脸部有伤痕且肿胀，她的双手被反绑在背后，她遭到刀割。每个谣传都让佐伊感到虚弱，感到害怕，感到无助。

现在她知道受害者是谁了。她的姓名是贝思·哈特利。她是本地一个会计师的秘书，二十一岁。佐伊在那天早晨的报纸上看到了她的一张照片，她的脸看上去很熟悉。佐伊曾看到过她沿街行走吗？看到过她在美发吗？手里抓着一个比萨饼吗？她很可能看到过，梅纳德城是个小城镇。报纸没有透露其他细节，但提及调查正在进行之中。

现在她已经在这里了。阳光在水波上反射着，凌乱的光线照亮了河面，看起来几乎不可能啊。佐伊再也无法想象尸体浮在水面的景象了，即使她努力尝试也无济于事。太匪夷所思了，太陌生奇特了。

可是恐惧依然如故……在这恐惧之中还夹杂着其他成分，心烦意乱，紧张震颤。

她背后的树丛里有什么东西在沙沙作响，她转身去看，心"突突"地跳动着。什么都没有。一只鸟，也许是吧？她颤抖了一下，即使天气还是相对温暖的。

她试图破除这个魔法，便从地上捡起一大块石头，用力掷向水里。石头落在水面上，激起层层漪涟，逐渐扩张开来，又缓慢地消失了。随着漪涟的扩张，绿藻也离开石头溅落处，漂浮而去。她骑上自行车，回家去了。

她家的邻居罗德·格洛弗在他家的前院照料着小花园，他的白衬衣被汗水湿透了。她跳下自行车时，他站起身来朝她挥挥手，手里还拿着大剪刀呢，这是她母亲的大剪刀，格洛弗总是来借用。

"嗨，佐伊。"他笑着，擦了一下前额上的汗水。他那头棕红色的溜冰发型有点凌乱，但他欢快的笑容和愉快的眼睛弥补了头发的凌乱。虽然他年长她大约十岁，但他很随和，谈吐有趣。他有一种滑稽可笑的幽默感，还有一个绝活，会模仿小城镇里的名流和其他人。

"嘿。"她也笑笑，"你好吗？"

"没啥可抱怨的。从学校回来了？"

"是啊……"她迟疑了一下，感到有必要和什么人聊聊，"我路过了白塘路桥那里。"

"那儿不怎么顺路啊，是吗？"他说着，靠在栅栏上。

"我就想……那里就是他们发现那姑娘的地方，你知道吗？"

他点了点头："是呀，我听说了。"

"太可怕了，居然发生在她身上。"佐伊说。

格洛弗点点头。"是啊，"他说道，"所以……期待今晚吧。"

她看着他，困惑不已："今晚怎么啦？"

"嗯……嘿嘿，今晚有《巴菲》，不记得了？"

《吸血鬼杀手巴菲》，格洛弗和佐伊都很喜欢这个连续剧，每当有新的一集出来时，他们都会谈论一番。但这次转换话题很突兀，佐伊不说话了。

他换了个姿势，模仿起吉尔斯来。吉尔斯是连续剧中的人物之一。他刻意夸张了吉尔斯的英国口音："是吗，佐伊，是第二季了，你情迷意乱的话可就亏了。这集最重要哦。"

"我得走了。"佐伊带着歉意说。他试图让她笑笑，可眼下的情形，有点让她不自在，没人会在这几天里开玩笑的。"再见。"

"再见。"格洛弗说。

她转向家门口。就在她进门前，她转身瞥了一眼，只见格洛弗龇牙咧嘴地朝她笑笑，随后似乎是在取下想象的眼镜，擦了擦。这又是一个吉尔斯式的动作。

第七章

2016 年 7 月 18 日，星期一

佐伊在翻阅手里薄薄的档案文件夹时，飞机稳定的"嗡嗡"声震动了她的耳膜。她无法不理会这持续的噪声。这噪声让她感到心烦意乱。她怀疑这噪声不是来自引擎。她不喜欢从她埋头在做的事情里被突然拉走。开始一个项目，看着它最终完成，这其中有着某种乐趣。她对公路连环凶杀案入迷了，即使在家里，案情也不断地在思绪中突然冒出。所以她在犯罪资料中搜寻犯罪模式，试图找出不是一个而是两个凶手的罪犯行为特征。

然后，曼卡索就在星期六的夜间打电话给她，说给她重新安排了任务，芝加哥有个连环凶杀的案件，那里的特工想要她帮忙。尽管他们得到的案件细节很有意思，佐伊还是指出，这桩公路凶杀案的凶手数目和受害者总数更高。曼卡索同意她的说法，随后依然说让佐伊去芝加哥。

曼卡索送来了案件档案文件夹，佐伊就放在床头柜上没去翻阅，只想在上飞机之前休息一会儿。但是，才睡了三个小时就被一个噩梦惊醒了，她也就没再设法重新入睡。

她阅读了第一个受害者苏珊·沃纳的尸检报告，一直引起她关注的是报告里提到的那只变质腐烂的左脚。她已经依据事实做了一些明确的假设，可还有一个有关嘴巴的有趣细节……

"哈，在飞机上还工作？"一个友善的声音在问她。

她合上了档案文件夹，看了看邻座乘客。他是个中年男子，稀疏的金黄色头发，手指上有晒痕但看上去不自然，还有那副"你得爱上我"的笑容。他手里端着一小杯威士忌，正在转动杯子让一块冰块融化。佐伊内心叹息了一声，准备着与他礼节性地闲聊几句应付一下。这可是个费劲的事。

"是的，"她说，"这是节省时间的好办法。"

"我叫厄尔·哈维沙姆。"

"佐伊·本特利。"

"我一般尝试不在旅行时工作，"他说道，"这可是关注自己的好时光，你知道吗？"

佐伊点点头。不知怎的，她克制着不去评论说他现在就没关注他自己的事。"噢，我喜欢旅行时工作。"她说着打开了档案文件夹，希望他们之间的闲聊就此打住。

死亡时间是在尸体被发现之前的几天，但是发现尸体的地点却是公共场所。在这段时间里凶手究竟对尸体做了什么？尸体身上的衣服撕破了——

"我有点害怕坐飞机。"厄尔说。

他瞄了一眼她档案文件夹的内容，最上面的一页清晰地标注着"尸检报告"字样。她生气了，又合上了档案文件夹。

"所以我喝点酒。"厄尔继续说着。

"很好。"佐伊说，她已经尽量礼貌了。

"我在硅谷为一家初创企业做技术文档撰写工作。"

"听上去很有趣。"

"哦……不是像你想的那样。"

他说得很认真。难道这是一种表示讽刺的微妙方式吗？不像啊。

"你做什么工作？"

"我是个法医心理学家。"

"噢，哇。"他的目光稍稍移动，身体绷紧了。

这是对她职业的典型反应。一些人对心理学家很谨慎，感到他们时刻会被心理分析。几乎每个人都对"法医"这个词感到不自在，因为这个词让他们想到了死尸。而"法医"和"心理学家"这两个词合在一起，一般会让许多谈话戛然而止——用在现在的场合那就太妙了。

如果有人真的要问这个职业要干什么，她会解释说，她做的事大多是分析犯罪行为，试图去描述出该罪犯的情况，这就会帮助调查人员缩小他们的怀疑范围，从"世界上所有的人"缩小到一个密集可控的小组人群。这种解释极其谨慎，避免出现诸如"连环杀手""性犯罪""受害者简况""案发现场"等词语，那些词语很容易让人坐立不安。

"你喜欢这个职业吗？"他终于问了句。

"它有其重要性。"她的语调简短枯燥，说着她眯起眼睛瞪了他一下。已经多次有人说她的目光厉害，她希望她的目光会让他闭嘴。

她第三次打开了档案文件夹，翻到了第二个受害者。这名受害者的嘴被凶手用黑线缝住了。那有什么意义吗？也许他杀害她们为了——

"那么，我们降落后你去哪里？"他向她俯身，低声问道。

佐伊合上档案文件夹，嘴巴紧闭。

他俯身靠得更近了。"我要去戈戈大厦——我们的分公司，但我要等到十点钟才能去，所以——"

"那么，也许你应该利用这段时间去找个女人，她会有兴趣听听你母亲是如何一直对你失望的。"佐伊说道，"如果你幸运的话，她或许不会注意到你口袋里结婚戒指凸出的痕迹……顺便说一句，你手指上的那块晒痕真不错，你还记得在她们向你喷口水之前就先把戒指拿下来了，干得真好。然后也许你就会和那女人上床，而你的自信倍增，足以让你应付显然让你如此焦虑不安的业务会议了。"

有些话只是猜测而已。每个人的母亲都在这一点或那一点上失望过，这只是玩了一个心理小把戏罢了。但从他眼中流露出来的愤恨来看，她似乎每句话都说对了，甚至关于他的业务会议的事。她开始很享受他们之间的谈话了。

"母狗。"他咕哝着，转过脸去了。

"哦，厄尔。"她笑着对他说，"想搭讪为联邦调查局工作的人，真的没门儿。"

第八章

2016 年 7 月 18 日，星期一，伊利诺伊州芝加哥

泰腾几乎决定让佐伊自己去警察总部了，但在最后一刻，他转而一想，还是自己去接她为好。在她见到马丁内斯警督和他那位骗子般的罪犯行为特征分析员之前他俩还可稍稍交谈一下，最好要确保他们两人达成共识。他在等候她时，给马文打了电话，要确信老人没事。

"当然我不太好，泰腾，你把我留下来照顾你那个野蛮的宠物，它已经抓伤我两次了。"

"我是说除了弗雷克尔之外，你怎么样？你感觉好吗？记得吃药了吗？"

"我已经吃这些药九年了，泰腾。你觉得就因为你去了芝加哥，我会突然停止吃药了？我当然记得吃药。"

"很好。那么——"

"我停止吃那种蓝色的药片了，我告诉过你，那药让我的喉咙发痒。"

"什么？什么时候的事？"

“上星期，我告诉过你的，泰腾，你忘啦？”

“你根本就没有告诉过我。”泰腾感到自己的心一沉，“这事你问过纳沙医生了吗？”

“没有，没必要。我对詹娜说过的。”

泰腾花了好一会儿时间才想起，詹娜是他祖父的女友，有吸食可卡因的习惯。“她是医生吗？”

“不是，但她在一年前也有同样的问题，她的医生就给她开了其他的药。她还有多余的，所以我就吃这些药了。”

“马文，你不能这么做，去告诉纳沙医生——”

“纳沙是个大忙人，泰腾。这些绿色的药片真棒，没有副作用——”

“什么绿色的药片？”

“詹娜给我的那些药片。”

“这些药片有名称吗？你到底吃的是什么药啊？”

“我不记得了，泰腾，可这药很好。詹娜告诉我，完全没有副作用，所以我就——”

泰腾注意到佐伊裹在数百名之多的人群里走出了航站楼，她大步地迅速走向出口，身后拖着一只灰色的箱子。

“听着，我得走了。还是得吃你那些该死的药片，包括让你喉咙发痒的那种蓝色药片，别吃詹娜给你的药。给纳沙医生打电话，他会给你需要的药。”

"我已经有我需要的药了。"

"如果你不给纳沙医生打电话，我来打。"

"你真是讨厌，泰腾。"

"吃你自己的药，记得喂鱼，再见。"他挂了电话，匆忙向佐伊追去。他追上了她，拍了拍她的肩膀。

"本特利博士。"他微笑着，试图暂时放下马文和那些绿色药片的事。

"格雷特工，我以为我们会在警察局见面呢。"

"是啊，但我想我能来接你，我昨天租了一辆车，所以就没必要坐出租车了。"

"谢谢，你考虑得很周到。"

她似乎心情愉快，也许她很高兴能离开办公室几天，这让泰腾对要求她来的事感觉好点了。

"想先去吃口早餐吗？"他问道，"有个餐馆叫希拉里薄烤饼店，离这里不远，在 Yelp^①上也有一些好评。"

"好啊，"她说着，两眼一亮，"我得猛喝几口咖啡了。"

"那么，我们走吧。"他说，"我来帮你拿箱子，好吗？"

"我自己可以。"

车子很快就到了希拉里薄烤饼店。正巧上班高峰时间还没到，芝加哥正在从睡梦中醒来呢。薄烤饼店的店面看上去有点让人失望，一座

---

① Yelp 是美国的一家商务评论网站。——译注

脏兮兮的房子，玻璃窗黝黑，一块招牌上写着店名，旁边画了一个女人端着一个铮亮的盘子，上面放着薄烤饼，脸上却是一副凶巴巴的笑容。可一旦进入店堂，却又看上去明显的不错，店内多为木头装饰，散发着家的气氛。泰腾的鼻子里闻到了油味混合着咖啡香味，引起胃部咕咕叫的饥饿感。店里的一半座位上已有人了，大多是身穿朝九晚五上班服装的男男女女，还有几个满脸睡意的警察，这几个警察很可能刚结束午夜值班。

"早上好。"他们甫一落座，女侍者轻松愉快地前来招呼，在他们面前放下菜单，她是个年轻的金发女郎，秀发扎成一个马尾辫。泰腾尽量看着她的眼睛，避免瞥到她那被制服绷得紧紧的胸部。可他的目光还是会不断地下移，最后他只好在大多数的时间里盯着她的鼻子看。

"要我给你们几分钟时间——"

"请来杯咖啡，"女侍者刚想转身离去，泰腾说道，"还要……"他瞥了一眼菜单，挑选了第一份食品，名称听上去很好，"苹果香料煎饼。"

"那个饼里有坚果，没问题吧？"

"没有。"

"请给我来份培根和鸡蛋，"佐伊说，"鸡蛋单煎一面，培根要酥脆一点。"

"好的，还要杯咖啡，是吗？"

"是的，非常浓的咖啡。另外，我关心的是培根越脆越好。"

女侍者最后咧嘴一笑，转身走了。

"飞行愉快吗？"他问佐伊。

"坐我旁边的家伙想要挑逗我，我拒绝了他，让他自讨没趣。"佐伊说道，"除此之外倒是很不错。"

"我很抱歉就这样把你拖到芝加哥来，但我真的需要你的帮助。"

"没问题。这个案件似乎很有吸引力。"

"哦，"泰腾说道，对她使用的字眼有点不太舒服，"这个案件非同寻常。"

"我是说，我觉得有趣的是指推理过程。这个家伙显然有恋尸癖倾向，而做了尸体防腐处理，肯定使性交动作更加复杂，因为——"

"也许我们以后该在一个更私密点的地方再讨论这一点。"泰腾急忙说。因为他注意到当佐伊情绪活跃时，她的声调变得更响了，邻座的一位女士声音很响地放下叉子，朝他们投来厌恶的一瞥。

"好吧。"佐伊点点头，沉默不语了。当连环杀手不是他们的话题时，她就难得开口了。

"我找到一个很不错的干净汽车旅馆，离警察局不远。"泰腾说道，"我就冒昧地为你订了个房间，你看好吗？或者你想找个不同的汽车旅馆，或者——"

"很好，谢谢。"佐伊说。

他点了点头，她也点点头；他又挤出了勉强的笑容，她也回报了笑容。他们陷入了一阵尴尬的沉默。

"哦，我知道你也是刚来行为分析部的。"泰腾说道，"听说你过去一直在波士顿，直到最近才来？"

佐伊点了点头："我在那里为联邦调查局担任顾问有好几年了，但曼卡索一定要让我去行为分析部。坦率地说，这可是每个法医心理学家的梦想，所以我真的无法拒绝。"

"我完全理解。"泰腾说，"你在波士顿有家庭吗？"

"我妹妹曾住在那里，"佐伊说道，"但她和我一起搬到戴尔市了。"

"真的？"泰腾抬了抬眉毛，"你们俩关系很好？"

"是啊。"佐伊说，"她说她需要换换环境，她不喜欢波士顿，她在那里与别人相处不好。"

她看起来不太喜欢谈论此事，所以泰腾不置可否地点点头，不再追问了。

她清了清喉咙："你呢？你怎么从洛杉矶的分局调到行为分析部的？"

"噢……"泰腾含糊其辞地说，"我不太清楚，我猜那也算是某种形式的提升吧！"

女侍者回来了，在他们两人面前分别放下了盘子和咖啡杯。泰腾很高兴能往嘴里塞上一块煎饼，有理由停止谈论他的"提升"了。他边咀嚼着边看着佐伊如何处理她的早餐。她拿起了一片烤面包，小心地掰下一片培根，用叉子叉住它们，然后，她把这两片快乐搭档小心地蘸进了鸡蛋，再举起叉子，仔细地看看，仿佛那是一个稀有的样品一般。最后，她才把它们放进嘴里，咀嚼几下，闭上了眼睛，从鼻孔里深深地吸了口气。

"哦……味道好吗？"他问。

佐伊不断咀嚼着，最后咽了下去。"很好。"她说，"我喜欢培根更脆一点。"

她切了一片蛋白，又放上一片培根，小心地叉起来放进嘴里。佐伊吃东西不快，他们在这儿还得有一会儿呢，所以，泰腾也试图吃得慢点。他已经吃了第三盘食物了，而她才吃了两口。

"关于那个案件，"他说道，决定开始谈谈更安全的话题——他们的工作，"那些调查此案的小伙子聘请了一个本地的罪犯行为特征分析员，一个叫伯恩斯坦的博士。"

佐伊嫌恶地揉揉鼻子，仿佛他刚才提到了某种恶性皮肤病似的。"噢。"她说。

"你知道他？"

"我在电视上看到过他几次。"

"我不认为他很好。"泰腾说道，"我有些关于此案的想法，可由于这个家伙，这些调查人员不愿意听。"

"好吧。"

"我认为你该来这里，亮亮你的那些证书，让他们大吃一惊。我觉得他们会表现好一点，因为你是个平民，然后给我一点支持，这样我们就能在调查上取得一些进展。"

"噢，"佐伊说道，"你可真是作了细心策划了，那你一定有了一个好主意了。"

"好几个呢。"泰腾说。

"那么，你请求我的帮助，帮你摆脱那种竞争，是吗？"

"哦……"泰腾迟疑了一下，"当然也是想听听你的意见。"

"那是当然。"

不知何处，他走错了一步，他试图要扭转局势。"听说你在斯托克斯案件上干得很漂亮。"他说。

"是吗？"佐伊毫无兴致地说了一句，又在制作另一个培根、鸡蛋和烤面包雕塑了，"我很高兴。谁知道呢。也许哪一天我能干得像真正的联邦调查局特工那样。"

泰腾叹了口气，他近来还真不能和别人闹翻呢！

第九章

　　丹·芬利没能如他所愿地在沙滩上享受时光。一个原因是旁边那个拖着鼻涕的学步小孩正在沙滩上挖个大洞，抛出来的沙子撒在他肩膀上，完全无视周围的人，有两把沙子已经撒到他的沙滩浴巾上了。他本想数落几句，但转而一想，给他人的小孩讲规矩或者教育家长如何做好家长都不关他的事。眼下，人们往往生了孩子，却没有为孩子承担责任；相反，他们往往搀着孩子蹒跚步入社会，然后就抱怨犯罪率上升了，或者失业情况更糟了。

　　他悲哀地摇摇头，翻身趴在沙滩上，让阳光晒着他的背部。假如他没能在这次沙滩之行中找到乐趣，那么至少他能要求有一身均匀晒黑的皮肤吧！他只希望防晒霜管用，足以过滤掉阳光里那些致癌的因子，仅留下健康的能晒黑皮肤的元素。如今，生产防晒霜的那些公司都在削减成本，根本不计后果，很可能相比生产高质量的防晒霜，找个好律师规避医药诉讼更便宜点吧！

　　一想到癌症就让他感到紧张。那天早晨他醒来时，阳光似乎很迷人，很有诱惑力，可现在的太阳让人感觉更像一团世界末日的炽热火球，仿佛在他皮肤上撒满了肿瘤。他感到焦虑，便坐了起来，穿上衬衣。这值得吗？四十岁之前就死了，只是为了得到一身晒得黝黑的漂亮皮肤？

不值得。现在，人们只关注眼前，忽视了未来。他的健康是他最宝贵的财富。

他左边的那个姑娘依然坐在那里，哭泣着，在过去的一小时里，她一直在那里，他已尽力给了她应有的私密空间。他是在坐下来之后才注意到她在哭泣，否则他就会在沙滩上另选个地方了。坐在一个哭泣的人旁边真是令人沮丧，当然啦，在离他只有十英尺的地方坐了个痛哭流涕的姑娘，他也没好心情了。

或许，她根本没在哭泣，她只是坐在沙滩上，脸埋在双手之中，这看上去完全就像她在哭泣一样。但也有可能她刚才就睡着了。想想吧，他坐下来之后，她几乎没有动过呢。

也许，这是某种要求帮助的哭泣吧！她在沙滩上抽泣着，是不是希望有人去问问她出了什么事呢？当然啦，没人会去问她。如今，你可以爬上高楼，威胁要跳楼了，可所有的过路人只会拍摄你的视频，放到他们的 YouTube 视频网站上去，根本没有同情心啊。他义愤填膺了。

他慢慢地站起身来，朝那姑娘走去。她有点病态，皮肤苍白，几乎是灰白了，可能她有皮肤病吧！她不该那样坐在太阳底下。她涂抹过防晒霜了吗？她没带包，甚至连条沙滩浴巾都没有，她只是坐在沙滩上，身穿一件长袖黄色衬衣和一条裙子。

"对不起，哦……小姐，你没事吧？"他问道。

她没动，也没答话。他几乎要转身走了，觉得她不想被打扰，可又觉得她有点……不对头，她需要帮助，他敢肯定。

"小姐，你没事吧？你需要饮料吗？"他在她身旁蹲了下来，"小姐？"

他把手放到她肩膀上。

她的肩膀硬如石头，僵硬冰冷。他猛然发现她的颈部有一道非常清晰的黑色伤痕，而她的肤色灰白，她根本没有移动，甚至连呼吸都没有。

"狗屁！"他叫了一声，向后倒去。

这姑娘已经死了。

第十章

泰腾试图修正他的错误，可佐伊得给他机会才行啊，她盛怒之下，根本无意调和。她本来在匡提科镇正做着重要的事，做得好好的，却被他猛然拉走，实际上去做他的副手。在他们早餐剩余的时间里和他们驱车去警察总部的路上，她都冷若冰霜。一到警察总部，泰腾即刻带她去了特别行动小组办公室，把她介绍给了马丁内斯警督。

"很高兴见到你。"警督说着，握握她的手，"我不知道联邦调查局还会再派特工来，我们实在是没地方可以让你坐着办公了，这不是我请求联邦调查局帮助的初衷——"

"我不是联邦调查局的特工，"她急忙说着，引导话题进入她希望的角色，"我是一个法医心理学家。我来此仅作短暂逗留，所以不需要坐下来办公的地方。我只是对伯恩斯坦博士关于此案的意见感兴趣，我觉得这个谋杀案很有意思。"

"难道你？"马丁内斯说着，用怀疑的目光从她看到泰腾，"你很熟悉伯恩斯坦博士？"

"我这个职业里大多数人都熟悉他。"她对着马丁内斯甜甜地一笑，"他很出名。我敢肯定他很可能听说过我，所以那将会是一场有意思的讨论，我们或许会在讨论中得出某种新的结论。”

“我会请他来。”马丁内斯说。

马丁内斯打电话时，佐伊等待着。他显然怀疑泰腾带她来就是为了干掉他们的罪犯行为特征分析员，这是个低级伎俩，难以置信地明目张胆。但她如果在这里的话，也不妨做好他自己的事吧！

“好吧，太好了，那里见吧。”警督说着，放下了电话。他转向佐伊，对她笑了笑：“你说对了，伯恩斯坦博士听说过你，对于和你一起讨论案情非常兴奋。他就在大楼里，马上就来了。我们去会议室和他见面吧。我会叫其他探员——”

“没必要浪费他们的时间。”佐伊急忙说，“我想我们四个人就够了，至少在开始做事时，也许稍后我们能开个大一点的正式会议。”

“哦，他们稍后可能要外出实地调查。”马丁内斯皱了皱眉，“好吧，现在让我们去会议室听听博士的想法吧！”

这两个男子带着她沿着走廊去会议室时，她就跟随着他们。伯恩斯坦博士已经在长桌里边就座，看着他的笔记。佐伊对他很熟悉，在电视上多次看到过他了，每当一个连环杀手成了媒体的关注中心时，他似乎就会突然冒出来。他也不是仅有的一个，总会有所谓的专家们非常乐意接受采访，炫耀一下他们对此问题的渊博知识。这些人并非无害，他们在普通大众中散布误导言论，大肆渲染，常常改变了调查的方向，就像眼下这个案子一样。

“伯恩斯坦博士，”佐伊微笑着，她睁大了眼睛装出一副敬仰状，

"很荣幸终于见到您了。"

"谢谢。"那男子说着，站起来和她握握手，他的握手松弛被动。

佐伊保持着笑容，坐了下来："哦，我对您所说的关于这个……殡葬人员绞杀案的看法很感兴趣。"

"你不想我们从头开始讨论吗？"博士也坐下了，"这样可以防止你自己的意见会被我的意见所影响。"

佐伊对伯恩斯坦影响她意见的想法感到很好笑。她瞥了一眼泰腾和马丁内斯，他们已坐在桌子旁了："我不想浪费时间，您显然已经为此花费了许多精力，所以还是让我们从已有的结论开始谈吧！"

"很好。"伯恩斯坦博士又站了起来，"哦，嫌疑对象是个男性，很可能是白人，接近三十岁，或者才三十——"

"我完全同意。"佐伊点点头说。

伯恩斯坦谦虚地笑了一下，朝泰腾得意地看了一眼，后者毫无表情，嘴巴紧闭。

"事实上，"佐伊继续说道，"我要说有百分之六十三的概率他是白人，只有百分之十二的概率他是黑人，百分之十六的概率他是西班牙裔或者拉美裔。"

博士困惑地眨了眨眼睛。

"这听起来非常具体。"马丁内斯警督说道，"你怎么知道——"

"这是美利坚合众国的人口人种划分比例。"佐伊解释说，"所以假如你随机选择任何人，都会匹配这些概率。我推测这就是博士想说的意思吧，因为没有其他方法可以知道他是白人，连环杀手在各个人种里分布均匀。"

"这不完全是我的意思。"博士说着，噘起了嘴唇，"正如在我的两本书里所说过的——"

"对不起，"佐伊说，语气里带着歉意，"我没有读过您的任何一本书。"

一阵沉默。

博士最后清了清喉咙，把目光从她身上移开，转向马丁内斯，"哦，假如本特利博士在此也有我的经验，她会同意罪犯把目标定位在白人受害者身上的说法，而那就表明——"

"我们现在只有两个受害者，"佐伊说道，"我们还不清楚他的目标。已经有过白人杀手杀害黑人女性以及相反的例子了。"她有点不耐烦了，他攻击她的经验问题触痛了她。

"作为一个学者，谈论这些事情非常容易，"伯恩斯坦说，"毕竟，你才新近毕业。你作为特工从事法医心理学家已经多久了……对不起，我是说作为顾问？"

她脸红了，笑了笑，露出了牙齿："有几年了。您帮助分析了几个案子？我是说，除了您接受的媒体采访之外？"

"你同意博士对该罪犯的年龄估计吗？"马丁内斯问道，稍稍抬高了声调。

"很可能是个不错的估计。"佐伊耸了耸肩，"但我不会将此作为事实来看待。蒙特·里塞尔开始强奸女性时才十四岁，不久他就转而杀害她们。顺便提一句，他就是连环杀手既杀害白人女性也杀害黑人女性的绝好例子。对吗，博士？"

"嗯，是的……嗯啊……"他似乎一时茫然了。

"我觉得我们真的有进展了，"佐伊说，"请继续吧！"

"哦……他把尸体放在公共场所，想证明他比执法机构更高明，所以他很享受他的名声。他——"

"他是否给报纸或警方写过信？"佐伊问道。

"没有。"马丁内斯回答。

"那么，您怎么知道他这么做不是他实施古怪想法的一部分，还冒着危险呢？或者，也许这些地点对他有着某些特别的意义。我没看到这些谋杀案证明他想要寻求名声或者玩个猫捉老鼠的游戏。他挑选的地点都是公共场所，这没错，但这些场所在夜间空无一人，并且那里没有安全监控摄像头，而摆弄尸体姿势似乎对他有什么意义，挑选的地点则与这些意义有某种联系。"

"那只是你的解释，"博士说，"但是——"

"噢，如果我们有两种对立的解释，我们就不能假定其中一种是很可能的，直到我们都同意另一种不太可能。"佐伊坚定地说。

"好吧。"马丁内斯说着，举起了两手，仿佛试图掌控热烈的讨论，"也许我们应该从我们确定同意的那一点开始。伯恩斯坦博士说，既然那个凶手对尸体防腐操作很熟悉，他很可能曾在某个殡葬馆工作过。我明确赞同——"

"为什么？"佐伊问。

"为什么？"马丁内斯看着她，生气了，"你什么意思？"

"为什么你赞同？在伯恩斯坦博士做了这个分析之前，你去各家殡葬馆寻找过嫌疑犯了吗？"

"哦，没有。但这听上去很有逻辑性——"

"确实有点。"佐伊说，觉得自己已经受够了，"当一个人有着受过教育和知识渊博的外表时，他说的话听起来都有逻辑性，尤其是当他上了年纪，一头白发，常挂着'连环凶杀案专家'的招牌出现在电视上时。但是，假如我们的这个凶手对尸体防腐处理那么有经验的话，为什么第一个受害者被发现时她的一只脚已经腐坏了？让我来告诉你原因吧！之所以发生腐坏恰恰是因为凶手过去并没有多次尸体防腐处理的经验，他还在学习这个处理方法。第二个受害者的尸体完全做了防腐处理证明了这一点。另外，格雷特工告诉我，第二个受害者的尸体是用不同的防腐混合液做防腐处理的，说明凶手在做实验，因为他在防腐方面是个新手。我要说，如果你想排除一部分人的话，我会首先排除掉所有在殡葬馆里工作过几个星期的人，因为他们已经知道该怎么干他们的事了。"

会议室里沉默了，而佐伊意识到自己实际上在叫喊。安德丽雅时常抱怨，说她一激动或者一兴奋就会抬高嗓音。她深深地吸了口气，然后转向了马丁内斯。

"有个很出名的现象总是随着连环凶杀案出现，我是在说那些在电视里谈论连环凶杀案的伪专家们，他们误导了公众，催发了群体性的歇斯底里，搅乱了陪审团人员的视线。他们造成了难以估量的损害，他们都有个名称，在这个行业里，我们称他们为'电视谈话特写脸蛋们'。"

她看了看那位博士，他脸色发紫。他要心脏病发作了吗？她边说边在心里回忆了一下急救训练的知识。"伯恩斯坦博士也只是个'电视谈话特写脸蛋'而已，你可以一直听取他所谓的罪犯行为特征分析意见，但你那样做的话就找不到凶手了。"

博士眨了眨眼睛，嘴巴紧闭，随后他站起来，一把抓起他的公文包。一时间，他似乎想说什么，结果他只是转身离开了，"砰"的一声在身后关上了门。一阵沉默。泰腾看看她，两眼睁大了，佐伊平静地看着他。他带她来就是对付那个罪犯行为特征分析员的，是不是？他想到过会这么精彩吗？

"没必要那样吧。"马丁内斯很不客气地说。

"我不得不说出反对意见。"佐伊说道，"抱歉，事情弄得有点激烈了，但此人给你出了馊主意，这会潜在地导致浪费宝贵的时间。"

"那现在该怎么办？"马丁内斯问道，"你来告诉我你的朋友是对的？我们应该在那些案发现场布控以防那个凶手再来？"

佐伊和泰腾的目光相遇了。"不是为这个凶手。"佐伊说。

"对不起，没听清楚。"泰腾说，他的声调有点紧张了。

"没错。连环杀手常常回到案发现场去，大多数是为了回忆作恶情形，玩玩手淫，但这些罪行并非是在你们发现尸体的地方犯下的。第一个受害者是在她的房间里遇害的，所以我怀疑凶手会返回那里。第二个受害者是在街上失踪的，有迹象表明她被捆绑了。这就让我假设她被带到了某个地方，在那里遇害了——否则为什么要捆绑她？你们发现尸体的地方无法满足凶手的古怪幻想，他会被吸引去他实际杀害这些女子的地方。所以监控这些抛尸地点没有意义，只会浪费人力。"

随即佐伊朝泰腾投去挑战的一瞥，会议室里又是一阵紧张的沉默。泰腾的脸色黑了下来，但他没说话。

马丁内斯清了清喉咙，"那么你认为——"

会议室的门打开了，一个人站在门口，两眼圆睁。"警督，"他说，"又有一个。"

第十一章

俄亥俄街旁的湖畔沙滩上挤满了一排排围观人群，他们尽可能地靠近表示案发现场禁入标志的黄色带子。有些人免不了用手机拍摄了。泰腾发现了两个新闻记者精神抖擞地对着摄像机说话。他随着马丁内斯警督走到一个在现场执勤的警察面前，那警察正在试图让旁观人群往后站，他手里还拿着一个小笔记本。

"我是马丁内斯警督。"警督亮了一下他的证章，"这两人和我一起的。"

他们对那警察表明身份后，他尽职地在案发现场勘查日志上飞快地登记了他们三人的名字，在他写字时一阵风吹起了一页页纸。一个新闻记者朝他们的方向奔来，滔滔不绝地抛出了一大堆问题。泰腾转身背对着摄像机镜头，大步走上了沙滩，佐伊在他身旁。他尽量不去注意她，他非常恼怒她刚才破坏他对警督的影响的行为，所以已经在考虑该怎么对曼卡索说，让她把佐伊召回匡提科去。

他的黑鞋陷进了沙子里，在他身后留下了深深的脚印。他知道当他离开时两只鞋里和袜子里都能积聚起一堆堆的沙子，他的穿戴根本不适合沙滩。

他们走向一群人，那群人正围绕着一个坐在沙滩上的姑娘慢慢地走来走去。假如泰腾事先不知道那姑娘已经死了，他也会以为她只是在享受阳光天气呢。等他走近了一点，他才看到尸体被摆放得似乎她把脸埋在双手之中。

佐伊在离尸体五码的地方停住了。

"你没事吧？"泰腾问，其实并非他的本意，"你不必来这里的。"

"我很好。"佐伊简短地回答。

"看看死尸的照片是一回事，本特利，而真到了——"

"我已经到过几十个案发现场，见过大量的死尸了。"佐伊说，根本没看他，"我正想拍张大点的照片，说老实话，格雷特工，你在妨碍我集中精力。"

这个分析员真是令人讨厌，泰腾咬牙切齿，走了。等他走得更近点，他扫了一眼围绕着尸体的人群，有一个男子显然受到了惊吓，很可能就是发现尸体的人，正在对身穿制服的芝加哥警察说着什么。另一个男子围绕着尸体在拍照。在尸体的左边，有位女士，她的黑发向后梳起，扎了个马尾辫，正小心地从沙子里捡起什么东西，放进一个纸袋里。这两人很可能是法医部门派来现场的。另一个男子，泰腾猜测可能是法医，正在检查尸体的一只脚。

泰腾在梳着马尾辫的女士身旁蹲了下来。她脚边有一盒乳胶手套。

"嘿，你好，"他说，"我是联邦调查局的格雷特工，借用一副手套你介意吗？"

　　她转脸面对着他，深棕色的眼睛仔细地看着他。一时间他差点脱口而出："蒂娜？"她的脸几乎和他高中时的情人一模一样，可她不是蒂娜。他的嘴唇古怪地动了动，试图克制自己的嘴。

　　"我叫奥德丽·琼斯。"她说着，抬了抬眉毛，而他则张口结舌，像条死鱼，"可以啊，拿一副吧，也给你的伙伴几副吧！"

　　他点点头，戴上了手套。手套小了点，完全适合奥德丽那双细嫩精致的手，可他却笨拙地感到乳胶手套正在缓慢地束缚得两手快要失血了，他告诉自己别握拳头，这个动作肯定会把手套崩裂成两半的。

　　"你什么时候到达这里的？"他问了声。

　　"大约半小时前吧，"她说，"尸体是九点半被发现的。"

　　泰腾朝四周看了看："沙滩上空无一人吗？怎么会花那么长时间才发现尸体的？"

　　"我估计人们根本没注意到她。"奥德丽说着，慢慢地折叠好她拿着的纸袋。她从口袋里掏出一支钢笔，在纸袋上草草地写上什么。"他们以为她在睡觉或什么的。"

　　泰腾摇摇头，简直不敢相信。大晴天里一个女子死在公共沙滩的中央，却过了两个小时，甚至三个小时人们才注意到她。"有什么发现吗？"

　　"有些脚印，"奥德丽说，"但这整个现场都被践踏过了，所以我怀疑没什么脚印与凶杀案有关联，无论如何我们拍了些照片。我发现了几个烟蒂和一个用过的避孕套，几乎完全埋在沙里了。"

　　泰腾怀疑，假如奥德丽去沙滩的其他任何地方搜寻的话，她都会发现一大堆类似的东西。

　　"谢谢你，奥德丽。"他说着，站起了身子。

　　"没什么。"她说着，微笑着瞥了他一眼后，脑袋撇向了一边。甚至她的肢体语言都像蒂娜，他有点疑惑奥德丽是不是生物工程的产物，专来搅浑他的头脑的。

　　佐伊走近他们两人。泰腾一言不发，递给了她一副手套，她"唰"地套上了，然后去看尸体，聚精会神。泰腾紧随其后，试图看看她在看什么。

　　受害者的双手遮住了脸部，完美地模仿了一个人哭泣的姿势。假如不是由于她极不自然的僵硬和淡灰白的肤色，就不可能让人察觉她不是活人了。她身穿一件黄色的长袖衬衫，一条棕色的裙子，皱皱巴巴地裹绕着她的两条大腿。她赤裸着双脚，有一处挫伤环绕她的喉部，手腕和脚踝处也有挫伤。泰腾不需要法医来告诉他，说她很可能遭到捆绑了。那么，她是被捆绑着遇害的吗？她死得痛苦吗？她尖叫着乞求过绑架者放她走吗？他转头看向别处，眼盯着波浪，深感愤怒。

　　那天有风，密西根湖上的微波细浪随意地互相冲击，激起翻滚着白色泡沫的涡流。糟糕的天气，不宜冲浪，他不知不觉这么想起来了，他至少有十五年没去冲浪了。可一旦他开始冲浪，他总会眼观波浪，估量着是否适合冲浪。

　　沙滩很好，一边是湖水，另一边是芝加哥布满高楼大厦的湖岸线，楼房的玻璃窗大多呈现蓝色，仿佛是反射着湖水的色彩。南面有座绿茵茵的小公园。居民们肯定喜欢来此地，沿着沙滩散散步，或者跑跑步，可能还会来此游水嬉玩。他们再次光顾要相隔多久呢？即使不久前有个死去的姑娘被抛尸此地，明天沙滩上仍然会挤满人群吧？

"你能估计死亡时间吗？"他听到佐伊在问。他转向了她，也转向了死尸。她在问法医。

"也许要等会儿我做了尸体解剖后，但我不能确定，如果她被做了尸体防腐处理，就像之前的两个人，那就很棘手了。"

"你就是检查过之前那两具尸体的法医吗？"佐伊问道。

"是的。"他回答说。

"那我将非常乐意过后再与你聊聊，比较一下在这三具尸体上的发现。"

乐意——佐伊肯定会措辞谨慎的。乐意聊聊被绞杀后做了尸体防腐的那几个女子——欣喜若狂。

法医点点头，然后小心翼翼地拿起受害者的一只手，同时用他另一只手坚定地托住受害者的上臂。他拉了拉，受害者的那只手移动了，离开了她的脸。

"比起之前的那两个，她更柔韧一点。"他告诉佐伊。

"她的眼睛闭着。"佐伊说着，仔细看了看。

"还有她的嘴，"法医说道，"第一个受害者的嘴没有闭上。"他在死尸的那只手掌上套上一个纸袋，用橡皮筋固定住。

"她有个戒指。"佐伊说，指指死尸的另一只手。

"是的，他们会在停尸所里取下的。"法医说着，把第二只手拉开，让受害者的脸部完全露出来了。受害者的两只眼睛都闭着，她的脸色呈现面具般的平静。

"可以吗？"佐伊问道，指指另一只手掌。

"我真的不想让你——"

"我会小心的。"佐伊说。她小心地拿住那只手掌，把戒指退下了一点。她仔细地看看手指，然后又看看泰腾。"没有肤色不均的晒痕。"她说。

"也许她还没有晒黑呢。"泰腾提示说。

佐伊不耐烦地摇摇头，温柔地移动着受害者的衬衫衣领。她肤色上些许不同之处已经显而易见了。"她这里就有晒痕，"佐伊说道，"衬衣种类各不相同，有种衬衣露出更多的皮肤。"她把衣领往下拉了点，在靠近死尸的胸部露出了相同的晒痕。"肤色差别更明显了。"她补充说。

"所以呢？"法医边问边在第二只手掌上套上了一个纸袋。

"她习惯在太阳下穿着那种暴露身材的衬衣。"佐伊咬着嘴唇，"极有可能她是个妓女。"

"或者是个骑车送货的女孩，"泰腾说，"或者是个芝加哥小熊队的拉拉队员，或者是个失业的女孩，喜欢早晨穿着细肩带衬衫行走。你无法推断说——"

"我不是在推断任何事，"佐伊尖刻地说，"但之前的受害者中有一个就是妓女。高风险的受害者是连环杀手的主要目标，所以我认为非常有可能。"

泰腾一阵恼怒，转身就走开了。他走近那个和马丁内斯警督站在一起的男子，那男子有着金黄色的头发和几乎难以察觉的胡须。这和马丁内斯满脸胡须形成了鲜明的对照。

"就是此人发现了尸体吗？"泰腾问。

"是的。"马丁内斯点点头，"他叫丹·芬利。"

"我真的该走了，"丹说道，声调很高，"我还有业务要做，而且——"

"什么样的业务啊？"泰腾问道。

"我是藜麦供应商，有许多店面和餐馆都靠我供货。现在，只要你晚交了一批货，他们立刻就转向其他供应商了，根本没有归属感，没有伙伴情谊。每个人——"

"你几点到沙滩的？"泰腾问。

"我已经回答过两次了，同一个问题你们究竟要我回答多少次？"

"这是凶杀案调查，芬利先生。"马丁内斯说，"我们不想犯错，我肯定你能理解。"

"就像我对其他人说的，我大约八点到沙滩的。"

"可你直到九点半才报告发现尸体，为什么？"泰腾问。

"我不知道她已经死了，我还以为她在哭泣呢。"

"有个女子在沙滩上哭泣了一个半小时你才去看看？"

"也没有其他人走近她，我也不想去打扰。"丹说着，他的嘴怨恨地动了一下，"现在你去沙滩总会碰到这种事的。"

"你不可能走到沙滩上却没有发现死尸吧？"泰腾看着他，一副难以置信的神色。

丹噘起了嘴巴，不说话了。泰腾摇摇头，走开了。马丁内斯一会儿也走到他旁边。

"第三个受害者。"泰腾对马丁内斯说。

马丁内斯点点头："离上次的那个才过了十一天。"

泰腾交叉着两只手臂，看着湖面。他既感到受挫，又感到着急，他希望他们会设法在出现第四个受害女子之前逮到凶手。

第十二章

佐伊看着她那份鸡肉沙拉，毫无食欲。除了他们在附近找了个停车点，停车吃饭之外，没发生什么事。那个女侍者草率讨厌，脖子上发着皮疹，向她推荐了鸡肉沙拉，她说是她的最爱，佐伊很是怀疑。结果鸡肉干巴巴的，用了不知什么绿色香草作调味品，而那些蔬菜已经反复冰冻解冻多次了，变得像餐巾一样索然寡味。

同来的伙伴也无法增进她的胃口，泰腾阴沉着脸，一言不发，正在生着闷气。他吃着一个汉堡，咬上一大口，没嚼几下就吞咽下去了。很显然，他就想快点结束这顿午餐。

最后，他放下吃了一半的汉堡，说道："你原本可以支持我的，监控案发现场是靠谱的方式，可现在马丁内斯不会这么做了。"

"这不会有什么好处的。"佐伊说着，尽力想保持耐心。在最新的案发现场，泰腾让她怀疑她自己的推论，但她没对马丁内斯说一句"为什么那个受害者是个妓女"的道理，现在她后悔没说。"凶手不会重回那里的。"

"你不知道，你只是在猜测。"

"我不是猜测，"佐伊尖锐地说，"我是依据之前的案子和收集到的证据推断的。这就是我做的事，是我的工作。"

"说到你的工作，你难道就不能对伯恩斯坦婉转一点吗？我把你带来只是为了动摇他们对他的信任，并不是为了沉重打击他的。"

"我不是你带来的，是曼卡索派我来的，而她派我来是为了和芝加哥警方磋商的。这我已经做了，并且还在做呢。"

"磋商？你就像伯恩斯坦博士一样，你们两个不比巫师好多少。给探员们编故事，搅乱调查，就是为了证明支付给你们薪水是合理的。"

她的脸气得通红，她的心"怦怦"乱跳。她真想抓起鸡肉沙拉扔在他脸上。"浑蛋！你懂什么，泰腾？我不知道你对我有什么该死的质疑，我没有支持你的原因是你的建议太蠢，任何人只要稍稍接触过连环凶杀案都能看到这一点。但是，当然啦，你没有什么经验，你来行为分析部门是因为没地方要你。所以啊，忘掉你那个鸟样或者尿湿床的方案或者其他什么你在弥补的想法，像个男人。如果你要我支持你，你得跟得上我才行，我的脚步很快噢。"

她站起身来，一路怒骂着出了餐馆。他只得诅咒着为食之无味的鸡肉沙拉付了账。

她跺着脚沿街走去，感觉自己又回到了十四岁，当时那个警察一副高人一等的样子看着她。

听着，好孩子，维护治安的事交给大人来做，好吗？

泰腾，见鬼去吧；那个警察，见鬼去吧，十九年前她就刻意忘了他的名字；还有所有那些嫉恨她干了"真正特工"工作的联邦调查局特工，统统见鬼去吧；那种一直跟随她却无视她所有成就的傲慢态度，也见鬼去吧。还会有哪个方面可以让她得到应有的赞赏呢？

她眼里流下了愤怒的泪水，她很快就用手背抹去了，艰难地咽下了，迫使自己平静下来。她站定不动，集中注意力调整呼吸，她深深地吸了口气，稍稍打了个嗝，再呼吸时就完全顺畅了。她的心跳也缓慢下来了。愤怒依然如故，但她已经加以克制了。

泰腾在她背后叫她的名字。粗俗。她又迈开腿往前走。

"佐伊！看在上帝的分儿上，等等我。"

"别烦我。"

"可以啊，怎样都行。"他在她背后冷冷地说，"不过，我觉得你会乐意知道的。他们已经确认了那姑娘的身份，通过比对匹配失踪人员报告确认的，她的名字叫克里斯塔·巴克，她是个职业妇女。"

"职业妇女"，那是泰腾以他的方式说她是个妓女，只是没用"妓女"这个词罢了，也没有承认她是对的。她原本在她想到这一点时就该对马丁内斯说的，让他看到她行事不错，那样他就会更愿意听听她的想法了。

"他们正在去找她室友的路上，她的室友名叫克里斯特尔。马丁内斯问我们是否要一起去，我是不是该对他说你不感兴趣？"

她一下转过身来，满面怒容。泰腾看着她，他的脸色冷冷的，毫无表情。

"恰恰相反，"她冷静地说，完全克制着情绪，"我倒想听听那个妓女会说什么。"

第十三章

克里斯特尔在床上坐立不安，偶尔瞥一眼那些来找她的陌生人。格雷特工已经说过他来自联邦调查局，而马丁内斯来自芝加哥警察部门。那个女的没说来自哪个部门，难道她是联邦调查局特工的女友？看起来肯定是的，他俩有意避免互相之间的目光接触就已泄露了这一点。当那个探员说话时他俩都在点头，却又故意不理睬对方。对的，他俩在互相斗气呢，毫无疑问。

她希望他们快离开。上午她刚接了个客，这也只是每隔两三天才会有的"好事"，男人一般更喜欢在夜里付钱做性交易。她口袋里放了一张二十美元的钞票，等警察一离开，她就下楼去找阿－提买可卡因，然后吸食几口——顺利地开始一天。

她的肚子咕咕作响，她也应该拿点东西吃了。她上次吃东西是什么时候？

不，先是吸了可卡因，然后她会试试再找个上午客。谁知道呢？她也许会有好运。之后，她肯定会买份早餐吃。

她又没在听问话，而那个警督马丁内斯看起来很沮丧。

"对不起，你说什么？"她问。

"你最后见到克里斯塔是什么时候？"

克里斯塔，她太想念克里斯塔了，她的朋友是个对生活随遇而安的人，克里斯塔有时可以让她笑笑。她们总是搭档，克里斯塔和克里斯特尔。当她们介绍自己时，人们会发笑，好像那是某个非常滑稽的笑话似的。瞧着克里斯塔和克里斯特尔这两个可卡因瘾君子，阿－提曾经说她们应该开始试试冰毒，而不是可卡因。然后他们就可以说克里斯塔和克里斯特尔①真的是冰晶透明了。哈，哈，生活不就是一大桶笑话吗？

"我不知道，"她说，"一个星期之前？我估计……也许更久？"

"你是在四天前报案说她失踪的。"马丁内斯说。

"是啊，那么我估计得也许时间长了点，因为她失踪了四五天我才去报案的。"

"你为什么要等那么久？"格雷特工问道。

她直感到颈部有蚂蚁在爬着，她一天不吸可卡因就总会这样的。昨天真是扯淡，只有一个客人，骗了她，完事了，只给了她十美元。阿－提说过他会追上那个家伙，拿回少给的钱，但他从来就没有这么做过。如果皮条客在你有事时不来帮你，那么要他有什么用？

"我不知道。"她耸了耸肩，"她过去也离开过，克里斯塔老是玩失踪，她让客人接她过去一两天才回来。克里斯塔总能找到上等客人。"

---

① 这女孩名叫克里斯特尔（Crystal）。"Crystal"在英语里的含义是：水晶的，透明的，清澈的。而冰毒是新型毒品的一种，又名甲基安非他明、去氧麻黄碱，是透明结晶体，纯品很像冰糖，形似冰。所以，阿－提以此开玩笑。——译注

因为克里斯塔很漂亮，不像她。她的牙齿依然很好，并且她也没到瘦骨嶙峋的程度。

"你知道那些客人是谁吗？"那个女的问了。她叫什么？佐伊。她的两眼捉摸不定，她的目光一下子就钻进了克里斯特尔的脑袋，深挖她所有的秘密。克里斯特尔避开了她的目光。上帝啊，她需要可卡因。

"不知道。"她说。

"谁知道？"

"没人知道。"阿－提很可能知道，可如果她把他的名字告诉他们，他会杀了她的，"有进展吗？这个案子？你们觉得能找到她吗？"

克里斯特尔了解情况。像她们这样的姑娘，如果失踪了，就不会回来了。只有朱莉娅·罗伯茨可以失踪一星期，回来时带了个新衣柜，还有一个亿万富翁做情人。像克里斯特尔这样的姑娘，如果她失踪了，你可以肯定她已经躺在哪个地方的沟里了。

但不是克里斯塔。克里斯特尔总觉得她这个朋友不会走上那条路的。在某种程度上，克里斯塔几乎很像朱莉娅·罗伯茨，她也有这种喜气，这种……气质，好像她就是为其他什么而存在的。

"恐怕我有个坏消息，"马丁内斯说，"克里斯塔已经死了。"

克里斯特尔心里立刻想到的是克里斯塔瞒着阿－提私下藏起来的八十美元。这八十美元克里斯特尔发誓永远不会碰的，那是克里斯塔节省下来的钱，想将来永远离开芝加哥时要用的，是她的紧急备用金。现在这钱归克里斯特尔了，她可以用这笔钱买四支可卡因……不，三支可卡因和一顿丰盛的早餐，还有……

一想到这里她眼泪流下来了。那三个陌生人很可能以为她是在为死去的朋友哭泣呢，其实不是，她是为自己哭泣。

特工和探员变得焦躁不安了，见鬼去吧，他俩。但那个女的，佐伊却蹲了下来，直看着克里斯特尔的眼睛。她那凄厉的目光注视似乎催眠了克里斯特尔，只见她哭泣声渐渐轻了，转为呜咽。

"我为你的朋友感到非常遗憾，"佐伊说道，"那是一个男人干的。"

克里斯特尔点点头，当然是个男人。

"我们在找这个男人。"佐伊说道，"我们想赶在他残害其他人之前抓住他，所以我们真的需要你的帮助。但我需要你集中精神，行吗，克里斯特尔？"

也许这女人来自社会服务部门，她确实让克里斯特尔想起了过去遇见过的一个社会工作者，在她看来，连那人的面容也很像，比如她想帮助，但也知道像克里斯特尔那样的人已经没法帮助了。那里根本没有怜悯，没有悲伤或厌恶，只有理解。

"好吧。"克里斯特尔抽泣着说。

"克里斯塔也吸毒吗？"佐伊问。

这女人没有拐弯抹角，克里斯特尔没有问她是怎么知道的。吸毒会留下痕迹，尽管并非总是很明显，有些人更擅长于掩盖，但克里斯特尔肯定没有这么做。

"有时吸，"她回答说，"没我吸的那么多。"

"克里斯塔是个怎样的人？"

"她……很和善。街头妓女里，有些真正卑鄙恶劣的人，你知道吗？但克里斯塔从没这样，她几乎和什么人都能相处好，甚至大多是些卑鄙恶劣的人。"

并且阿－提揍她的次数比揍我的少。

"克里斯塔有一只戒指吗？"

"有什么？"克里斯特尔问道。

"一只银戒指，上面有一小颗红宝石，可能是假冒货。"

克里斯特尔哼了一声，"假如她有的话，她早就把它当掉了，不然有人会把它拿走的。"

"很可能她最近才得到的。"

"根本没有戒指。"克里斯特尔说。

"克里斯塔平时怎么打扮的？"佐伊问。

"你可问了个奇怪的问题，女士，她打扮得就像个吸毒妓女。"

"她穿黄色的长袖衬衫或者棕色裙子吗？"

"她从来不穿黄色衬衫，"克里斯特尔说道，"她总是说黄色不适合她，她也没有棕色的裙子。"

"好吧。"佐伊点点头，"马丁内斯警督，你还想问其他的问题吗？或者你，特工？"她说"特工"这个词的口气就像人们通常骂"浑蛋"一样。他们两人怎么啦？

"是的，"马丁内斯说，"谁卖毒品给你们？"

"我想帮你，可我不会说的。"

"即使他就是杀害她的那个男人？"

"不会的。"

"你能告诉我们你最后见到她的情况吗？"格雷特工问道。

"我们都在街上拉客，我和一个男人进了一条小巷，"克里斯特尔说道，"等我回来，她已经走了。"

"有人见到她跟谁走的吗？"

"没人。"

"你那天晚上有见到什么可疑的人吗？"

她哼了一声，"我拉客的地方，每个人都很可疑。"

"有什么人比较引人注目吗？"

"是啊，"她突然回想起来了，"当时有个十分诡异的男人在一辆破旧的车里，他想让我们一伙人都跟他走，但没人愿意。"

"他长得什么样？"泰腾问。

"他浑身都文身了，脸上，手臂上，头颈上，"克里斯特尔边说着，边回想着那天晚上的情景，"他说话很古怪，尖声尖气的。"

"你知道那车型吗？"马丁内斯问。

"不知道。但车是蓝色的，油漆正在剥落。"

"他是否想让克里斯塔跟他走？"格雷特工问道。

"是啊，但她从来不会上那种车的。"

"那个晚上你们是在哪里接客的？"特工继续问。

"靠近布赖顿公园，那里有个街角。"

"你能确切地告诉我是哪里吗？"马丁内斯问。

克里斯特尔迟疑了。那个街角可是她最好的地点，她曾在那里拉到过几个最好的客人，如果告诉他了，他就会知道往哪里派乔装诱饵了。

这好像是某个大秘密似的，其实人人都知道布赖顿公园那里的妓女在哪里拉客。

"好吧，"她说，"我告诉你。"

第十四章

他的房子让他感到……空空荡荡的。

这次分手对他来说从未如此艰难，可他知道这么做就对了，但他尚未准备好适应随之而来的孤独感。让人感到身心健康的是，在床上醒来时身边躺着一个你爱的女人，看着她躺在那里，她的两眼闭着，面容天真无邪，躯体温馨柔软……

噢，也许不那么温馨柔软。

但让他放心的是，离家时就知道当他回家时，她会在那里等着他，永远在那里，就在他放下她的地方。这是完全可以预料到的。她是他能够信任的女人。

但是坦率地说，如果激情消失了，再要拖延那个无可避免的时刻就根本没有意义了，对吗？

下一个女人将会是真正的存在，他会小心谨慎，更为仔细地挑选。虽说，上次这位迷人可爱，富有生气，可惜在她身上有某种程度的……损坏。他们的关系拯救了她，使她免于急剧地堕落为一个毒品瘾君子，他对此毫不怀疑。他会永远清楚这一点的，而她也会永远清楚这一点的。也许那就是导致他们分手的真正问题所在吧！当然，问题还有他做防腐处理的平庸琐事。

不，下次会做得更好。他会挑选更好的人，他会对她做得更好，她会完美无缺。

今晚，他就该去挑选一个吗？与前一个的关系在前一天晚上刚结束。他筋疲力尽了，因为他整夜无眠，开车载她去沙滩，带着她去她想去的地方。

那天夜里，他一时之间曾想到一切可能都结束了。

那里还有一对恋人，在沙滩上互相依偎着。在黑暗中，他没有注意到他们，或者说，他原本想一直走，把她带到一个不同地点的。他当时拖着她，她的脚后跟时而碰触到沙地上。他呼吸沉重，直骂自己为什么不把车子停得更近一点。有一两次，他几乎觉得他走得足够远了。但在他内心深处，他知道她想靠湖水更近点，看着湖面上微波细浪轻轻拍打着湖岸。他差不多快到他的目的地时，那对恋人站起来了，显然是觉得该回家去了。

他注意到了他俩的身影投射在月光下的湖面上，他们离他只有区区的二十英尺，并且正在朝他的方向走来。他只有几秒钟时间，他的手伸向口袋里的那把刀子，心脏狂跳。

他马上设想了一个计划。他会先割了那个男的喉咙，那个女的会很容易对付的，也许他可能带她回家，然后……

但是这太冒险了，而他也不想扔下他手头的姑娘。他反而把她竖起来，两手环抱着她的腰部，头依偎着她。她站着，她的脸埋在双手之中。那对恋人就会看到他们觉得是真实的情况：一个男子在安慰着一个心碎了的女子。

那对恋人走过去了，甚至看都不看他一眼，沉醉在他们两人之间的狂迷之中。他知道那是什么感受。恋爱真是件奇妙的事。

他继续拖着她，让她坐在沙滩上。他感到遗憾，没给她带条小毛巾可以让她坐上去。他细心地摆弄好那条裙子，让裙子稍带着卷曲一点。

最后，他感到满意了，就向她告别，不想在此事上拖延太久，就离开了。

可现在，他想念她了。或者说，至少他怀念她在他家的情景。

他需要填补这个空虚。下次会有所不同，他会找到合适的人选的。

明天他就会开始搜寻。

第十五章

1997 年 10 月 23 日，星期四，马萨诸塞州梅纳德城

佐伊的父母又在窃窃私语了。这情景几乎每天都会发生。他们家过去总是大声喧哗的，可现在却变成了一个悄悄说话、沉默压抑、无声哭泣的家庭。

她母亲认识五天之前第二个遇害的少女。杰姬·特勒是她图书俱乐部里一位女士的女儿。两年之前，佐伊的母亲还曾参加过杰姬十六岁的生日晚会呢，可现在她却去参加了那少女的葬礼。

佐伊的父亲试图做得好像一切都平常如故，可那几乎是不可能的。她母亲时常会陷入一阵长长的出神发呆，对别人的话都听而不闻。她坚持要开车接送家里的女孩们上学。佐伊必须在天黑之前回到家里，也就是说，下午五点到家。昨天，安德丽雅打开了家门，拿着球奔出去玩，母亲却追着她，歇斯底里地尖叫着要她进屋，安德丽雅吓坏了，哭了起来。当母亲把她拖回了屋子后，佐伊抱着她，在她耳边轻声地安慰她。

下星期就是万圣节前夕了，大家几乎都知道今年不会再有"不请

客就捣乱"①的游戏了。

此刻，她的父母又在起居室里嘀嘀咕咕了，但佐伊一走进房间，他们就立刻不说话了。

"嘿，爸爸，你没把那张报纸扔掉吧，是吗？"她问。

"没有。"他对她笑笑，"就在厨房的餐桌上。"

"太好了，谢谢。"她说着，马上转身离开了。

"她要那张报纸干什么？"她听到母亲在问。

"学校的某个项目吧，"父亲说，"她需要保存天气预报页或什么的，我不知道。"

她拿起报纸，走进自己的房间，关上了房门。随后，她的心在"怦怦"地跳着，读到了第二页上的大标题：《警方通报哈特利谋杀案的进展》。

她快速地瞄了一眼贝思·哈特利那张熟悉的照片，他们总是使用同一张照片：贝思微笑着，从侧面盯着照相机，看上去有点傻傻的样子。贝思会同意把她这张照片一次又一次地放在报纸上吗？佐伊很怀疑。可贝思已经死了。在贝思受那种罪之后，无论如何，佐伊觉得贝思也不会在乎那张糟糕的照片了。

---

① "不请客就捣乱（trick or treating）"的游戏是西方万圣节的一个有趣内容，尤为儿童喜爱。11 月 2 日这天，孩子们提着南瓜灯笼挨家讨糖吃。见面时，打扮成鬼精灵模样的孩子们千篇一律地都要发出"不请客就捣乱"的威胁，而主人自然不敢怠慢，连声说"请吃！请吃！"，同时把糖果放进孩子们随身携带的大口袋里。——译注

她快速地浏览了一下那篇报道。就像有关这两起谋杀案的大多数报道一样，这篇报道也是缺少细节，真是令人沮丧。究竟有了什么进展呢？他们已经拘留了一个或几个嫌疑犯了吗？他们搞清楚为什么贝思会遇害了吗？

警方只是说他们已经取得了进展，可当有人问他们是否认为杰姬·特勒是被同一个凶手所杀时，警方说他们还在调查各种可能的情况。

杰姬·特勒的尸体是在杜兰特池塘被发现的。她晚上出去遛狗，可她过了一个小时也没回家，她母亲就出去找她了，后来向警方报了警。几小时后，那条狗回来了，拴狗颈的皮带还拴着。杰姬那天夜里就被搜寻队找到了，她被剥光了衣服，她的尸体躺在池塘的浅水处，她的双手从背后被反绑着。佐伊知道所有这些情况，因为希瑟十九岁的哥哥罗伊也在搜寻队里。他回到家里，吓坏了，脱口说出了整个情况，可他们的父母亲不想让希瑟听到，但没来得及把她带走。

两个少女被发现赤身裸体地死了，每个人都害怕了，那是这个小城镇最恐怖的噩梦了。昨天晚上，佐伊的父亲开车去过超市，他说街上都是空空荡荡的，没个人影，梅纳德城在夜间就成了鬼城，居民们都躲避在各自的家里。

有关凶手的各种猜测依然在街上随处传播，这让佐伊心里深感寒战，但也让她深感着迷。她一直喜欢阅读各种惊险小说和神秘故事，而这个出现在她生活里的案件就是发生在邻里的惊险故事啊，她无法不去想此事。所以她试图把她所了解的少之又少的一些事实和各种道听途说的谣传综合拼接起来。

　　她从床下取出了剪贴本，打开后翻到了空白的下一页，然后她小心地把报道从报纸上剪了下来。她用背顶着房门，准备着如果她父母突然闯进来时就把报纸和剪贴本往床下一塞了事。她把报道贴在剪贴本上，又读了一遍。

　　"进展"，那是什么意思？他们正要去逮捕那个凶手吗？就是那个在夜里突然抓住少女，剥光了她们的衣服，然后杀害她们的那个家伙吗？是那个残忍的怪物吗？

　　那是报纸上提到凶手时常常喜欢使用的字眼，诸如逍遥法外的残忍怪物啦，一个残忍怪物折磨无助的少女们啦，一个残忍的怪物隐匿在梅纳德城啦，等等。

　　但是，佐伊意识到一个令人恐惧的事实，这可不是一个怪物，这可不是某种外星人，或者从阴沟、洞里钻出来的有鳞动物。而是更为糟糕，那是一个人。一个在梅纳德城行走的家伙，很可能就居住在这里，也许他少年时还在佐伊的学校上过学。也许她昨天去上学的路上就见到过他，也许她父亲在超市里也遇到过他。他还可能参加了杰姬·特勒的葬礼，就站在后者的母亲身旁，杀害少女的情景在他脑子里还很清晰呢。

　　她在街上遇见的每个陌生人都会引发她想到这个问题。"会是他吗？"她发觉自己会直愣愣地盯着别人看，试图看到他们眼中闪过的一丝罪恶感来。两天之前，她注意到学校看门人的喉部有条抓痕——有可能他是被一个拼命挣扎的姑娘抓伤的。她浑身颤抖着，去了浴室，在那里待了将近十分钟，才设法镇静下来。

她草草翻阅着她的剪贴本，随处停下，随后又翻到末页，在那一页上她贴了一张梅纳德城的小地图，她在地图上标注了两个地点：杜兰特池塘和白塘路桥。

还会有第三个受害者吗？

不知什么原因，街上的路灯不亮了。佐伊沿街走得很快，真后悔没叫她爸爸来希瑟家接她。夜晚漆黑一团，笼罩着她，令人恐惧，令人窒息。寒风从树丛里吹过来，树叶在她四周窸窣作响，除了她"啪嗒啪嗒"的急促脚步声之外，这是唯一的声音了。天气很冷，冰冷的空气钻进了她的衣领，她的脚跟冻坏了。她迫不及待地想回家。

她的一根鞋带松掉了，但她不想在黑暗的街上停下来把它系好。她稍稍加快了步伐，现在不远了。路灯为什么不亮呢？她打了个寒战，一棵树的黑影挡住了那一点点的月光。

她能听到背后有什么动静——脚步声，另一个人的脚步，迅速地沿街走来，越来越近了。一个男子发出的艰难费劲的呼吸声，间杂着快速的脚步声。她几乎到家了，假如她发出尖叫声，人们就会出来帮助她。很可能什么事也没有，只是一个男子出门轻快地散散步而已。

他越来越近了，她发觉自己步履匆忙，随后就奔跑起来了。她惊慌失措，呛进了大口大口冰冷的空气，冷得她肺部发疼。有人害怕得呜咽起来，那就是她自己。在她的身后，那个男子也在奔跑，他没有叫喊她停下来，没有呼叫她的名字——他只是在奔跑，他的呼气声更加沉重了，几乎就像发出咆哮声、发出号叫声一般。

还要奔几步才到家？三十步？五十步？恐惧的泪水流下了她的脸颊。她回头一瞥，看到了他的身影——魁梧、高大、黝黑——他目露凶光，紧眯着眼，在夜晚的黑暗中闪出寒光。

没办法了，只能尖叫。"救命啊，有人吗？"她的声音听起来受到抑制了，断断续续，根本不像她希望的那般响亮。没有一扇门打开，没有一扇窗户打开，更没人从他们的家里出来救她。而那个追赶她的男子已经扑上来了，一把拉住她的衬衣，随着她挣扎着向前跑，衣领勒住了她的喉咙。他把她拉了回来，把她拖到一丛灌木处，把她扔在地上。什么都看不到了，完全无助了。他手里拿着一把刀，他撕开她的衣服，眼睛里充满了狂野和性欲，还有憎恨……

她的手猛烈乱推，试图阻止袭击者，然后她就醒了，喉咙里堵着一声尖叫。她躺在黑暗中，呼吸艰难，心脏"怦怦"乱跳，好像被压制在胸腔里一般。慢慢地，意识恢复了。她躺在卧室里，离父母的卧室只隔了一扇门。夜晚很寒冷，她不知什么时候把毛毯蹬掉了，她从地上拾起了毛毯，浑身发抖，分不清是由于寒冷的缘故还是噩梦所致。她摸索着打开了电灯，突如其来的亮光使她眯起了眼睛。

安德丽雅睡在卧室的地板上，灯光使她在睡梦中翻了身。佐伊立即关了电灯。这是她第二次发现安德丽雅夜晚睡在她的房间里，想来，她年幼的妹妹虽然不知道外面发生了什么事，却能感受到大家的恐惧，因为她知道她再也不能出去玩了，所以她明显地感觉到一定出了什么事了。

佐伊蜷缩在毛毯里，害怕再睡着。噩梦依然萦绕在她的心头，它如此真实生动。杰姬·特勒临死之前就是这种感觉吗？还有贝思也是如此吗？

不，对她们来说，很可能更加恐怖。之后她们再也没有醒过来。

"佐伊吗？"妹妹带着睡意的声音打破了房间里的寂静。

"怎么啦？"佐伊设法保持自己的声音沉着。

"杰姬年龄大吗？"

"什么？"

"杰姬，妈妈认识的那位女士的女儿，她年纪很老吗？"

佐伊不知道安德丽雅无意中听到了什么，她能听懂多少，她才五岁啊。

"不，"她说，"她年龄不大。"

"可是妈咪告诉爸爸说杰姬死了，只有老人才会死，是吗？很老的人。"

佐伊仰面躺着，眼盯着天花板，没说话。

"杰姬老吗？"妹妹一定要问，她不会放弃的。

"不老，但是……这不应该发生的。"

"可她死了，是吗？"

"是的。她死了。"

"你觉得我会死吗？我不想死。"一阵害怕的啜泣，"妈咪说过只有非常老的人才会死，要比祖母还老。"

"是的，别担心，蕾蕾。"佐伊听到自己在说着，"只有很老的人才会死。"

"比祖母还要老吗？"

"是啊，比祖母还要老。"

"那么我不会死了？"

"只有当你变得非常老的时候，蕾蕾。"

"你会死吗？"

"是的，但只有在我变得非常老的时候。快睡吧，蕾蕾。"

"我可以睡在你的床上吗？"

"当然啦，"佐伊说，部分地感到宽慰了，"来吧！"

妹妹跳上了床，膝盖撞到了佐伊的胃部，佐伊疼死了。安德丽雅依偎着佐伊。

仿佛才过了几秒钟妹妹温和的呼吸就稳定了。佐伊一直醒着，感到她似乎将永远不再睡觉了。

她的数学老师星期五上午生病请假了，于是忽然之间，佐伊就有了两大块空闲时间，直到下一节课。希瑟建议她们逃课去买点热巧克力吃，起初佐伊对这主意挺高兴，但随后一个萦绕于心的不同念头突然在心头出现了。

她可以去杜兰特池塘看看啊。

没什么真正的危险，那时是上午，那里很可能会有一些慢跑者，或者一些遛狗人。她只想看一眼而已，她的父母永远不会知道的。

她没骑车，那天早晨爸爸用车送她来学校的，但离她家不远。她可以偷偷地出去，拿到她的自行车，骑着去那个池塘，就看一眼，然后回家，放好自行车，再回学校正好赶得上下一节课。

她知道这么做很奇怪，但随着这个想法在心里越来越强烈，她愈发觉得必须得去了。她也不知道为什么，但就是无法忘掉这个念头。她还记得上次去了白塘路桥后她感到多么的宽慰啊。也许，如果她终于看到了杜兰特池塘后，她就能不再去想杰姬·特勒浑身赤裸、两手被反绑着、为了活命而挣扎的情景了。

佐伊和希瑟离开了学校，快步走向梅因大街。虽说她们有两个小时的时间，可最近的咖啡馆差不多有一英里远呢，所以她们得走快点。两三个毕业班的学生站在大街对面，当他们发现这两个女孩时，他们开始对希瑟又是发出嘘声，又是吹口哨，一阵嘲笑。希瑟两手紧抱着胸前，非常尴尬，她总是在快步走时为自己胸部的样子感到不自在。

"这些蠢货。"佐伊咕哝着，边和希瑟一起走远了，听不见他们说话了。

希瑟满脸通红："就是。"

她们到了梅因大街，可当她们到达咖啡馆时，佐伊却停下了。

"听着，我……"她支支吾吾地说，"我有点事情要办。"

"你在说什么呀？"希瑟问。

透过咖啡馆的玻璃窗，佐伊认出了她们数学班里的几个女孩在里面，几乎要改变主意了。那天很冷，来点热巧克力听上去很不错。

"我的英语笔记本忘在家里了，"她撒了个谎，"我得奔回去拿。"

"等会儿再去拿吧，我们还有一个多小时呢。"

"我会快点的。去吧，我会来找你的。"

希瑟耸耸肩。"当然啦，无所谓。"她边说着，边走进了咖啡馆。随着店门在她朋友身后关上，一阵烘烤食品的香味冲入佐伊的鼻孔，她觉得自己就像个傻瓜。

尽快去看一眼那个池塘，然后忘掉它吧，那么她还有时间去找希瑟。

她连走带跑地回到家里，一把拽住了自行车。从她家到杜兰特池塘小径只需骑车十五分钟。她拼命地踩着踏板，冷风呼呼地鞭打着她的脸。她快速骑到了萨默大街，直喘着粗气，费劲地骑上了平缓的斜坡。

一个妇女在她嗖嗖地骑过时瞟了她一眼，让佐伊好一阵害怕。那个妇女认识她吗？她会告诉她妈妈吗？她让自己相信她没被认出，那只是个陌生人罢了。但是萨默大街是梅纳德城最热闹的街道之一，如果她在那里停留，有人会认出她的。

她就在布鲁克斯大街拐了个弯，沿着那些小街道和林荫路直奔杜兰特池塘小径而去，避开了窥探的目光。由于又用劲又紧张，她的心狂跳着，骑车到了那条小径。

这个池塘周围的树木大多稀疏，地上堆积着一层枯叶，她的自行车轮子压辗过去时就发出沙沙的声响。她既感费力又感刺激，心跳剧烈，她清楚，假如父母亲知道她去了那里会被吓坏的。

　　杰姬·特勒就在几天前才从这条小径走过，手牵着系狗脖子的皮带。当时发生了什么呢？她听到过什么声音吗？是不是有人走近了她——也许甚至是她认识的人？他立刻袭击了她吗？或者他先和她说说话？问问她的狗，聊聊天气？

　　她抵达了池塘，沿着池塘边骑了一会儿，然后，她停车了，凝视着水面。池塘一片平静，水面反射着对岸的景色：一行树木，一片蓝天。许多树叶已经落下了，掉入水里，在绿色的水面上点缀着褐色和黄色，一群鸭子在池塘中央游水戏玩。整个环境一片宁静。

　　两具尸体都是在浅水处被发现的。那有什么含义呢？凶手是在水边偷偷接近他的猎物的吗？她跳下了自行车，弃车步行，直至她的鞋子陷进了岸边的泥泞湿土里。她想象着这个地方在夜间的情形，搜寻队沿着小径走来，他们手里的电筒光直射在地上，突然有人注意到水面上漂浮着一个苍白暗淡、一动不动的物体。一具死尸，她的两手被反绑着。

　　希瑟说起过她听到她哥哥每天夜里关上了房门在哭泣，她父母正在寻找治疗他的办法。

　　周围沉寂得令人不安。她原来以为会遇见一两个慢跑者，或者一个母亲带着孩子在散步，可现在空无一人。

　　为什么人们会在几天前一个少女遇害的公园里散步？

　　她不想在那里待下去了，她后悔没进咖啡馆。她疾步走回自行车边，开始往回骑。但就在那时，她发现树丛之间有个人影，一个男人，他站在那里，背对着小径，所以她看不清他的脸或他的手。他只是在撒尿吗？她不想弄明白了。那只是她的幻觉或者还是他在沉重地呼吸？

她开始骑车离开，这时车轮轧过了一根枯枝，发出了"噼啪"的声响。她吓了一跳，回头张望了一下。

"佐伊？"

她停住了，喘息着。原来是罗德·格洛弗，他们的邻居。忽然之间，她意识到她不再是一人独自在那里，还有一个负责任的成年人和她一起，那是多么令人宽慰啊。

"嗨。"她微笑着说。

"你在这里干什么？"他边问道，边朝她走来，两手插在口袋里。

她耸了耸肩。"学校上课前还有点时间，所以我就想骑车兜兜风。"她皱了皱眉头，"可别告诉我父母，我妈妈会大发脾气的。"

他走到她身旁，咧嘴一笑："我会替你保守秘密的。"

她点点头，觉得可以相信他，他没让她觉得是某个会泄密的家伙。"你在这儿干什么呢？"她问道，"你不去上班了？"

"发生了一件不可思议的事，"他说，"今天办公楼起火了，某种电路故障吧。"

"是吗？大家都没事吧？"

"没事。"他点点头，"我们的秘书差点被火烧到，还好我及时救她出来了，我不得不背着她出去，因为她吸进去好多烟雾，站立不稳了。"

"天哪，他们把火灭了吗？"她心头掠过一阵忧虑。她爸爸的办公楼离格洛弗工作的那个电话销售办公楼仅隔了两栋楼。

"是啊，全灭了，但他们让我们都回家去。老板要确保清理好，明天就可以照常工作了。"他皱起眉头，突出了下嘴唇，他在模仿他老板时总是扮这副面孔，"八点三十分上班，你们每个人注意——我们有电话要打，有客户要打扰。"

她朝他咧嘴一笑："我很高兴你没事。"

他笑了笑："你不该一个人在这里走来走去的，我陪你一起走出去吧！"

这主意有点让她不安，她再小几岁时，她很喜欢格洛弗的陪伴，甚至和他一起出去闲逛了好多次。和一个成人在一起闲聊，一起度过时光，很兴奋，他会俯身到她齐眉高那般，和她说话。可现在，这突然让她感觉怪怪的，一想到和他一起在公园里走，她就觉得忸忸怩怩的不自在。他们的年龄相差十岁，这好像有点诡异，而不是酷。

"没什么关系的。"她说，"我正要离开呢，我骑自行车三分钟就能出去了。"

他皱了皱眉。"好吧，"他说，"再见。"

当她骑着车离开了，她开始感到有点抱歉，这么做就像是说好和他约会却又不去了似的。他是唯一的一个总是关照她的人，他们毕竟是邻居，而且他是个不错的小伙子。她得记住下次遇见他时谢谢他，并且要解释一下，当时她去学校要迟到了。

可不管怎么，格洛弗在那里干什么呢？难道他也想去看看杰姬遇害的池塘，像她一样？这个想法让她放心了，也许她并不是一个古怪的人。人们都有好奇心嘛，这太自然了。

第十六章

2016 年 7 月 19 日，星期二，伊利诺伊州芝加哥

艾布拉姆森殡仪馆离警察局也就几个街区而已。佐伊耐心地坐在等候室里。房间内部装饰的任何部分都显得高档却无格调，一个大型的枝形吊灯发出昏暗的黄色灯光，照亮着房间，使得铺满房间的地毯呈现出某种病态的色彩。她坐着的长沙发上放着装饰玫瑰花图案的垫子，可能花费不菲，超过所值。另外几张皮椅和长沙发靠墙排列着，但她是唯一的等候者。难道还有哪天这些座位都坐满了人？难道殡仪馆业务也有淡季旺季？

她疲惫地揉了揉眼睛，前一晚她的睡眠很糟糕，她不在家里睡觉时总是那样的。这已经是她第五个夜晚没怎么睡了，她能感觉到心烦意乱和容易发怒的情绪，每当缺少睡眠时，总是如此。她甚至不能肯定她依然在芝加哥所做的一切。格雷特工明显不想让她再待在这里了，而她也非常想回到她一直在研究的那些公路谋杀案上去。但她却没有乘第一班去华盛顿的飞机走，而是告诉汽车旅馆接待处的姑娘，她很可能还要多住几天。

"很抱歉，让您久等了。"一个男子边说边走近了她。他的眼镜玻璃厚厚的，脸上的微笑柔和，似乎散发着某种悲哀，看起来就像是职业性的笑容，表现出安慰和同情的神色。这就是一位理解你的痛苦，愿意负责你的殡葬事宜的人。

"没什么，"佐伊说着，站起身来，和他握了握手，"我没有事先预约。"

"非常可以理解，"他说，"我无法期望在您的悲伤时刻——"

"我没什么悲伤，"她快速打断了他的话，随即，她意识到这么说听起来有点冷漠，她澄清了一下，"我家里没有人去世。"

她急忙亮出了员工证章，上面有联邦调查局的缩写"FBI"，她希望这就够了。"我受雇于联邦调查局，我希望占用您一点时间。"

"哎呀，"他似乎吓了一跳，"我不知道该如何帮助联邦调查局。"

"我实际上更感兴趣的是和您的尸体防腐师聊聊，"佐伊说，"这涉及报纸上称之为'殡葬人员绞杀案'里的凶手。"

"哦，好吧，"他说着，有点厌恶地歪了歪嘴，"我觉得那种叫法很讨厌。"

"我敢肯定您会有此感觉。我也是。其实，很明显这个凶手不是殡葬人员，也不在殡仪馆里工作。"

她这么一说，那男子的脸色缓和多了，这几桩谋杀案的这个方面她倒是没有考虑到，即丧葬承办人的感情受到了伤害。

她进一步说："我想得到一点帮助，可以借此了解那个凶手的尸体防腐技术。我在网上查到了您的殡仪馆，有许多好评，尤其是关于您的尸体保存服务。"她没接着再补充说还有一连串的抱怨，抱怨艾布拉姆森殡仪馆的棺材价格。那毫不相干。

"我明白了。"他微笑着，这次是一副权威般的笑容，满脸的骄傲，"哦，我叫弗农·艾布拉姆森，我既是这家殡仪馆的老板，也是主要负责的防腐师。我还有另外两个防腐师为我工作，但我一般接手有难度的事，我很乐意尽我的力给您帮助。"

"太好了。"佐伊点了点头，很满意，"现在方便吗？"

他带她走下了一个清洁无菌的楼梯，只有一只灯泡照明。从风格花哨的等候室转到装饰简朴的楼梯让人略感奇怪，却不令人吃惊，她估计大多数的顾客是从不会看到楼下情景的。一扇门通往一个小房间，地上铺着白色的油地毡，墙壁漆成乳白色。他们面前是一个柜台，上面放着各种容器，容器之上有一排白色橱柜，全部关闭着。房间进门处的正对面是一个关闭着的移动门，很可能是运送尸体时使用的。房间中央有一张金属平板床。佐伊走进房间，看着那张床出神了。

"做一次尸体防腐处理需要多长时间？"

"这得根据尸体状况而定。有些尸体腐烂程度高一些，一般来说，需要大约两小时。"

佐伊若有所思地点了点头。

"我猜测您还有些特定的问题要问吧？有关谋杀，是吗？"

"对。我可以给您看几张照片吗？都是受害者的照片，好吗？"

"当然啦。"

她从单肩包里取出了档案文件夹，打开了，抽出几张照片。她犹豫着，几乎想把照片铺放在金属床上了，房间里的灯光在那里聚集，但又让她感到完全不妥，所以，她还是把照片铺放在柜台上了。弗农近前看着照片，很有兴致。佐伊仔细地观察着他的脸部表情。很奇怪，给一个平民看这些照片，可他一点也没有震惊或者厌恶的表情，弗农的目光从一张照片移到另一张，他的凝视完全冷静，毫无表情。此人对死亡非常熟悉了。

"我赞同您的评价，"他最后说道，"无论是谁做的尸体防腐，他都不专业，至少前两个案子是这样的。"

"您为什么这么说呢？"佐伊问道。她有了某些基本的想法，但她肯定，这位殡仪馆经理会有更多的话要说。

"哦，一方面，没有一个有自尊心的专业防腐师会把腿上的防腐处理搞得那么糟糕，尸体肯定是臭气熏天了才会到这个程度。"

"为什么会是腿腐烂了？难道他没有注入防腐液吗？"

"当你把防腐液注入尸体后，你必须按摩所有肢体，让防腐液流入取代血液。"经理说道，"我估计他没有那么做，或者他做了但又缺乏耐心。不管怎么说吧，有什么东西，也许是血液里的凝块阻止了防腐剂通畅地流向左腿，而你们的那个凶手还没注意到呢。"

"那正是我想的。"

"还有，"弗农说道，"嘴巴也是个暴露无遗的证据。"

"嘴巴？"

"看到这两个受害者的嘴巴紧闭的方式了吗？是被缝上的。可第一个受害者却没有，嘴巴张着。"

"对啊，"佐伊说，"我还以为凶手是在发表一个声明呢。就像他把它们缝上一样，或者——"

"您不明白，"弗农说，"应该把嘴缝闭，否则嘴巴一直张着，那就不好看了。您看第一个受害者的脸，她看上去不平静，她看上去很惊讶，或者很惊骇。"

佐伊看着照片，第一次看清了这一点。他说得对，缝闭嘴巴使得后来的两个受害者看起来很平静。

"我明白了，您认为他是后来才想到这一点的吗？"

"噢，我敢肯定。您可以看到他是如何对待那两个受害者的。他很显然学会了如何正确处理，我是说，我看到做得好一点了。但对于一个业余者来说，这已经做得非常好了。"

"他怎么学会这么做的？难道他必须找某个人来教他吗？"

"我想，如果您尝试的话，您可以在网上找到资料。当然，如果您是那样学的话，您就会出错，就像这个受害者的嘴巴一样。"他指了指第二个受害者莫尼克·席尔瓦的照片，那是一张她脸部的特写，"看到她嘴巴旁边了吗？看到这里有点发黑了吗？"他指着一处褪色的地方，"这是腐烂，他没有给嘴巴消毒。在做其他事之前，鼻子、嘴巴还有眼睛都必须消毒。"

"第三具尸体没有腐烂。"佐伊说着，审视着克里斯塔的照片，阳光之下，那受害女子的面容似乎毫无瑕疵，尽管皮肤有点灰白。

"可以肯定他在学习。"弗农说着，看着照片，"她确实被防腐处理得更好了一点。但是他比处理第一个受害者时使用的染料少了些，所以尸体就呈现了灰白的外表。"

"为什么他会少用染料的？"佐伊问道。

"不清楚，大概他是在实验吧？试图获得更好的效果？或者他也许正好染料用完了？"

更好的效果？佐伊思考起那些尸体来了。第一具尸体被发现躺在草地上，身体笔直，像块木板。第二具尸体站在一座桥上，她的两手扶着桥栏。而第三具尸体则被发现坐在沙滩上，脸埋在双手之间，她的膝盖弯曲，就像一个大活人那样。

"经过防腐处理的尸体，"她问道，"会柔韧到什么程度？"

"不会柔韧，至少按照标准方式进行防腐处理的尸体不会。"弗农回答，"它们完全僵硬了。"

"假如您改变了浓度……就是您在防腐液里放了什么东西改变浓度了呢？"

"甲醛？"弗农问道，他的语调透出他觉得好笑，"那么尸体可能会更加柔韧，但它会腐烂得更快。"

"多快？"

"几星期或者几个月就腐烂了，而不是几年了，甚至可能几天就腐烂了。这取决于浓度。"

"会不会他在鼓捣浓度，想让尸体变得更柔韧？"

"肯定是的，但又是为什么呢？"

"我还不能确定，"佐伊说道，半是对自己说的，"我一点都无法确定。"

第十七章

伯恩斯坦博士那天没露面，也不接电话。马丁内斯暂时把伯恩斯坦在特别行动小组办公室里的位置给了佐伊。这张陈旧的办公桌脆弱不堪，一直晃动，即使佐伊在桌脚下垫了无数张纸片也没用。尽管办公桌一直晃动，桌面上又是刮痕又是斑斑点点的，但有一点可以肯定，她知道有某个地方可以坐坐了，至少目前如此。她坐在办公桌旁，眼盯着面前打开的笔记本，用钢笔和纸匆匆记下了她原先做罪犯行为特征分析时的种种想法。到目前为止她已经写了如下几句："凶手是个男子；凶杀是经过预谋的，有迹象表明他是个色欲狂连环杀手。"她皱着眉，颇感挫折，或许画张泡泡图表能厘清思路吧！于是她画了一个泡泡，在泡泡里写上了"幻想"的字样。

"幻想"永远是色欲狂连环杀手的根源，色欲狂连环杀手的特征往往是做白日梦，幻想着如何进行性侵犯。随着时间的过去，这种幻想会变得更为错综复杂，更加猛烈。随着幻想变得愈加具体化了，罪犯就更有可能照此行动，试图实施了。

她从这个泡泡画出一条线，再画了一个泡泡，然后在里面写上"力量型还是愤怒型？"的字样。

　　陈旧学派的罪犯行为特征分析员们通常说，色欲狂连环谋杀案分成两大类型：力量型凶手的幻想围绕着性攻击行为本身，谋杀只是一个副产品而已；但愤怒型凶手则是被憎恨情绪和施虐癖所驱动的。

　　她瞪眼看着两种类型，可这两种都不符合啊。因为这个连环凶杀案明显地是构成那个幻想的一个部分，这似乎显示了愤怒类型，可是其动机却又明显地与力量类型有关。她一下子把它们全都打上叉，再气恼地反复涂抹掉这两种类型的字样。这真是太复杂了。

　　她从中央泡泡又画出一条线条来，试图想出不同的内容。然后，她又增加了几条线条。图案看起来就像一个太阳，她又画上了一朵云和两只鸟。

　　她本该分析罪犯的行为特征，可现在却在胡乱涂抹着无聊的画面。

　　她站起身来，四下看了看。格雷特工在她背后，坐在他的办公桌旁，正在阅读克里斯塔·巴克的验尸报告。

　　"格雷特工，"她说道，语调尽量显得正式一点，"请你和我谈一会，好吗？我需要谈谈这个凶手。"

　　他转过座椅来，朝她皱了皱眉，最后他说："好吧！我问问马丁内斯是否愿意加入我们的讨论。"

　　她已经在后悔找泰腾而不是马丁内斯了，她不需要这位特工听她的理论，然后又详细反驳，说她所有的想法都是错的，这没什么好处。可现在要改变主意已经太迟了。

　　马丁内斯说在他和警监见面前还有半个小时的空，于是，他们三人去特别行动小组的会议室里坐下了。有人已经在一块白板上贴上了克里斯塔·巴克尸体发现处的几张照片，下面画了一条时间线。她希望他们不会觉得这几块白板不够用。地图上画了个红色的圆圈，标出了俄亥俄大街沙滩，此外，在布赖顿公园街区上打了个红色的叉，在那里人们最后一次见到克里斯塔·巴克在街头拉客。地图上的几个标识清楚地表明，凶手并未仅仅关注芝加哥的某个特定区域。

"我认为我们可以开始缩小嫌疑犯的范围了。"她说着，看着马丁内斯。警督和格雷特工相互紧挨着坐在会议桌的一边，她坐在另一边。

马丁内斯点点头："我觉得听上去不错。"

"我们知道嫌疑对象是个男性。今天上午我和一位防腐师谈过了，他证实了我原先的猜测，凶手不是在一家殡仪馆工作的人员，或者说，即使他是的话，也只是最近才开始在那里工作。"

她咬了咬嘴唇，现在是棘手的部分了。她对罪犯行为特征分析每增加一个细节都会缩小一点嫌疑犯的范围，但如果她增加的是错误的细节，那么警方可能会完全漏掉那个凶手，去寻找某个更符合罪犯行为特征分析的人。

"这个凶手非常聪明，"她说道，"他似乎非常快速地学会了防腐处理技术，但几乎可以肯定他是自学的，并且他在试错，在改进。第一个受害者身上显示了许多业余防腐处理的错误，第二个受害者身上减少了一些，而第三个受害者被处理得几乎能得到我今天上午找的那位防腐师的认可。这就说明他具有很高的技术技能。他还具备非同寻常的自我约束能力。"

"为什么说自我约束能力？"马丁内斯问。

"独自一人，不屈不挠地学习这种复杂的技术需要一种自我约束能力，而大多数人是做不到的。"

马丁内斯俯身向前，在他的笔记本上记下了要点。而泰腾则往后靠着，脸上是一副厌倦的神色，两臂抱在胸前。

"再说一下很可能是显而易见的事，他有公寓或者房子，还有一辆车子。他需要用车去接妓女和抛尸，并且受害者们被发现分布在广阔的地区范围内。莫尼克和克里斯塔都是在她们的住处之外被防腐处理的，这意味着他是在某个他感到安全的地方进行的。这也表明他是一人独居的。"

"或者他有个工作间吧。"泰腾说。

佐伊点了点头，"完全有这种可能。凶手很强壮，能够拖着克里斯塔·巴克或者莫尼克·席尔瓦的尸体去他安放她们的地点，"她继续说道，"所以，我得说我们要去寻找一个强壮的男子，但他的外貌却又不能让人望而生畏。"

"为什么？"

"因为莫尼克和克里斯塔都同意乘上他的车子。"佐伊说道，"克里斯特尔告诉我们，克里斯塔曾拒绝跟一个看上去形迹可疑的男子走，她比其他大多数的妓女都要谨慎。假如是个外貌让人生畏的家伙，她就会先和她的皮条客谈谈，确保他会留神她回来，或者她就会拒绝那家伙。

这也让我相信，他开着一辆漂亮的车子，或者至少是保养良好的车子。"

"你认为不是克里斯特尔形容的那个家伙吗？那个有文身的家伙？"马丁内斯问。

"我确实对此怀疑，假如那家伙形迹可疑，人们会注意到的。我从案情报告里读到你已记载了莫尼克·席尔瓦最后一个客人的类型描述，假定他就是这种类型的某个家伙，你会有非常详尽的描述。再说，我怀疑她是否真的会愿意上他的车子。"

"很好，很有道理。"

"现在……第一个受害者是个艺术专业学生，他在她的住处袭击了她，然后就在她的住处对她做了尸体防腐处理。但第二个和第三个受害者都是妓女，他很可能付钱让她们跟他走，然后在一个安全的地方杀害了她们。"

"或许他是在街上或小巷里杀害她们的。"马丁内斯说。

"那么，为什么要捆绑她们？"泰腾问道，"他捆绑她们的时候她们还活着，但是在街上就很难捆绑。他可以轻易地让她们跟他走。"

马丁内斯勉强地点了点头。

"第二个和第三个受害者是连环杀手的通常目标，"佐伊说道，"高风险职业，易受攻击。但是，苏珊·沃纳，那个艺术专业的学生呢？如果他已经把她定为作案目标，为什么还要在她的住处逗留？难道他不担心她的某个室友或她的男友出现吗？"

"他知道他们不会出现，"泰腾说道，"他了解她。"

佐伊点点头，感到有点赞赏的意思了，但她得小心点别流露出来。

"现在，激发一个色欲狂连环杀手动手的动机就是幻想，在某一点上，幻想变得太旺盛了，所以他要实现它。可是，现实情况从来就不会设法去迎合那种幻想的，所以他想再次尝试，下次做得更好一点。在某种程度上，这个杀手认识苏珊·沃纳，很可能幻想过如何谋害她。他知道她独自居住，易受攻击，然后，就在某个夜里出手攻击了。但是事情不像他预料的那样顺利，防腐剂没有那么有效，所以他想再来一次，做得更好一点。"

"可是，除了她之外，他并不认识任何单身女性。"泰腾说。

"说得对。"佐伊点头同意，"这就是他为什么把作案目标定位在妓女身上的原因。"

泰腾不再看上去那么厌倦了，他的眼里闪出了火花，佐伊很熟悉，那是捕食者闻到了猎物时眼里闪出的兴奋火花。

"好吧。"马丁内斯说着，快速地扫了一眼他的笔记本，"那么让我们来谈谈房间里的大象——一个不容忽视的大问题，为什么他要给她们做防腐处理？"

"他不光给她们做了防腐处理，"佐伊说道，"他还给她们摆姿势，给她们穿衣打扮。第一具尸体穿着晚礼服，有一只袖子撕破了。我猜测那是他在给她穿衣时撕破的，因为她的手臂僵硬，很难操作。克里斯塔·巴克穿着衣服，可她的朋友说不是她的衣服，她手指上戴的戒指也不是她的。"

"好吧，"马丁内斯说，"为什么？"

"可能是某种力量幻想类型，"佐伊缓慢地说着，却感到这个怀疑在折磨着她，"就像玩洋娃娃似的玩弄这些死去的女人。"可这又有点不对，为什么要给她们做防腐处理呢？他杀害了她们之后已经奸尸过了。很明显，在这个案子里有个从恋尸癖的角度来看待的问题。"可我又不这么认为了。我不知道为什么他要对她们做防腐处理，还不知道。"

"对。"马丁内斯说，"还有什么要说的？"

佐伊说："我要寻找些有关迷失动物被发现做了防腐处理后扔在街头的报告。即使考虑到在给苏珊·沃纳做防腐处理时的错误，对他的第一次尝试来说还算做得不错了。我愿打赌，凶手事先做了某些练习。"

第十八章

当他发现在街角的她时，便放慢了车速。她和一群人站在一起，但他几乎没扫其他人第二眼，她们愚钝、无聊、丑陋，在可以想象到的方方面面都是平淡无奇的。

但是，她却另当别论了。她全身焕发出某种天真无邪，在她的行业里难得一见。她四顾周围的神态，她的眼神里半是搜寻，半是恐惧自己可能会发现什么。她的衣着更为端庄，很少露出皮肤，留下一切给想象。而他的想象放荡不羁。

就是此人了，他可以从骨子里感受到这一点，这个女人又让他感到了活力，会每天给他带来兴奋与欢乐。

这次，会有所不同了。

他把车子靠近她们停下了，一个妓女立刻跳出来，咧嘴笑笑，弯腰俯身，向他展示了她的乳沟，她没戴胸罩，扭动了几下，直朝他咧嘴笑着。但在她的笑容背后，她的眼睛流露出疲倦的神色，她的动作机械，是精心设计过的，她已经重复了几百次了。他打开了乘客座车窗。

"找点乐趣吗？"她问道，而他则几乎能从她的语调中听出来她的灵魂是多么的空洞，"您看起来匆匆忙忙的，或者您需要找其他乐趣吗？"

他没理她，目光转向了那个天真无邪的姑娘，很可能这是她第一次站街拉客吧。他会在她还没开始操起这个行业之前就拯救她。

"你怎么样？"他问道，"想上我的车兜兜风吗？"

她转脸对着他，眼睛警觉地睁大了。

"我？嗯……我是说……您要我跟您走？您还是跟我上楼去好吗？"她指着背后的汽车旅馆，那玻璃门上满是尘垢，还有更脏的东西，"我有个房间，我刚借的，我搬到这里才几天，那房间很不错的。"

他知道这一点，她不属于这儿。他温和地对她笑笑。"我更喜欢自己的床，"他说道，"我会让你感到值了。"

她眼中闪烁着某种神情——疲倦。她也许在此是个新人，但她不像他想象的那样天真。她知道照顾自己。

"您住得远吗？"她问道。

"从这里开车二十分钟就到了。"他说，其实更像要三十分钟呢。她后退了一小步。他正在失去她，但这不像她，他很熟悉这类游戏，并且他还有个锦囊妙计。

"不过，嗯，我有特殊要求。"他说。

"噢？"她说着，又后退了一步，"什么要求？"

"假如我给你买几件衣服，你会介意吗？我想把你打扮得像我前女友。这有点奇怪，我知道，你如果不愿意就不必勉强，可对我来说，有很大的意义，而你可以事后保留这些衣服。"他抱歉地笑笑。他能看到她放松了，对这些女孩子来说就是这么回事——靠站街生活，她们学会了观察警示性迹象。她们能注意到他有点不对头，虽然她们说不出哪里不对头，所以他得让她们知道她们没错，他是有点古怪，但是，穿穿其他女人的衣服……那没什么可危险的。

"好吧，"她说，"那可得额外花掉你一笔钱了。"

"没关系。"他微笑着说。

"两百五十美元，"她说，"路太远了，我需要花钱坐出租车回汽车旅馆。"

他点头同意："完全可以。"

她俯身向前，打开了乘客座车门，钻进了车子。车里弥漫着她的香水味，一阵纯真的甜蜜芬芳，女学生才会用的那种香水。

他陷入恋爱了。

第十九章

莉莉在这个客人开车时观察着他。他是个外表英俊的男子，穿着整洁。他的牙齿有点歪斜，还需要清洁一番，可谁的牙齿不需要呢？口臭味是这种工作会遭受的最为糟糕的事。偶尔，他会瞥她一眼，羞怯地一笑。她则当心着，总是显得心有疑虑。

他们总是来找处女身妓女。

这是她站街的第三个年头了，她做得不错，总是能拉到最好的客人，总是能得到小费。偶尔，她会遇到某个客人多给她额外的一两百美元让她"收拾干净，离开街头"。她所能做的就是打扮成一个在错误地点出现的好女孩模样。那就是她，一个天真的少女陷入了一群坏人之中，试图要摆脱一个不可能的局面。

内特是她的男友，说她是个奇才，一个真正的天才。真的说起来，确实没什么不利条件。她总是喜欢穿温暖一点的衣服，而最主要的是行为举止得羞怯一点，她从不需要费劲去做。她每当看到一个客人来了，就侧过脸去，一副害怕的神色，好像她暗中希望那人会挑选其他妓女似的。如果客人开一辆真正漂亮的车来，她会轻微地颤抖，或者流下几滴恐惧的眼泪。

男人太容易控制了。

到了这个程度，她根本不需要挑选新的客人。她有三个客人会定期来"让她离开街头"的，他们都认定自己是她唯一的客人。她给了他们她的第二个手机号码，这个手机她专用于此道，而每当这个手机铃声响起，她就知道那是个舒适的获利之夜了。

莉莉在清洁的车里四处环顾，她深深地吸了口气，车里有股古怪的消毒水味。

"这是什么味道？"她问道。

"甲醛，"客人说道，"味道有点难闻，对吗？但你会习惯的。"

她不敢肯定究竟那是什么："您是位，比如说，医生或诸如此类的职业吧？"

"有点是吧。"他点点头，"你没事吧？你看起来很冷。"

她不冷，但她不知怎的轻微地颤抖着。"不，我很好。"她说。她在考虑是否对他说这是她的第一次，随即决定别这么说。有时，这么说真的会很奏效，那家伙的性欲一下子就被激发起来了。但也有时，他们会产生罪恶感，于是就开车送她到汽车站，给她钱买张车票送她回家乡去。

"那么，嗯……您那地方很远吗？"

"不，不远。我会停车给你买衣服，然后直接走，好吗？"

"哦，好吧。嗯……但是假如我们还要很长时间的话，我需要对我同居的那小伙子解释一下，如果我时间太久，又没有什么额外的小费的话，他会非常愤怒。我不想让他生气。"微妙的恐惧语气，留下其余的话让这个客人自己去想象了。

"别担心，我们不会太久。而且我会给你再加五十美元。我不想让你有麻烦。"

"谢谢了，先生。"她把手放在他的手腕上，表示感激。这位身着铮亮盔甲的沉默骑士把她从她恐怖想象中的皮条客那里拯救出来了。

"你可真是个可爱的女孩，"他说，"你在街上干什么？"

她耸耸肩，一副悲伤的神色，生活的重担压在她年轻稚嫩的肩上啦，诸如此类的。"我遭遇了厄运。"

"是啊，"他说着，点了点头，"我也是这么想的。"

她能从他的语音中听出来，他迷恋上她了。

她让自己微笑了一下。他已经完全被她的情网缠住了。

第二十章

佐伊的汽车旅馆房间里有两张床，一张床上铺满了她所有的案件笔记和照片，共分成三组，每个受害者一组。她正躺在另一张床上，眼睛盯着天花板看，希望隔壁房间里的那对夫妇尽快安静下来。网上评论说，人们通常议论汽车旅馆的清洁问题，或者服务问题，或者价格问题。他们从未提到过墙壁太薄，以至13号房间里的夫妇在性高潮时发出的兴奋呻吟声之大能让12号房间的住客清晰地感觉到直冲耳膜。

她总觉得在这种不利环境下无法聚精会神，真是太荒唐了。已经是他们那晚的第二次了，这至少意味着他们两个都还活着。因为，那个女人在第一次时发出的尖叫声之响，让佐伊觉得她正在遭受谋杀似的。

终于，隔壁安静了。

佐伊起身，又回到案件的笔记上去了。

总是那个幻想问题。这个凶手的幻想究竟是什么？她看着那些照片：一具尸体躺在草地上，另一具尸体站在桥上，而第三具尸体则坐在沙滩上做哭泣状。早些时候，她已去过了前两个案发现场，试图找到某种感觉，体验那个凶手在摆弄尸体时他心里在想些什么。这是她分析过程的一部分，她总是去那些案发现场，即使没有丝毫的证据遗留下来也是如此，因为这有助于她更好地想象犯罪状况，据此就会更好地理解凶手的行为。

她把苏珊·沃纳的照片移到一旁，她很重要，甚至非常关键，因为凶手很可能认识她。但是她尸体被抛置的方式只能说是失败的，凶手没做对。他想给尸体穿衣时撕破了衣服，肢体太僵硬，无法弯曲，那个姿势没有显得栩栩如生，嘴巴张着。就凶手而言，这可是大失败，她敢肯定。

苏珊·沃纳的尸体是在四月十二日发现的，然后过去了将近三个月才有第二个受害者出现。在那段时间里，这个凶手在干什么呢？

学习？实验？试图计算出如何让一具尸体即便经过防腐处理后仍具有某种柔韧性？学习如何缝上尸体的嘴巴？

之后就是莫尼克·席尔瓦了。从街头被带走，过了一个星期左右尸体才被发现。在那段时间里，他对尸体做了些什么？

她再次阅读了验尸报告，即便她甚至能背出来了。她在案发现场花费了时间后，去过陈尸所，和那位法医一起仔细检查了验尸报告。尸体上的绳索痕迹表明，他使用了某种高强度的光滑细绳勒死了这个女子。在她颈部背后处有一处圆形瘀伤，法医说很可能是先把绳索套在她的颈部，然后在她背后绞紧收拢了绳索。她的手腕和脚踝上皮肤破损，这表明她遭到了捆绑，并且她曾挣扎着想要挣脱绳索。

尸体遭到过粗暴的奸尸。然而，据法医说，尸体经防腐处理后几乎不可能再对之进行性交，因为尸体僵硬了。只要她提出问题，他似乎就能明显地透露一些情况。

就这样，她设法从一个以解剖尸体为生的人嘴里挖出了信息，成功向她敞开了大门。

她从床上拿起了莫尼克·席尔瓦的照片。那段时间里，他对她究竟干了些什么呢？

她手机上有信号在闪烁着，她拿起来，瞥了一眼显示屏，那是安德丽雅发来的短信："想你了。你在干吗？"

她打字输入"在阅读一份验尸报告"。

回复即刻来了"你就知道如何找乐趣的"。

接着蹦出了一连串的表情符号：一个悲伤的脸，一个死气沉沉的脸，两个骷髅，一个鬼，还有一个拇指向下。和安德丽雅通短信让佐伊觉得好像成了考古学家，面对古埃及的象形文字困惑不已。"我会在这里待上几天。"她写道。

回复是一只福滋熊对空嘶鸣的可交换图像文件（GIF）。佐伊叹了口气，放下了手机。她正要转回头去看报告时，13号房间又传来了一阵声响。

那是个女人的声音，她在责问谁是肮脏的小男孩。

佐伊祈求那女人只是在问她在电视里看到的一个肮脏小男孩。

但不是，回答来得挺快，那男子很显然是肮脏小男孩。佐伊考虑是否要敲敲墙壁，暗示他们该去冲冲淋浴，以改变这种状况。

一阵大笑声传来，接着是一阵大叫声。

那张床又开始"吱吱"乱响了。

佐伊收集好床上所有的文件，离开了房间，"砰"的一声用力关上了房门。

第二十一章

泰腾明显地怀疑马文在家里举行派对。

"马文，那是什么噪声？"他对着手机大叫，从手机扬声器里传来的音乐声迫使泰腾把手机远离了自己的耳朵边。

"什么？我听不见你说话！"

"噪声，马文，是什么噪声？"

"等等。"

传来了"砰"的关门声，音乐声的音量稍稍减小了。"对不起，"马文说道，"我听不见你说话，因为音乐声。"

"在干什么？"

"我请了几个朋友过来。"马文解释说。

"邻居会报警的，"泰腾说道，"噪声响得要把耳朵震坏了。"

"我邀请了邻居，泰腾。"马文说，"他们正自得其乐呢。"

泰腾叹了口气："家里一切都好吗？"

"我想你的猫很生气，因为你把它留下来和我在一起。"

"你为什么这么想？"

"你知道你放在浴室里的那双褐色鞋子吗？"

"知道。"泰腾说着，他的心一沉。

"它在鞋子上拉屎，泰腾。"

"该死，你把鞋子扔掉了吗？"

"我没碰鞋子，我把门关上了，这样臭味就不会出来，也把尿味挡住了。"

泰腾坐下了。他的生活正在被搅得支离破碎。"什么尿味？"

"你的猫在床上撒的尿，然后它又把毛毯撕碎了。"

"也许你应该把它送到某个宠物照看店，直到我回家。"泰腾说着，心情沉重。

"是啊，我已经试过了，泰腾。它差点把我的眼珠抠出来，我的手看上去像是被一只幼狮抓伤了。"

"说得对。"

"实话告诉你，泰腾，这只猫就是个威胁。我已经开始睡觉时在床边放把枪，子弹上膛了。"

"你没枪。"

"现在有了。"

泰腾试图克制自己，在电话里对他祖父大叫大嚷也没什么用。

"听着，弗雷克尔只是需要一点爱。给它点爱抚，让它坐在你的大腿上——"

"那个恶魔休想靠近我的大腿。你知道我的大腿里有什么？非常重要的东西。"

"是的，我知道，但是——"

"你赶紧逮了那个连环杀手回家来，这只野猫我管不住"。

"正在忙这事。你去和纳沙医生谈过药片的事了吗？"

"还没有，泰腾，他是个非常忙的人。"

"明天上午第一件事就是给他打电话，否则我对上帝发誓，我——"

只听到房间门"砰"地打开了，音乐声骤响。

"马文，你来吗？"泰腾听到一个女人的声音在叫道，盖过了音乐声，"酒在这里！"

突然背景音里传来碰撞声，还有一个女人惊慌的叫声。

"马文，"泰腾说，"别毁了我的房子。"

"是那只猫，泰腾，什么事都是这只猫惹的祸。我得离开了。"电话没声了。

泰腾的手一下子松弛无力了，手机差点掉地上。下次他会雇个人来专门照看马文和弗雷克尔。他家里正在被弄得乱七八糟的，这只是让他担忧的一半原因。马文，不管他怎么说，毕竟不是十七岁的人，万一老人突发心脏病了怎么办？上帝知道，他又是喝酒又是抽烟，这可真是特不靠谱。所以，需要有个人照管着他。

泰腾需要喝点酒，街对面就有一家挺像样的酒吧，叫"凯尔酒吧"。

他把钱包塞进口袋里，在屁股口袋里插了把枪。然后，他离开了汽车旅馆，过街到了凯尔酒吧。在路上，他四下环顾，沉浸在四周的环境里。真该死，他怀念一个真实城市的感觉。洛杉矶在过去的十年里一直是他的家。起初，因为他是在亚利桑那州的威肯堡那里长大的，在那个城镇里，你几乎看到谁都认识，所以他觉得洛杉矶又吵闹又压抑。他的感官一直在遭受冲击——太多的灯光，太多的人群，太多的气味，还有路上太多的噪声。但是，慢慢地他开始喜欢上那地方了，他也开始享受周围永远激荡的生活了。然后，因为他和上司之间的一个小误会，接踵而来的是四五十次类似的误会，结果他就住到弗吉尼亚州的戴尔市了，这地方几乎没什么让人激动的刺激。

芝加哥不是洛杉矶，各种事情都会发生，他可以再一次感受到身处这种地方的兴奋。一群女人走过了他的身旁，其中一人给他送了个飞吻，大家狂笑不已。三个男子走过了他身旁，都聚精会神地看着手机。一辆出租车停下来，司机问他是否需要乘车。活动。生活。

他走到了凯尔酒吧前，推门而入，迎面而来的是里奥纳德·科恩的歌声，立刻让他喜欢上了这地方。

"嘿。"女老板对他笑着打招呼，她有一头漂亮的红发，貌似刚从高中毕业，"拼桌好吗？"

"嗯……不了，我就单独坐吧。"

"噢，今晚客人很满，"她带着歉意说，"我们的吧台还有几个空位，但——"

"吧台很好。"他说。

她略一犹豫，还是带着他去了吧台，而他却立刻感受到了某种陌生的新奇。那地方很挤，但在吧台前却有四只凳子空着，其中两只是在一个女子的两旁，那女子坐在那里背对着他。

"对不起，"女老板说道，"我们会再次请她收起那些照片的，她让每个人都不自在了。"

"没问题，"泰腾对女老板咧嘴一笑，"我能处理的。"

他坐上了一个酒吧高脚凳，看了那女子一眼。佐伊，当然是她，她正聚精会神地盯着她摊在吧台上的一排照片看。照片都来自三个案发现场，还有尸体解剖中拍摄的特写镜头，难怪坐在她身旁的顾客都被吓跑了。酒吧招待员走了过来。

"请给我一品脱鸿客麦芽酒吧。"泰腾说。

酒吧招待员点点头。"假如您能让她把这些照片收起来，啤酒免费。"他说。

"我觉得我可没法让她做什么事。"泰腾老老实实地回答。

酒吧招待员给他倒了一品脱的酒，走开了，避免看到那些照片。

"你让每个人都不自在了。"泰腾说。

"没办法，我没法在自己的房间里集中心思，隔壁房间里有一对在做爱呢。"

"那他们终究会停下来的。"泰腾说。

"你也是这么认为的，是吗？"

泰腾从酒杯里啜了一口，品品味道。有时候，还真没什么酒比啤酒更好喝了。"关于那个案子有什么想法了？"

佐伊摇了摇头，很失望。"我不明白他在干什么。"她说着，着重指指那些照片，"如果我不了解更多情况的话，我只能说他在玩弄她们，就像一个小孩子玩洋娃娃一样。给她们穿衣打扮，摆弄她们的姿势，把她们搬来搬去……"

"那不可能吗？这可不是一个正常人啊。"

"对，他就是不正常，"佐伊说道，"但他也不是完全陷入妄想。他是在实践他的幻想，但我又怀疑他的幻想就是玩玩真人娃娃。"

"你怎么知道他没有听到脑子里某些声音叫他这么做呢？"

"任何人这么做的话，都是冷血、蓄意、平静的。而任何人假如处于你描绘的那类妄想中会很容易冲动，在一时冲动的刺激下会把他的幻觉付诸实践。可他一点不冲动……哦，至少在多数情况下不冲动。"

"多数情况下？"泰腾问道。

"那些尸体都有被死后奸尸的迹象，"佐伊说道，"那是在做防腐处理之前干的，我认为这正是他冲动行事的表现，为了满足欲望。但我不认为那些奸尸行为是事先预谋策划好的。"

"你有什么根据吗？"

"尸体上几乎没有瘀伤，尽管她们都是被勒死的，而且有人死前是被捆绑的，"她说道，"这说得通，任何瘀伤在尸体防腐处理后是不会愈合的。但是，奸尸又是粗野狂暴的，他这么干时已经失去了控制。"

泰腾又抿了一口酒，不像第一口那么有味道，佐伊已经设法毁掉了原本指望的啤酒味道。

"听着，"他说，"你在酒吧里，把那些照片都收起来吧，好吗？我给你买你喜欢的任何饮料。"

她噘起了嘴巴。

"我会在明天上午和你谈论案件。我们一起来思考。"

"你的意思是说，你会提出一个说法，然后贬低我的说法，再告诉我，我不过是发明了这个说法来拿薪水的？"

"对不起，那么说太糟糕了。"

"你还说过我像伯恩斯坦。"

"可你还说过我只有尿床的本事呢。"

她微微一笑。她缓慢、小心地收起所有的照片，把它们放进了档案文件夹里，然后再放进了她的包里。酒吧招待员向他投去了感激的目光。

"再给她来一杯……无论她原来喝的是什么。"

佐伊摇摇头，推开了她的空杯子。"那是苏打水。我现在要一品脱啤酒，你有吉尼斯黑啤酒吗？"

酒吧招待员点点头，转向啤酒桶龙头。

泰腾举起酒杯到嘴唇，为他的小胜有点得意。他曾经对他人很好，那是在……嗯，在佩奇给他留下了心酸和困惑之前。他现在还能让一个女人嫣然一笑，可真是太好了。

"那么，"他说道，"你住在哪里？我指回到弗吉尼亚州。"

"戴尔市。"

"真的？我刚搬到那里。"

她点点头，她似乎没有对这种巧合感到有趣。

"你在戴尔市有什么人等你回家吗？"泰腾问道。

"为什么你这么关心？"

"就是聊天而已。"泰腾耸耸肩，"你可以不回答。我们可以在这里坐坐，静静地喝喝饮料。"

佐伊似乎在权衡怎么选择。"我妹妹。"她最终说了。

"你对我说起过她，我是指除了她之外。"

"噢，比如男友？没有。"

酒吧招待员把一个高脚杯子放到佐伊前面，杯里满是冒着泡沫的褐色啤酒。她喝了一大口。

"你呢？"她问道。

"就我祖父和我的猫。哦，还有我的鱼，我倒完全忘了我现在还有一条鱼呢。"

"没有妻子或女友吗？"

"不再有了。"

她抿了一口啤酒，看着他。

他深深地呼出了一口气："本来有个女孩，在洛杉矶，我们都快要结婚了。"

"发生了什么事？"

"她离开了，婚礼的事才策划到一半，她收拾东西走了。"

"我很遗憾。"

"谢谢。"

"你调到匡提科时，你的祖父和你一起搬迁吗？"

"是的。"泰腾试图想想该怎么解释马文的事，"我的祖母去年去世了，他很难接受。所以，在洛杉矶的时候，他就搬来和我一起住了，就在佩奇离开我一个星期之后。然后，当我告诉他说我要搬到戴尔市去了，他通知我说他也一起去。"

"听起来很不错啊，你有个那么亲近的祖父。"

"那只是一种说法而已，"泰腾说，"他很难伺候。"

"是啊，上了年纪的老人都是这样的。"佐伊说着，点了点头，"他们通常固守着自己的常规，稍有改变对他们来说都是个大挑战。"

泰腾眨了眨眼，在想马文究竟有多少符合这种描述。除了"挑战"这个字眼，很可能没多少。

"是啊，嗯，他和我祖母把我从小抚养大的，所以我至少能帮他……"——泰腾清了清喉咙——"维持常规。"

背景音乐换了，尼克·凯夫的歌声充斥着酒吧。泰腾在此地真的感到很快活。

第二十二章

随后他后退一步看看自己的所作所为，那女人的泪水流下了她的脸颊。他把她的手反铐到背后，然后把链子系到他在墙上钻洞嵌入的一个挂钩上。再也没有椅子可以被踢翻摔坏的了，她坐在一条厚毛毯上，他不想让她在粗糙的水泥地上擦伤了她的皮肤。她浑身颤抖着，很可能是由于恐惧加上寒冷所致，在他拿刀子抵住她的喉咙时，她才脱下了衬衣和裙子。他在想是否该让她穿上什么，然后又决定让她就这样很好，还没有冷到足以把她冻伤的地步，而寒冷很可能会让她变得虚弱、昏昏欲睡。这只能有助于他做好一切准备。

他把她的手提包和衣物都扔在地上，一旦他结果了她的性命，他会烧掉这些东西，就如他一直做的那样。现在他拿起她的手提包，仔细翻找起来，直到他的手指触摸到了她的手机，他拿出手机，关了机。在以前的一次作案中，正当他要开始尸体防腐处理时，那个女人的手机响了，把他吓了个半死。他把关了机的手机放进了自己的口袋里，把手提包扔到地上的衣物旁。

他离开时把门关上了，不理睬她被堵住嘴的反抗举动。他还有事要做，越快做好，她就越快安静了。

他兴奋得有点头晕了。她绝对完美，梦中女神，一个他从未想到过会在街头找到的女神。这几乎让他感到是命运的恩赐。

正因如此，他混合制作防腐液时犹豫不决。在上次用过之后，他只剩下很少的甲醛了，对他原先的打算来说足够了……但用在她身上足够吗？

这是个微妙的平衡。甲醛太多，她的尸体会变得僵硬，无法操控，但太少的话，她的尸体几年之后就会开始腐烂。

他想余生就和她一起度过了，他真的能承担得起节省甲醛的后果吗？稍有点僵硬度就会多拥有她十年的陪伴，难道不值得吗？

他对自己笑笑，想象着年老时还有她陪伴在身边的景象。在寒冷的冬天与她相拥在长沙发上，同盖一条毛毯，一起看电视；躺在床上时，她的头靠在他的胸口，她手里放着一本书，他则搂着她的腰；一起坐在餐桌旁时，对她聊聊他一天的事，她则带着爱慕的神情倾听着。此刻，他吃惊地意识到他的眼中出现了一滴泪水。他太幸福了。

他明确地需要再弄点甲醛来。

他看了一下手表，今晚去买已经太晚了，他会在明天去买点来。

一阵急躁情绪袭来，差点让他改变主意。他看了一眼桌子上的绳索，想象着套在她脖子上逐渐收紧的情景——她的生命离开她时的一阵痉挛。他一想到她一动不动的尸体任他摆布时，他就感到裤子也绷紧了。他转向甲醛瓶子，肯定足够了，他拿起瓶子，手因激动而颤抖了。

不，他会在以后的几十年里和这个女人一起度过，他可以再等一天。他放下了瓶子，深深地吸了口气。明天，明天他会去办。

　　他想到去打开门，对她道歉要迟一点，但他又怀疑她是否会充分理解。在做防腐处理过程之前，他们两人都不会理解。

　　然而，他却又离开了工作室，锁上了身后的门。他很高兴地注意到她微弱的尖叫声在墙外根本听不到。

第二十三章

1997 年 12 月 14 日，星期天，马萨诸塞州梅纳德城

佐伊眼看着打开的棺材，试图去感受她原本该有的感情，悲伤，恐惧，害怕。

可她所感受到的却是一片空虚，还有后悔没能早点去浴室。

两天前，当校长走进班级里，告诉大家诺拉的姐姐克拉拉遇害了时，佐伊听到周围的孩子们震惊之后的一片哭泣声、尖叫声，还有窃窃私语声。她只是瞪眼看着校长红红的眼睛，心想之前她还从未见他哭泣过呢。

诺拉和她同年，她俩大多数课程相同。佐伊还在更小的时候，曾去过她家三次。她们六岁时成了好朋友。她对克拉拉印象模糊，那时克拉拉是个漂亮的十岁女孩，诺拉的偶像。

佐伊担心的是她自己的反应。她最近一直在借阅涉及连环杀手的书籍，还读了不少有关心理病态性格的书。那些人对其他人没有同情心。有着心理病态性格的人数惊人地多，在普通人口中占了百分之一之多。她是个心理病态性格的人吗？难道那就是她对克拉拉没什么感情的原因吗？难道那就是为什么她没有为诺拉的遇害掉眼泪的原因吗？她母亲在她身旁哭泣着，而她母亲还没有佐伊那样了解诺拉或者克拉拉呢。教堂里挤满了哭泣的人群，他们的哭泣声在宽敞的大厅里回荡着。佐伊试图让自己哭泣，试图想想那时诺拉会有什么感受。克拉拉是她唯一的姐姐，却被梅纳德城的连环杀手夺走了性命，先奸后杀，然后像扔垃圾一样扔进了阿瑟贝特河。

什么反应都没有。

学校辅导老师告诉他们，所有的反应都是正常的，因为人们体验悲伤的方式各不相同，但她肯定不是指根本没有任何反应的那种人，那是不正常的。总是想到那个凶手，收集所有提到他的报道——那也是不正常的啊。她敢肯定。

时间到了，她迫使自己走近棺材，看着克拉拉的脸。只比她大了四岁，却被残忍地杀害了。

克拉拉看上去不像是被人残忍杀害的，她看起来仿佛是在睡眠。

佐伊转身离开，面对着泪眼婆娑的人群，想找到一个和她一样毫无感受的人。一些小孩子看起来非常镇静，他们无法理解发生了什么事。但是，佐伊瞥见的每一张成人的脸上都挂满了泪水，或者看起来似乎珠泪盈眶。

她开始朝外走去，她母亲跟在她后面，抚摩着她的头发。

一只小手攥住了她的手。她低头看看安德丽雅，安德丽雅走在她身旁，一脸严肃。安德丽雅知道发生了什么事吗？现在她每天晚上都睡在佐伊的床上，她肯定知道出了什么事了。

世界白茫茫一片，大雪在教堂的院子里铺上了一层白色，宛如地毯。雪还包裹了树木，草坪。教堂院子和街道之间的那堵矮墙上也积起了一层薄雪。她跟着父母亲走向车子，每个人都静默无声。坐进了车子，听到了引擎发动声，那声音奇怪而沉闷。她感到头昏眼花，似乎身在别处。

她没有眼泪，没有同情感，就像那个凶手似的。

在他们开车回家的路上，安德丽雅的脑袋靠在佐伊的手臂上，她玩弄着佐伊的手指，就像她有时在夜晚做的那样，一次又一次地抚摩着佐伊的大拇指。佐伊什么都没说，即便感到有点痒痒的。

汽车行驶得很快，和每次在小城镇里开车一样。当他们到家下了车，佐伊想不明白为什么世界变得东倒西歪了。

随即，她脚一软跪在地上，呕吐出她吃下的早餐，心脏"怦怦"地乱跳。母亲抱着她的头，说着什么，可她无法听明白，那些话似乎互相混淆了，而她则不断地咳嗽吐痰，看着溅落在雪地上的一大摊黄色污秽物，剧烈颤抖着。

佐伊再次看了看时间，那是凌晨二点十七分。她怀疑再也睡不成了。安德丽雅在她身旁蜷缩着，毛毯直盖到了脖子，一缕松散的头发撒在她的脸颊上。佐伊已经习惯于睡在床的半边了，她根本不在乎。

她哭过，事实上哭个不停，她浑身哆嗦着，哭了一个多小时。她妈妈抱着她，抚摩着她，想说什么话来安慰她。最后，佐伊摸索着走进自己的房间里，一头倒在床上，直愣愣地看着天花板，试图清空她脑袋里那些不断袭来的恐怖画面。那天其余的时间里一片阴霾，她不愿和任何人说话，只想一人独处，安德丽雅除外。安德丽雅走进她的房间里，一屁股坐在地板上时，她也没说什么，那倒也让她稍感宽慰了。

而现在，她只求最终能睡着。她已精疲力竭了。

最后，她叹了口气，打开了夜灯。安德丽雅身体绷直了一下，随后翻了身，避开了灯光。佐伊拿起她藏在床下的书，那本从图书馆借来的书——《究竟谁在与怪物搏斗》，作者是罗伯特·K.雷斯勒。那是她借阅的第五本有关连环杀手的书了，但那是第一本由联邦调查局罪犯行为特征分析员所著的书。她不知道居然还有这个职业。

她越读就越觉得许多事情能弄明白了。梅纳德城远非遭遇连环杀手突袭的唯一地点。而这些杀手，尽管诡异，其犯罪行为都可以解释。雷斯勒一再强调，推动大多数连环杀手的动机是一种幻想，幻想会发展，变得越发强烈和日益细化，占据着凶手的头脑，直至他试图去加以实施。一旦得手，则会让杀手满足一段时间，直至他又觉得有必要去实施犯罪了。

雷斯勒所提出的那些详尽的罪犯行为特征分析让她惊骇不已，雷斯勒会对梅纳德城的连环凶杀案怎么说呢？

她希望梅纳德城的警察局长会请求联邦调查局的罪犯行为特征分析员前来相助。

她才开始阅读雷斯勒对戴维·伯科威茨 [①] 的访谈，后者的绰号是"萨姆之子"。伯科威茨虽然以女性为目标，却枪杀了许多男男女女。佐伊正带着某种病态的迷恋在阅读访谈的概要，此时她读到一段文字，令她一阵寒战。伯科威茨告诉雷斯勒，在夜晚，如他找不到作案对象时，他往往会去他早些时候的案发现场之一，去看看，然后手淫一番。雷斯勒在书中指出，这是他们第一次获得的确切证据。证据表明，凶手们会回到案发现场，并且还有一番解释。

她把这段文字反复读了几遍！感到有什么东西在啃咬着她，这让她心里感到有点发痒，一种让她难受作呕的感觉，她不愿详加描述。于是，她合上了书，把它塞在床下，试图再次入睡。

她不妨设法飞翔吧。可那天夜里，睡眠只光顾了梅纳德城里的其他床位。

她心里不断地回想起一个半月前的那一天。

罗德·格洛弗究竟在杜兰特池塘那里干什么？她问过他了，但从未得到过直接的回答。相反，他却和她谈起那场大火，以及他是如何救了他们的秘书一命——一个奇怪的故事。

她忽然想起来，她从未在其他人那里听到过那场大火。梅纳德城是个小城镇，假如某人的汽车轮胎瘪了，到晚上半个城镇的人都会

---

① 戴维·伯科威茨（David Berkowitz），绰号"萨姆之子"，美国最为臭名昭著的连环杀手之一。1976—1977 年，他在纽约市谋杀了 6 个人。他声称他是从一条恶魔附体的狗那里得到谋杀命令的。——译注

知道。

办公楼里的大火？一个妇女被她的同事英勇地救下了？即便当时有凶杀案的事在传播，大火的事肯定也会被人反复提起、谈论，毫无休止。

随后，她又想起他告诉过她的其他奇怪故事。他有一次曾告诉她，他在《吸血鬼猎人巴菲》第一季的某段里当过临时演员，但他们把他的那组镜头剪辑掉了，就因为他和制片人发生了争执。还记得吗？他还自称曾经是中央情报局的线人，虽然他也没能告诉她更多的情况。

佐伊并不天真，她总是假定他是在逗她玩，或者就是夸张点事实而已。可是现在，当她回想起这些事来，它们看起来不太像是幽默的奇闻怪事，更像是撒谎吹牛，尽管是没什么目的的。

她拿出她的笔记本，翻到她想找到的那一页。她从一篇文章里摘抄过一段有关心理变态性格的文字，描述了《海尔病态人格检核表》。这张表详细列出了与心理变态性格相关的种种特征。佐伊很喜欢图形符号引出的要点排列形式，所以把这张表粘贴在她的笔记本上了。表中的第三点：病态性说谎。

她看了看表中的其他要点。流于表面的魅力——打钩。他总是在对她说话时笑容满面，时常友好地碰触她的手臂。他的模仿和粗俗的幽默多极了，就想让她大笑。可很奏效，她有点尴尬地在内心承认，她喜欢他，那就是所有能讨她喜欢的地方。

缺乏同情心。她试图想想这究竟是什么意思。理解他人的感受，对吗？可格洛弗理解各种感情。每当她抱怨父母亲或者学校时，他会倾听，同情地点点头。而她能从他眼中看到他的关切之情。她试图想象某个不表示关切的人的眼神——空洞，眼神无光。

她把列表放在一边。格洛弗是个好小伙子，所以，他当然理解他人的感受了，他——

当她谈到第一个谋杀案时，他毫无兴趣，却立刻设法逗她大笑。她和其他人也谈到过谋杀案，所以她将此和其他人的反应做了比较。她的朋友们，脸上都是悲伤和恐惧的表情，赫尔南德兹太太在她对班里学生谈起此事时哭泣不已，走廊里随处可见哭红的脸。

而格洛弗，还在给她留下巴菲人物的印象。

心理变态性格者可不是僵尸，他们的眼睛仍然会转动。她下了床，对着镜子看着自己的面容。要假装关心会难到什么程度？她稍稍皱起眉头，看着镜子，她的镜像悲伤地凝视着她，满怀"同情"。

要假装关心会难到什么程度？显然，一点都不难，某人眼里的神色并不意味着什么。

她轻轻地钻回床上，小心地不去惊醒安德丽雅。她再次拿起那张列表，快速看了一下。

寄生生活方式。她突然想起来格洛弗有几十次顺便上门来借园艺工具，或者借小东西，比如牛奶啦或者糖啦或者啤酒什么的，常常是在晚餐时间来临，评论一番各种食物看起来多么的美味，她父母就邀请他一起就餐，于是他也就接受了这份迟来的邀请坐了下来。她听到过母亲不止一次地就此咕哝过几句，她总是认为母亲只是有点小气而已。

慢慢地，她开始发现了其他的关联，过去的那些时刻匹配上了列表，但那还远非完美的匹配。她不知道他是否在早些年有过行为不端的问题或者青少年违法犯罪问题。事实上，她对他几乎一无所知，除了知道他是在三年前搬来梅纳德城之外。从哪里搬来的？为什么要搬家？他在其他什么地方还有家庭吗？他对她或她父母聊起的那些细碎琐事都围绕着一些令人难以置信的故事。蓦然之间，他的过去看起来非常模糊不清。

然而，她所知道的这些事突然开始变得有意义了。

罗德·格洛弗是个心理变态性格者吗？

也许，但那也不足以使他成为一个连环杀手啊。每一百个人中间就有一个心理变态性格者，可许多这样的人大多并没有危害性啊。

她试图想象他蹲伏着，等待克拉拉走得近一点的情景，他会咧开大嘴微笑着，举止荒诞。他头发蓬乱，一个连环杀手会有如此蓬乱的头发吗？感觉不对。

那天他在杜兰特池塘究竟在干什么呢？难道是因为那地方不错，他来逛逛，或者他是重访案发现场？当她看见他时，他一直在干什么？

她的想法是他在撒尿。

她颤抖了一下，手指攥成了拳头，她想起了他急剧的呼吸，她感到心头一阵怒气。这不可能是真的，不可能。

只是她知道是可能的。她将不得不告诉什么人。

第二十四章

2016 年 7 月 20 日，星期三，伊利诺伊州芝加哥

佐伊坐在她那张临时办公桌旁，在她的笔记本电脑里阅读着早间新闻，她的嘴不屑地撇了一下。媒体蓄意炒作那个连环杀手，还提到联邦调查局也插手其中了。有一张照片，画面是她和泰腾以及马丁内斯在案发现场的模糊脸容，特意放大了给读者找点乐趣，根据"来自警方内部的消息"，凶手很可能是个白人男子，在殡仪馆工作。

她真想杀了伯恩斯坦——那个被解雇的自高自大的家伙。他很可能通知了城里每个记者和博客写手，他很可能每天在几个新闻节目里出现，为他的"专家意见"赚取他们一大笔钱。她很愿意打赌他不会在警察局再露脸了，他在媒体有了一份薪水较高而又不伤自尊的临时工作。

一大沓文件放到了她的办公桌上，她抬眼看到了马丁内斯的脸。

"那是什么？"她问道。

"动物保护监管部门的报告，"他说道，"从 2014 年 7 月开始到 2016 年 3 月，总共二十七个档案，估计是他们所有的材料了。"

"动物防腐吗？"

"哦，从第一到第六份报告是有关动物标本剥制。但是，所有这二十七份报告都来自西普尔曼，这是芝加哥南部的一个街区。"

"那很可能是他的最初计划，"佐伊说着，匆匆地翻阅了一下这些报告，"制作那些受害者的尸体标本。"

"那么，他为什么又改变了主意？"

"我不知道。我可不是关于动物标本剥制术和尸体防腐术之间差别的大专家，"佐伊说道，"然而，这些报告都没提到那些动物是经过防腐处理的。"

"死猫、死狗一般不经过验尸程序，但你可以看到有关僵硬度和不自然的姿势等各种不同的描述，我估计这也许就是对动物做防腐处理时发生的情况。"

"是啊，"佐伊咕哝着，读起一份报告来，该报告提到有一条狗侧躺着，死了，僵硬得像块石头，"这些动物都是来自同一个街区吗？"

"所有这些动物的主人都住在那里。"

"有人看到是谁抓走了他们的宠物吗？"

"报告里没说，但斯科特和梅尔去那里开始走访他们，查证是谁干的。你觉得他就住在西普尔曼？"

"或者曾在那里住过，"佐伊说道，"比起他抛弃人类受害者尸体来，他在抛弃动物尸体时就草率随意得多了。"

"他肯定认为，而实际上也是如此，那就是芝加哥警方不会大规模地搜查一个宠物连环杀手的。"马丁内斯说。

佐伊没有答话，只是在翻阅着报告。马丁内斯便走开了。

她打开浏览器，快速查询了动物标本剥制术。她点击了"维基指南"，那是她喜欢的指南网站。她喜欢的原因多为网站上的插图，有时很搞笑，有时很荒唐。但是，"如何制作动物标本"的网页没有其他网页那般有趣，她很快就了解到动物标本剥制术和尸体防腐术差别巨大。

根据这些报告，他搞了六只猫狗做动物标本剥制，之后就放弃了这个想法，很可能他得出了结论，这种方法不适合人类尸体。她在办公桌上的那半页纸上潦草地写了"有条理的"字样。随后，她又在该页顶端两天前写下的"自学"和"快速学习者"的短语下分别画了线。

她咬着钢笔。他真的放弃了这个想法吗？或者还是尝试了其他？

她站起身来，走向马丁内斯，"我说，警督，你们发现过一个年轻女子的尸体标本吗，大约在 2014 至 2015 年之间？"

"哦……没有。"

或许他尝试了但失败了。"也许只是一具年轻女子的尸体，身上缺少了一长条一长条的大块皮肤？好像是有人在剥她的皮一样？"

马丁内斯脸色难看了："没有。我想假如去年在芝加哥任何地区发生过这类的事，我肯定会记得的。"

"好，那很可能是个好消息。"

"是的，我也肯定会把这归在好消息里的。"

佐伊回到了自己的座位上，开始按照日期重新排列这些报告。开头的几份报告日期零星分散，不定时。两份报告的日期是 2014 年 7 月，一份报告是 8 月，两份报告是 9 月，一份报告是 10 月，然后下一份报告是 2015 年 3 月，但佐伊猜想在这段时期中，可能有其他动物被抓走了。很可能没什么人投诉抱怨，因为人们只是认为即使找到它们也已经冻死了。

可是，随后在 2015 年，两具宠物尸体在 4 月，一具宠物尸体在 5 月，两具宠物尸体在 7 月……每个月总有一两具宠物尸体，偶尔跳过了一个月。但在 2016 年 3 月却在西普尔曼发现了五具被防腐处理过的猫狗尸体。他变得鲁莽和不顾一切了，被一个日益强烈的需求推动着。

他急于要干正事了。

按照估计的死亡时间，他在 4 月 5 日杀害了苏珊·沃纳，日期误差一天左右。就在最后一个经过防腐处理的宠物尸体被发现后，才间隔了一个星期，莫尼克·席尔瓦是在 7 月 1 日左右遇害。而克里斯塔·巴克是在 7 月 10 日或 11 日遇害。

难道他加快速度了？她不能确定，还缺乏足够的数据。但如果她不得不推测的话……她会说很可能他加快速度了，在上两次谋杀后仅仅隔了九天。

这次他们还剩下几天？一个星期，还是五天？

他们已经太晚了吗？

她站起来，再次走到马丁内斯的办公桌前。"听着，"她说，"他可能不久又要杀人了。很快。"

马丁内斯转动椅子，看着她。"多快？"他问道。

"最多几天。"

"你认为他会把妓女作为目标吗？"

"我认为她们是高风险人群，是的。"

"我们可以布控几个可能的地区，"马丁内斯略假思索后说道，"但坦率地说，我们不知道该找谁。"

"一个身强力壮的家伙，看上去不那么令人生畏，有一辆外观相当不错的汽车……"佐伊的声音轻了下来，这个罪犯行为特征分析太缺乏说服力了。

马丁内斯苦笑了一下。"你恰好把我们部门里的大多数人都描绘进去了。"他说道。

佐伊扬起一条眉毛，"我不会忽视执法官员这类人的可能性，"她说道，"但我们仍然没有足够的证据来进一步缩小嫌疑犯的范围。"

"但你仍然认为他可能不久会再次出手袭击……我要给副局长打电话。我认识那里的警督，她会帮忙——她会把事情办妥的，也许我们应该询问一下，看看是否有人失踪，告诉他们睁大眼睛。但有什么我们应该集中关注的特定地区吗？"

佐伊犹豫了一下，她还没有对此案做过彻底的罪犯地理位置分析，但依她所见，这个凶手的作案地点并不符合标准模式。他在芝加哥各地袭击，并非集中于某个地区。"我不知道。"她最终承认道。

第二十五章

　　泰腾用手摸了把脸，叹了口气。他的脑袋里"咚咚"地响着，当他闭上眼睛，他仍然可以看到电脑屏幕发出的光在他的视野里形成一个轮廓，他已经连续阅读了三个小时的报告了，他需要吸吸新鲜空气。

　　他在仔细查看西普尔曼地区的入室盗窃报告。连环杀手常常是从"恋物癖盗窃"开始走上邪路的，他们往往破门而入女性的住处，盗窃女性贴身内衣裤、女性衣物，或其他能激发他们幻想的物件。有可能这个连环杀手也是从这条路上开始的，如果有点运气的话，他们会在犯罪报告里找到一些恋物癖盗窃案，为确定凶手的身份提供点线索。

　　噢……不只是需要有点小运气了。西普尔曼是个巨大的街区，那里入室盗窃案时有发生，可泰腾已经厌倦了阅读有关笔记本电脑和珠宝失窃案了。他设法标注了三个值得怀疑的报告，其中的两个报告是因为失窃清单里包括了女性贴身内衣裤，而另一个报告则是一个鳏夫报案的，他已故妻子的珠宝遭窃。泰腾推论假如死亡激发了凶手的性欲的话，那么偷盗已故女性的珠宝就能成为他早些时候犯罪活动的内容之一了。

　　他们会把这些报告增加到堆积如山的可能性线索中去，他们或许能从中找到关联之处，否则只是背景噪声而已。他想有个突破。

他往椅子上稍稍靠了靠，椅子的轮子在铺着地砖的地上"吱吱"作响。他朝办公室里环视了一下，只有佐伊和马丁内斯坐在各自的办公桌前，其他办公桌都空了。是否有个派对而他们几个没接到邀请呢？他看了看组里其他没人缘家伙的脸。佐伊的脸色毫无表情，她眼睛盯着电脑屏幕，偶尔用一个手指敲一下某个键。马丁内斯在对自己嘀嘀咕咕地说着什么，边在一沓纸上写着什么。泰腾估计了一下自己的桌子到马丁内斯的桌子有多远，大概是十五英尺吧，中间没什么障碍物。他攥住自己的办公桌，用劲一拉，同时脚蹬了一下地面，让椅子朝马丁内斯直线滑去。

"哗哗哗哗哗"。

他估算目标稍有差错，椅子差点撞到邻近的办公桌上，撞翻了一个废纸篓。他有点不好意思地俯身拾起散落在地的废纸，而马丁内斯则看着他，扬起了一条眉毛，满脸严肃。

"嘿。"泰腾说着，直起了身板。

"没出什么事吧，格雷特工？"马丁内斯问道。他的语调冷淡，颇似校长在校园里走近一个不守校规的任性学生。

"没什么，至今还没发现什么，只有一些不太有用的线索，没具体内容。"泰腾说道，"你怎么样？你手下的探员们有什么消息吗？"

马丁内斯双击了一下台式电脑上的一个图标，打开了一个文档，里面有一串名字和任务。

"我们来看看。"他说，"斯科特正在访谈几个人，他们的宠物被做了尸体防腐处理或者被剥制了标本。达纳和布鲁克斯正在调查沃纳的朋友和家庭，因为我们假定凶手认识她，所以据此追踪下去。梅尔去了集团犯罪部门，和副局长派来的人聊聊。汤米在查看俄亥俄大街沙滩案发现场的几个安全监控录像片段，试试看能否找出类似我们那个凶手的车子。到现在为止，我还没什么消息。"

"对苏珊·沃纳，你有什么联系人？"

"当然是她的父母亲。一个伯伯住在附近，一个是她的前男友，还有她艺术学校的几个朋友。"

"我可以去和他们中某些人谈谈。"泰腾抱着希望说。

马丁内斯扬起了一条眉毛，"我想我的探员们能够处理好这些访谈的，特工。没必要——"

"我无意干涉调查，马丁内斯。"泰腾抬起了他的两手，"我脑子需要清醒一下，再这么阅读这些入室偷盗报告真要把我逼疯了。"

"好吧。"马丁内斯说着，他的嘴角撇了撇，算是微笑吧，"你可以去和……"他看了一眼屏幕，"丹尼尔勒·奥尔蒂斯谈谈，她是另一个艺术专业学生，苏珊·沃纳的朋友。"

"你真是个好人。"

"我只想让你离开我的特别行动小组办公室而已。"警督咧嘴笑了。

泰腾滑动着座椅回到了自己的办公桌，然后向出口走去。随即，他又停下了，转身走近了佐伊。他瞥了一眼她的电脑屏幕。她也在阅读入室盗窃案的报告，没有厌烦或者疲倦的神色，她很可能是个机器人，这样才能解释一切。

"我要去和苏珊·沃纳的一个朋友谈谈，"泰腾说道，"一起去好吗？"

"探员们不是在干这事吗？"

"我去给他们当个帮手。"

"我们需要仔细阅读这些报告。"

"好吧，"他耸了耸肩，"那我一个人去吧！"他转身要走了。

"等等。"佐伊抓起她的包，立即站了起来。

"其实你是很想和我一起去的——你就是想玩我。"泰腾责怪地说。

"不对，"佐伊边说着，边走出了办公室，"我想开开车。"

第二十六章

哈里·巴里注视着自己的香烟头升起的一团团烟雾，随着烟雾缓慢地弥漫开来，它与芝加哥上空徘徊不散的污染融合在一起了。

他倚靠在一堵积满了烟灰的砖墙上，心想着他该抽两支烟呢还是抽一支就回去工作。他倒很想再抽第二支烟。

直到几年之前，哈里的老板，《芝加哥日报》的拥有人，一直都乐意让那些为他工作的几个吸烟者探身窗外吸烟，仿佛他们都在以满不在乎的方式思考自杀问题似的。但是，在其他工作人员引用《芝加哥室内清洁空气法》连续不断地提出了一连串投诉之后，哈里的老板顶不住了，哈里和其他三个烟民被礼貌地要求把他们的烟臭味赶到远离办公室的地方去。

他们不约而同地去了街边一条肮脏不堪的小巷，很快就被称为"肺癌小巷"。不无讽刺意味的是，自从他们被驱离办公室抽烟，哈里的烟草消费量几乎倍增，依据的理由居然是"哦，假如我已经在这条路上走了一路了……"《芝加哥室内清洁空气法》反倒是害了哈里的肺。

他扔下烟蒂，踩上一脚，然后又往嘴里插上一支烟。他点了火，沉思着那天早晨从报纸上读到的一篇有关"殡葬人员绞杀案"的报道。

哈里是个能干的记者，虽然他的姓名一直是个麻烦。他确保在自己的报道上只签名为"H. 巴里"，这给他带来一种受人尊敬的美国公民的面貌，而不是瑟斯的故事韵文 ① 里某个男子的姓名。尽管他一再挣扎，也没有去更改他的姓和名，因为他喜欢做一个哈里，而且他喜欢属于巴里家族。正如他常对朋友说的，假如生活给了你一个柠檬，你就做柠檬水吧！你就别再去拿柠檬和别人换木瓜了。

他觉得那篇报道简直是屁话，他发了个电子邮件给他的编辑，邮件的题目就叫《这是屁话》，而邮件的内容就是这篇报道的一个链接。也许，这么做最不符合政治需要，但他当时的心情糟透了。此外，如果人们不想听屁话，或许他们就不该发表它。

有人走进了"肺癌小巷"，那是他的编辑，丹尼尔·麦格拉斯。哈里马上就推断丹尼尔是来找他的，因为他从不吸烟。

"你有问题啦？"丹尼尔问道，丝毫没有开玩笑的样子。

哈里吸了一口烟，把问题想了一下："自从上次的'小丑杀手'事件之后，这次可算是这个城市里最热门的犯罪新闻了，可你却让一个业余人员去写报道。"

"这关你什么事？我觉得这篇报道写得很好，它有某些肮脏的细节，还引用了警方的话，还有一个专家的话，还有——"

---

① 美国作家瑟斯博士（Dr. Seuss）写了不少儿童读物，其中包括押韵的文字和各种奇异的动物与物体的滑稽有趣的故事。这个记者名叫哈里·巴里，名和姓都押韵了，读起来有点滑稽，难免让人联想起瑟斯博士的儿童读物。他觉得有失体面，故对此很忌讳。——译注

"我们的读者才不管那个专家说了什么，他的话干巴巴的就像在削铅笔。我们的读者也不想听所谓的来源于警方的话，特别是警方所说的都是'我们正在调查之中'。"

"真的吗？那么谁的看法我们的读者喜欢听听？"

"奥普拉。"

丹尼尔眨了眨眼睛："奥普拉·温弗瑞①？"

"这是她的城市。她怎么看待一个怪异的男子把女人尸体塑成雕像的这种犯罪？"

"那还不是他所干的一切……而奥普拉住在加利福尼亚州，她也不是严格意义上的犯罪学专家，或者连环凶杀案专家。"

哈里把吸了一半的烟扔在地上，用脚狠狠地踩了踩："没人要她成为专家，她就是奥普拉，她在芝加哥有一套公寓，这就使她成为我们中的一个。真该死，我们可以做一篇大报道的，谈谈芝加哥的名流怎么看待一个魔鬼在他们热爱的城市里游荡，坎耶·维斯特②，蒂娜·费伊③，哈

---

① 奥普拉·温弗瑞（Oprah Winfrey），出生于1954年，是美国著名的女演员，谈话类节目的主持人，电视节目制作人，媒体负责人，以及慈善家。尤以其主持的谈话节目，在芝加哥播出的"奥普拉谈话秀"而闻名，该节目为电视史上同类节目中最佳节目，由此她被称为"媒体女王"。同时，她是20世纪最富有的非洲裔美国人，北美第一位黑人亿万富婆，还是美国历史上最伟大的黑人慈善家。到2007年，她时常被列为世界上最有影响力的妇女。——译注

② 坎耶·维斯特（Kanye West），1977年出生于美国佐治亚州亚特兰大，美国说唱歌手、音乐制作人、商人、服装设计师。——译注

③ 蒂娜·费伊（Tina Fey），1970年出生于美国宾夕法尼亚州上达比，美国编剧、演员、制片人、主持人。——译注

里森·福特① ——"

"他们都不住在这里。"

哈里置之不理："他们曾经住过，这是他们的城市，那个疯子殡葬员正在威胁到这里人民的安全。"

"荒唐。"

"好吧，那么不说奥普拉了。你知道该去问问谁的看法？在沙滩上的人们。"

"沙滩？"

"对啊，大多是妇女，还有一个帅哥。最好是把他们的照片放在报道中，穿着泳装。问问他们，假如他们遇见殡葬员绞杀案的一个艺术造型的话，他们会做出什么反应？"

"他现在是个艺术家了？"

"那当然。为什么不是呢？这是个很好的角度，我们的读者会喜欢的。我的看法是这就是性感迷人。"

丹尼尔狠狠地瞪了他一眼，但哈里扬扬自得，可以说，对此根本无所谓了。

"哈里，你就擅长写些人们感兴趣的事，你可真是个性丑闻大师。"

哈里点点头，很赞赏这个令人可疑的称号。

"但这是一个有关魔鬼的故事，而我们的读者想看的是抓捕的故事。

---

① 哈里森·福特（Harrison Ford），1942年出生于美国芝加哥，美国电影演员。——译注

警方几次尝试抓住这个幽灵般的杀手，可他又杀了另一个无辜的女子。人们想读的是有关暴力、恐惧还有死亡的故事，这就是激发人们对连环杀手的兴趣所在。"

"这条路错了，丹尼尔，这只是每个人都在做的事而已。"

"这恰恰是为什么我们也应该做相同事的原因。"

他们两人都站着，互相对视着。一时间，周围满是芝加哥交通的噪声。

"交给我吧，"哈里最后说道，"我能搞定此事。"

"我可不要有关奥普拉怎么看待这个凶手的报道，"编辑说道，他的语调尖刻而又坚决，"这不是该你写的事，你不能写犯罪，去干你自己的分内事吧。"

"为什么你就不能干一次你的分内事呢？"哈里问道。

丹尼尔的脸色变了。这让得哈里觉得，或许这还不是他要说的最为谨慎的话吧。

"你知道，"丹尼尔交叉着手臂，"我有一篇确实非常重要的报道需要你去写。"

第二十七章

丹尼尔勒·奥尔蒂斯住在皮尔森的一套小小的二居室公寓里，皮尔森是芝加哥西部的一个街区，它以艺术的繁荣而闻名。所以，芝加哥的艺术专业学生，就像丹尼尔勒还有后来的苏珊·沃纳，都倾向于聚居此地。

小小的起居室和佐伊自己在戴尔市的房间没什么不同。但是，佐伊除了安德丽雅买给她的两幅画之外，墙上空空荡荡的，而丹尼尔勒房间的墙上挂满了各种装镜框的照片。凌乱的装饰使得房间显得更窄小了，几乎要让人产生幽闭恐惧了似的。

"请进。"丹尼尔勒说，"要喝点什么？"

她的时尚感与她室内装饰的品位相匹配，看上去她似乎拼命地想集各种颜色于一身。她头戴一条印度班丹纳花绸大头巾，上身是绿色内衣，外穿了一件黄色衬衫，下着一条蓝色牛仔裤，脚蹬一双橙粉相间的运动鞋。她右手腕上套了几条串珠手链，主要色彩是紫色、褐色和黑色。她要是再配上警告人们预防癫痫症的标志就更绝了。佐伊很为自己的才智而得意，她要记得以后给安德丽雅讲讲。

"不用，谢谢。"佐伊说，恰在此时，泰腾正在问是否有咖啡。

"有。"丹尼尔勒说着，对佐伊笑笑，"你肯定你不需要喝什么吗？"

"哦……好啊，如果格雷特工要喝上一杯的话，我也来一杯吧。谢谢。"

丹尼尔勒去了厨房，佐伊便走近墙边，看着那些照片，它们似乎是一组放大的特写照片。一片叶子上有一滴露水的大照片；一根树枝上挂着一连串冰锥；从上往下拍摄的一只飞虫，它的翅膀透明而又结构复杂。远一点墙面上的一些照片都是城市街道风景，感觉是在欧洲。所有的照片都拍摄得很美，但堆放在一起则像是用五颜六色和各种形状在轰炸着房间。这让佐伊感到浑身不适。

丹尼尔勒回来了，手里端着两杯咖啡："喜欢吗？"

"哦……是啊，拍得很漂亮。"

"特写镜头是我拍的，我的男友拍了威尼斯的街道。他是一年前的交换生。"

"你们都是艺术专业的学生？"

"嗯……我还是学生，瑞安现在在一家汽车修理店工作。但我们在学校里遇到时，他也是个学生。"

"那不错。"佐伊说。她在学校里只遇到过两个男孩，结果他们两个都是糟糕的男友。

"请坐。"丹尼尔勒说着，朝房间里的一张长沙发努努嘴。佐伊和泰腾坐下了，她就把他们的咖啡杯放在沙发旁的一张小圆桌上了。一时间，佐伊以为丹尼尔勒会坐在他们中间。那是一个不合适提问的安排，更有甚者，那张长沙发只是双座型的。但让她感到宽慰的是，丹尼尔勒回到厨房，搬了个小椅子回来，坐下来，面对着他们两人。

"我从新闻里看到，你们又发现了一个受害者，"她说道，"那太吓人了。现在一到晚上我就不敢出门了，而且我每天至少四次查看门是否锁好了。你们是不是快要抓到他了？"

"我们正在取得进展。"泰腾说，"我们可以问几个有关苏珊的问题吗？"

"当然可以啦，只要我能帮上忙。等等，也许我的男友也能回答一些问题，他见过苏珊好多次了。"

"可以啊。"泰腾说。

"瑞安！"丹尼尔勒叫道，而佐伊一听到那尖锐的嗓音就咬紧了牙关，"你能到这里来一会儿吗？"

一个高个阔肩的男子，黑发浓密，从卧室出来了。"嗯，噢，你们好。"他说着，注意到佐伊和泰腾，"抱歉，我刚才戴着耳机，没听到你们进来。"

"瑞安，他们是格雷特工和本特利分析员，他们来问几个关于苏珊的问题。来和我们一起聊聊吧。"

"好啊，"瑞安说，"只要能帮上忙。"他四下看看，想找个地方坐下。最后他从厨房里搬出了另一个椅子，和佐伊他们坐在一起。

佐伊端起咖啡杯啜饮了一口，感到太浓了，好像丹尼尔勒喜欢什么都要强烈、刺激。她看着泰腾，后者开始向苏珊的朋友问问题了。

"你认识苏珊多久了？"

"在她被杀害之前大约一年前我遇见她的，也许还早一点。"丹尼尔勒说道，"但瑞安只是在我们开始约会后才遇到她的，所以他才认识了她几个月。"

"对。"瑞安说，"她很不错的。"

"你们两个是好朋友吗？"

"是的，"丹尼尔勒说着，她的声音柔和了，"她是我最要好的朋友，我想我也是她最要好的朋友吧！她没有很多朋友。"

"为什么？"

"噢，她是个安静类型的人。你知道吗？总是喜欢待在家里，学习或者画画，她不常出去。"

"所以她一般不会邀请许多人去她那里的吧？"

"是的，根本不会。她的房间比我的还要小，她那里不可能搞大型聚会的。"

"她有约会吗？"

"有过。她经历了一次重大的分手，就在她……去世前的两年，可他从来没能忘记他，真的。"

"她死亡之前有和什么人约会吗？"

"没有，我认为在她死亡之前的半年里没有任何约会。至少，她没有提起过。"

"她有没有看起来为什么事或什么人担忧过？你能不能想到哪个认

识她的男子也许会……骚扰她？"

"想不出来，我觉得她甚至没有什么男性朋友。"

"有什么男性亲戚吗？一个表兄弟？一个亲兄弟？"

"也许有吧，我不知道。"

"她不是有个叔叔伯伯什么的住在附近吗？"瑞安说道，"我很肯定，她提到过他一两次。"

"噢，是的。"

佐伊点了点头。苏珊确实有个伯伯住在芝加哥，他年龄七十了，坐在轮椅上。他也在名单上，很快就会有人去找他谈谈的。

"她提起过她的邻居吗？"泰腾继续问道。

"没有。"

太多的否定。佐伊叹息一声，介入了问话："你最后见到她是在什么时候？"

"嗯，在她失踪之前的……一个星期，我去看过她。"

"你们谈些什么呢？"

"就和往常一样，学习啦，男孩啦什么的，她说她想搬出去了。"

"她说原因了吗？"

"噢，是的，一大堆理由。那个公寓房间太糟糕了，隔音太差了，冬天冷得要命，我记得她提起过这些的。还有什么呢？"

"还有一个实际问题，墙壁潮湿发霉了。"瑞安说道，"那真的很严重。"

丹尼尔勒点头赞同："对，甚至她有些画作都损坏了。噢，下水道老是堵塞，有一次竟然水漫公寓房间了。我们只好开着瑞安的厢式货车去把她的家具搬出来找地方放置，直到那里干燥了。"

"是啊，我们还把地毯扔了。"瑞安补充说，"还有，那个房东是个浑蛋——"

"怎么个浑蛋法？"泰腾问道。

"当她需要什么东西时，他就不断地躲避不见。"丹尼尔勒说道，"有一次她只好自己为下水道的事付费。可讨起房租来他真是个卑鄙小人，老是威胁说要涨房租。"

"你知道他的名字吗？"

"不知道。"

佐伊和泰腾交换了一下眼神，很可能那些探员已经核查过那房东了，但佐伊还是在心里记着要核实一下。

"你还能想起其他什么事吗？"泰腾问道。

丹尼尔勒摇摇头。"我希望能提供更多的帮助。"她说，一滴泪水从她眼眶里涌出来了，"我真的很想念她。"

第二十八章

　　佐伊和泰腾返回警察局时，绵绵阴雨"噼噼啪啪"地打在车身上。佐伊眼盯着一滴雨水在车窗玻璃上流淌而下，汇入另一滴雨水中，加速下滑。她的目光随着这股细流，看着它流到了玻璃的底部。她在思考着丹尼尔勒对苏珊的描述，设法勾勒出受害者的概况，一个艺术专业的年轻学生，独自居住，多数时间里一个人待在房间里。

　　完美的受害者，凶手挑选得很好，他很谨慎。

　　但是，现在他的谨慎逐渐地减退了，他随机捕猎那些妓女。虽说他很可能有过某种选择标准，但他不再以孤独女性为目标了。克里斯塔和一个朋友住在一起，她被形容为某个能和任何人和睦相处的人，她还有个皮条客。

　　究竟是凶手变得过于自大，还是杀戮的冲动加重了，以致让他疏忽大意起来？无论如何，他的行动速度加快了。他会犯下更多的错误，这意味着他们就有更好的机会逮到他……但代价将是高昂的。

　　她没能向马丁内斯提供更有说服力的罪犯行为特征分析，这使她产生挫折感。尤其让她感到头疼的是这个凶手出于谨慎，居然在全城各处出手，显然开车几个小时就是为了足够远离他自己的家。罪犯地理位置分析是个很棒的缩小嫌疑人范围的方式，但由于她不会运用此法而后果严重。

泰腾关掉了引擎，佐伊猛然从沉思中惊醒了，他们已回到了警察局。

他们两人都没带雨伞，佐伊就半弯着腰跑进了大楼入口处。一旦确定处于大厅的天花板庇护之下，她转身看了看，用手梳理着湿发。只见泰腾在雨中随意地走着，仿佛下雨与他无关。他的嘴略带微笑地撇了撇，仿佛是她弯腰驼背地一阵小跑让他觉得挺有趣。等他来到她身旁时，她很得意地看到他的头发已经在"滴滴答答"地往下滴水了，而他的衬衫也明显湿透了。现在是谁笑话谁啊？

佐伊，就是她了。

他们来到了特别行动小组的办公室，大多数办公桌空着，无人。马丁内斯弓着背坐在办公桌前，面对着一些文件，一只手放在额头上，他看上去筋疲力尽了。在他对面，梅尔在打电话，她用脸颊和肩膀把听筒夹住，同时两手在键盘上打字。

马丁内斯瞥了他们一眼："艺术专业学生那里获得了什么有意思的信息吗？"

佐伊耸耸肩："受害者生活习惯的一般性描述，其他没了。"

"好吧，你们谁来打这份报告？"

"什么报告？"泰腾虚弱地问道。

"你们和一个证人谈过了，对吧？在这里的警察部门我们有个叫

'案件档案'的东西，证人的叙述就放在那里面，用报告的形式。"

"对啊。"泰腾清了清喉咙，"我觉得佐伊——"

"那可是你的主意，是你要出去帮忙的，"佐伊甜美地说着，"难道你就不愿再帮忙了吗？"

"我会发个报告的模板给你。"马丁内斯咕哝着，转向他的电脑了。

梅尔"啪"的一声把听筒放回了座机上，大声地咒骂了一句。她随即意识到特工和警督都在盯着她看。

"对不起。"她低声说道，"这真是漫长的一天啊，而这个列表无穷无尽。"

"列表？"佐伊问道。

"我今天和副局长派来的警督一起坐着，"梅尔说道，"我们给所有的地区都打了电话，编制了一份过去七十二小时内失踪女性的报告列表。我现在要追踪了解，但这么做得花好长时间了。"

佐伊走过去，要了这个列表看看。她数了数装订好的纸张，共有四页，每页上有一个简短清单，总共有二十九个名字。每个名字附有一连串的电话号码和地址，既有失踪女性的，也有她的熟人的，还有对失踪女性的描述，以及一行短文详述失踪的情形。有七个名字被画掉了，另一个被画了圈。

"你圈的这个名字是怎么回事？"佐伊问道。

"她是在我追踪的人中唯一依然失踪的人。我画掉的是已经找到的人，嗯，实际上，有五个人刚刚回到家里。"

佐伊又翻了翻这些纸，皱起了眉头："你是按照日期来排列的吗？"

"是的。我认为我该从失踪时间最长的开始排列，因为她们最有可能已经回来了。而如果她们没回来的话，那更——"

"这可不是个按优先顺序排列的好方法。"

梅尔眼睛瞪着佐伊，牙齿咬得紧紧的。

"你应该把重点放在过去的三十六小时内，至少是我们发现克里斯塔·巴克尸体后的一天。给那些年龄在十九岁至二十岁的女性打电话。这里有五个名字，都提到最近在脸上或手臂上擦伤了，你可以把她们放到最后。擦伤在死亡后不会愈合，而我们的这个杀手喜欢他处理的尸体处于完美状态——"

"这些女人很擅长用化妆品来掩盖擦伤的。"梅尔说。

"他对此会非常警觉，此人很细心。我猜测他避开了那些浓妆艳抹的妓女就是因为这个原因，很可能对刺青和身上穿孔的也是如此。所以，我们要把任何有明显刺青或者在身上穿孔的女性往后放。还有，我们应该从晚上和夜间失踪的女性开始。"佐伊从梅尔的桌子上抓起一支笔，开始在名字上标注记号，"这个，还有这个，还有这里的一个。"

她再标注了四个，然后，她扫视了一下她标注过的名字，她给她们编了号，从1号到7号："从这些名字开始，以这个顺序。同时，我会把其余的也按优先顺序安排一下。"

梅尔瞪眼看着她好一会，然后抓起电话，开始快速、愤恨地按号码。

佐伊满意了，转头去看列表。

第二十九章

早在是小孩子时，莉莉的弟弟就害怕黑暗，她曾经嘲笑过他，叫他"小毛孩""胆小鬼"。每当母亲高声叫他们关掉讨厌的灯光时，莉莉就会关了灯，随后开始发出"咝咝"声和咆哮声，如同怪物一般，而她的弟弟就会尖叫着跳下床。结果就是生气的妈妈惩罚了他们俩。

她希望她能返回那段时光，告诉他，现在她理解他了，还有她终于意识到黑暗真的让人害怕。因为黑暗来临之后，在真正的黑暗中，你只剩下你自己的想象了。

她动了动脚，想要移动一下，怎么移动都行，但她动不了。她想在眼前挥挥手——她肯定能够看得到，但她的手被反扭在背后，手腕上一副金属手铐勒疼了她。她在寒冷中颤抖着，脑子里涌出了各种恐怖的想法，猜想着不久究竟有什么事会降临到她身上。那个家伙……当她坐在他车里时，他看起来很正常，比起她的大多数客人都要好。起初，当他把刀放在她喉部时，她几乎相信这只是个玩笑而已，一个糟糕的玩笑，肯定是了，但一个不错的家伙仍然喜欢这样……

当然，她听到过一些故事。站街拉客，你无法避开他们的。姑娘们完全失踪了，或者在某个小巷里被发现死了。但不知怎的，她总是假定那些姑娘太粗心了，她们看错了客人，才跟了去的。她们没有对警示性迹象给予关注。

可是现在，有点晚了，她才发现某些家伙根本不会流露出警示性的迹象，和这些家伙在一起，第一个警示性迹象就是搁在你脖子上的一把刀。

他把收音机开着，放在另一个房间里。她怀疑主要是为了掩盖她的尖叫声，其实她已经无法叫得那么响了，寒冷、饥饿还有恐惧耗尽了她的力气，她至多只能呻吟哭泣。收音机里播放着一些音乐，但大多数是谈话节目，从门缝里透过来的来电者和节目主持人的声音已经沉闷模糊了。有些时候，她被搞糊涂了，突然肯定门外说话的是真人，于是她透过覆在她嘴上的布条尖叫救命，可立刻又想起那只是通过收音机声波传来的某人空洞的声音而已。她简直快被逼疯了。

有什么东西在"嗡嗡"作响，这突如其来的声音让她猛然一惊。她睁开眼睛，这才意识到刚才打瞌睡了。有个微小的"嗡嗡"声在房间里什么地方响着，一个奇怪的微弱亮光闪烁着，离她眼睛不远。

等她明白过来是什么时，那个"嗡嗡"声已经停止了，那个亮光也消失了，整个房间又陷入了一片漆黑之中。那是她的手机，她的另一部手机。她看到他把她的工作手机从手提包里拿走了，但他肯定是漏掉了她包里的私人手机。那部手机设定了振动，客人不喜欢她的手机铃声干扰，所以在她做性交易时，总是把手机设置在振动上。那个"嗡嗡"声就是一个来电。

手提包被扔在她那堆衣服旁，离她坐的地方很远，太远了。她挣扎了片刻，想挣脱把她手反绑在背后的手铐。手铐又有链条固定在墙上，让她没法接近手提包。她拉扯着手，想挣脱手腕上的金属手铐，却感到皮肤被割得十分疼痛，泪水涌上了她的眼睛。她的肩膀耷拉着，根本不可能，手铐太紧了。

"嗡嗡"声又开始了，手机屏幕的微弱亮光使得房间里弥漫着柔和的数码灯光。她可以清楚地看到自己的身体和她那个被扔在地上的手提包。她发疯地拉伸着，试图用脚去钩住手提包，也许她能把包拉过来……

"嗡嗡"声停止了。一片漆黑。少许的一点自由度在玩弄她，挑逗她，离她赤裸着的脚仅几英寸之遥，顷刻之间又消失殆尽了。

猛然，她又想到还剩下多少电量？她在出门前充过电了，可她在这个地方感到超过一天了。如果电池耗尽了怎么办？她最后的一丝希望也随之消失了吗？

她开始在黑暗中一边再次拉伸身体，一边呻吟着。随着她用劲拉伸得更远一点，一英寸又一英寸地拉着，用脚趾摸索手提包，同时又失望又痛苦地尖叫着，而她的肩膀也快要脱臼了。

"嗡嗡"声又开始了，借着手机发出的亮光，她能看到她只差一点点就能够得到手提包了，就差这一点点了。她隔着勒住嘴巴的布条尖叫着，用力拉着手铐，皮肤撕裂着，肩膀火辣辣地疼痛，浑身汗水淋漓……

她设法用脚趾钩住了一根皮包带，拉了起来。

手提包向一旁倒下了，包里的东西都倒出来了。她的手机，因某种神的干预，正面朝上。她的眼睛立刻被吸引到屏幕上的电池标志上。

百分之六。

来电停止了，手机屏暗了，莉莉呜咽起来。她用脚摸索着手机，可没法好好抓住它。她鼻子剧烈地呼吸着，她再次尝试了一下。她的脚只是刚刚够到手机而已，一不小心，她反而把手机踢远了一点，于是害怕地呻吟着，是不是她把手机踢得太远了？

手机屏幕又亮了，"嗡嗡"声又来了。电池显示是百分之五。手机依然在可触及的范围内。

她用脚在屏幕上滑着，边诅咒着这种设计，这需要她滑屏幕才能接电话，而不是轻轻敲击屏幕。一次又一次地，她尝试着用脚趾滑屏幕，可一事无成，却把嗓子叫得嘶哑了。

第三十章

佐伊差不多快完成按优先顺序排列那张列表时，梅尔突然嘘了一声"狗屁"。

佐伊抬眼看看这个探员。她紧紧地抓着电话，眼睛扫视了一下办公室和室内的其他三个人。

"警督，"梅尔急急地说，"来一下。"

紧张的语气使得马丁内斯立刻站起身来，开始走过房间。梅尔在电话上敲了一下扬声器键。

佐伊皱起了眉头，她所能听到的只是在后面有两个人交谈的模糊声音，她没法搞明白究竟是什么激起了梅尔的这般反应。

梅尔又敲敲上音量键，敲了好几次，把音量提至最高，然后说："喂？"

没有回答，只是传来一阵微弱的远处谈话的背景噪声。

"喂，莉莉吗？我是芝加哥警察局的梅尔·帕克斯探员，我就想证实一下——"

另一个声音，高音调，紧张，却不清晰。汽车轮子的刺耳声？不，它一直在响着，忽高忽低。随即，她的心一沉，如同石块，佐伊明白了她听到的是什么。

被蒙住嘴的尖叫声。

马丁内斯走到办公桌旁，听着。过了一会儿，梅尔说："莉莉是吗？我要你镇静下来，设法回答我。你的嘴巴被堵住了吗？"

沉默了片刻，然后是一个被蒙住嘴的回应，听上去好像是个女性试图在说："嗯—哼。"

"有办法把嘴里的堵塞物拿掉吗？"

"嗯—哼。"语调里有一种几乎难以察觉的改变，但很明显，回答是"不可能"。

"知道你在哪里吗？"梅尔问道。

"嗯—哼。"

佐伊瞥了一眼列表。莉莉·拉莫斯，二十岁，妓女，她朋友报告失踪，她们本该在天亮前碰面的。她失踪一整天了，最后一次见到她时是在昨天晚上，她在挑选客人。她被描述为白种人，几乎不化妆，身穿一条裙子和一件长袖衬衫。相对于她的职业来说，这身打扮比较适度。她只有一个刺青，穿上衣服后就看不到了，那是腰背处的一只黑猫。佐伊在列表上把她标注为 3 号。

"你能形容一下绑架你的男子吗？"

一阵被蒙住嘴的失望咕哝。

马丁内斯接过了手机，大声说道："莉莉，我是马丁内斯警督。你知道你现在的地址吗？"

自他接过电话后，那女子的声音再也听不到了，但一会儿后他点点头："好吧！我们来按字母排列做，我说到正确的字母时，你就阻止我，好吗？我们将把你救出来。我们开始了，A……B……C……"

而在背后，泰腾对着电话机快速地说话，他试图让联邦调查局的什么人追踪来电。他转身对着佐伊，做了个口型问道："电话号码。"

马丁内斯的声音单调而沉闷地拖了下去："D……E……F……"

佐伊一把抓起列表，冲到泰腾面前，交给他，重点指指莉莉的手机号码。泰腾对她匆匆点点头，脸色严肃，他开始对电话另一端的人读手机号码。

她攥紧了拳头，心"怦怦"地跳着，其节奏随着马丁内斯说出的字母速度而跳动。

"G……H……I…… 是 I 吗？还是 H？好，很好。再来，A……B……"

佐伊转向马丁内斯，拼命向他挥手。他瞥了她一眼，皱起了眉头。

"元音。"她说道。如果第一个字母是 H，那么接下来的字母就会是个元音。

他停顿了一下，然后点点头。他清了清喉咙："E……I……"

梅尔在她的键盘上狠狠地敲打着，这声音融进了马丁内斯和泰腾的嗓音里。

"O……U……"

佐伊从梅尔的肩上看过去，屏幕上显示了一个名称列表，街道名称，都以 H 开头。

"是 U 吗？好，很好。好吧，第三个字母，A……B……C……"

梅尔敲了字母 U，名称列表就改变了，仅显示 HU 开头的街道名称。她疯狂地把这个街道名称列表输入了打印机，随后奔过房间来到打印机的安放处。佐伊攥紧了拳头，聚精会神且高度警觉地倾听着单边的谈话内容，这情景犹如美国广播公司恐怖的紧张场面。

梅尔等两页纸从打印机里吐出来，即一把抓起，随后推开佐伊，"啪"的一声把纸放到马丁内斯的面前。他盯着看了一眼，然后点点头。

"好，莉莉？你在吗？很好。听着，我有一张芝加哥所有以 HU 开头的街名，我要开始给你读这些街名，一旦我读到了正确的街名，你就阻止我，好吗？"

佐伊能想象当那个女子明白了马丁内斯的话之后会咕哝一下。

"Hubbard……Hubbs……Huber……"

泰腾停止通话了。当他把话筒"啪"地放回座机时，佐伊转向了他。他大步走到他的电脑前，在键盘上轻敲了几下，屏幕上出现了一张芝加哥地图。他有定点了？她走向他，同时擦了一下额头上的汗珠。他正看着芝加哥的一个街区，但地图比例太小了，定点远非精确。她感到头晕了。她无法想象莉莉正在经历着什么。

第三十一章

莉莉听着那男子声音低沉地读着一个个街名，太慢了，实在太慢了。她的眼睛没离开过电池显示，百分之二。

"Huck……Hudson……Huguelet……"

她真想大叫他读快点；手机马上就要断电了。但她无法阻止他，只能咕哝。

"Hull……Humboldt……Hunt……"

他快要读到了。然后他们就得设法知道门牌号，是 3202，还是 3204？她不肯定。不管怎么说，这号码挺大。她怎么才能把号码传递给他呢？她绝望地收缩着喉咙。

她意识到，他们不得不一个数字一个数字地进行。四位数啊，这能办到。那警察听起来很聪明，他会找到的。然后她得给他房间号码。然后，很可能他们一旦有了门牌号，他们就可以派警车来了……她开始感到有希望了。

电池显示变动了，百分之一。

"Hunter……Hunting……"

她紧张了，就要到了，她得警觉一点。假如她错过了那个街名，他们永远也找不到她了。

就在此时，她意识到她听不到门外的收音机声音了。然而，她却听到了朝门口走来的脚步声。

"Huntington……Hurlbut……Huron……Hussum……"

门打开了，光线一下子涌进了房间，门口出现了一个男子的身影。她几乎没注意到马丁内斯读到了正确的街名，马丁内斯又读了下去，缓慢、庄重地读着街名，语调镇静稳定。她开始拼命地透过勒住嘴的布条尖叫着。

"是 Hussum 街吗？喂？莉莉？是 Hussum 街吗？"

男子走上前来，从地上捡起手机，掐断了来电。他看着她，浑身颤抖着。他蹲了下来，猛地伸出手来，扼住了她的喉咙。

他的手指紧压着。她的手被反绑在背后，只能扭动着试图吸口气。

第三十二章

"见鬼！"马丁内斯大叫，"电话断了！"他点击了重拨，一会儿就传来事先录制的一个女子声音，告诉他这个号码无法接通。

"我从无线发射塔获得了一个大致的定位，"泰腾叫道，"我这儿有个地图。"

马丁内斯冲到泰腾的电脑前，和佐伊凑在一起。

"那是离 805 号北特朗布尔大道一英里范围之内。"泰腾说着，指着地图。

"有哪条以 HU 开头的街道吗？"马丁内斯问道，一边扫视着地图。"那里，Huron（休伦街）。"

他转身对梅尔尖叫道："接调度，立刻派警车去休伦街，马上！我们会设法给你更精确的地址。"

梅尔拿着电话，等他一说完就已经发出指令了。

"无论如何，我们能得到更确切一点的地址吗？"他问泰腾。

"从那个地址起一英里的范围差不多把休伦街的这个部分全包括进去了。"泰腾说着，指指屏幕，"我给无线电话公司打电话，试试找出一个更好的地点。"

"他会逃跑，"佐伊说道，看着地图，"而且他会带着她一起逃的。"

"为什么？"

"他还没把她玩够呢。他抓获的女子对他意义重大，他在杀害她们后会保留每个人一星期左右。所以他不会轻易地放过她的。"

"告诉调度，提醒所有的警车，"马丁内斯对梅尔叫道，"嫌疑犯可能会在移动中。拦住任何和女性一起走或者扛着相当大行李的男子，拦住那条街上所有的车子，我们不能让这家伙溜走了。"

"他可能会设法在他们赶到之前就离开那个地区。"泰腾说。

"他得他妈的动作快才行。"马丁内斯咆哮着。

"他会的，"佐伊说，"他会利用夜幕和大雨。"

马丁内斯点了点头，电话贴在耳边。"长官，"他对电话另一端的某个人说，"我们知道了他的大致定位，他在逃窜，受害者可能和他在一起。是的，长官。我需要一架直升机还有——"

马丁内斯停顿了一会儿，然后他说："是，长官。"他挂了电话，大声叫道，"派一架直升机去那个街区。我还需要封锁那里的道路，阻拦任何从休伦街往北去芝加哥大道的车子，阻拦任何从休伦街往南去西费迪南德街的车子。"

"他可能会向西，经由科斯特纳大道走。"泰腾说着，移动着显示地图。

"还有，在科斯特纳大道和珀拉斯凯大道的交叉路口设置路障。"马丁内斯对梅尔叫道，她正在对调度发出一连串的指令，"我们会抓住他的。"

第三十三章

　　他流着泪拖着她的尸体走向他的尸体防腐处理台。这就是所发生的事，这也恰恰是为什么会有那么多的夫妻分手的原因，夫妻之间互相欺骗，用卑鄙的手段互相陷害，报警处理。在他改变她们之前，根本不会有信任，不会有信赖，更没有真正的爱。

　　他没多少时间了，他清楚，但他必须得在他们一起离开前把这事做完，否则他们之间的关系无从持续下去，街坊邻居又会抱怨臭味了。

　　不，如果他真心爱她，他必须得冒着风险去做。他在她尸体上切了个口，他的手指颤抖着。他的手动作飞快，近乎疯狂地混合着防腐液，没时间精确计算比例了，他只是希望他没弄错。还有多久他们会发现他？他这次怎么会搞砸的？究竟为什么他没有查找一下她是否还有另一部手机？那就是爱，爱让他变得粗心了。

　　他在尸体上插进输液管子，开始泵入防腐液体。才一小会儿，他就沮丧地意识到他忘了开一个切口做引流了。他摸到颈静脉，匆忙切了口，一股液体立即喷射而出，让他浑身湿透了。是血液。

　　该死，该死，真该死！这该死的女人和她的手机来电——看看她都对他干了些什么。

　　他看看她的尸体，心碎了。她的颈部一团糟，他割开了一个很大的切口。她的手腕严重毁损，她挣扎着去取那部该死的手机时严重损伤了。她的脚上也有擦伤划痕……

　　她曾经是那么的美丽，那么的天真。至少，这是他的心中所想。

　　让防腐液见鬼去吧！他就接受她现在的样子吧！在不得不送她离开之前，他们可以一起过上几天绝妙的日子。他从她的颈部拔出了输液管子，又一股血液喷湿了他的手指和她细腻的皮肤。她整个的胸部也是一团糟。他手忙脚乱地开始给她穿上衣服，拿起一件内衣拼命想从她头上套下去。那是警笛声吗？

　　该死！

　　他把她拉了起来。没时间给她套上裤子了。他就把她扛在肩上，跑进了车库，假如他没有车库的话，他就会放弃她了。警察就在街上，他根本不可能扛着个女人的尸体走出门外。

　　他犹豫了一下，他该把她放在后车厢里呢还是前座？一个男子开着车，妻子坐在乘客座上，警察也许对此不会那么怀疑吧！可如果他们仔细观察的话……

　　他打开了后车厢门，把她塞了进去，从后视镜里看了看自己。

　　他浑身是血。于是他又回到工作室，洗了洗脸和手。在他蓝衬衣上有一大摊血迹，但也许在夜里很难发现。他能听见更多的警笛声，该走了，现在。

　　他坐进了厢式货车，开启了车库门。车库门缓慢地升起来了，而他则咬紧了牙关，快……快……

终于，车库门打开了。他开了出去，车头灯不开，关闭了身后的车库门。

当务之急是离开这条街，他立刻右拐到北里奇韦大道，同时打开了车头灯。只是一个男子出现在路上而已，开着厢式货车从什么不重要的地方出来的。警察没必要检查得那么仔细吧！

在他头顶上，他听到了一架直升机的声音，他车后的街上白晃晃的一片灯光。他用劲儿控制着脚踩在油门上，保持着稳定。假如他开始加速的话，马上就会被警察勒令停车。他得保持镇静，他将一直开到芝加哥大道，左转，开回家。警方没有理由要……

前方设了路障。一个警察示意所有的车辆停下来，仔细地逐一检查。他停了车，慌忙看看四周，看到了一条小巷。

这是唯一可行的办法了。

第三十四章

雨水"滴滴答答"地打在米奇·卡尔霍恩警官的黄色雨衣上，顺着他的脖子流淌到背脊上。到这个份上，雨衣只是个摆设了，一件尼龙的包裹物能把雨水引入衣内，这和把雨水挡在衣外有着同样的功效。那天上午，他出门上班时，感觉似乎不太可能会下雨，并且，无论如何，他该待在车子里的。他身上淋进雨水的部位甚至都让他难以启齿了。雨水和他已经亲密接触了，比米奇和他现任女友的关系还要亲密呢。

各种汽车不断地鸣喇叭，他听到了，人们不喜欢受到阻挡，他们不喜欢交通堵塞，而且他们更不喜欢路障。他也不喜欢，好吗？当他送女儿去上学时，如果突然遇到道路修建或者一场车祸造成的堵塞，他也会不高兴的。但他知道，这就是在大城市生活的一部分。大城市里并不仅仅有工作机会、各种酒吧，以及维护良好的公路，你有时会遇到路障。如果你真遇上了，你能做的最好的事就是对此忍耐，停止那该死的鸣喇叭。我们来想一下吧，车子的里面可是干燥的，是吗？要比米奇·卡尔霍恩警官干燥得多了，谢天谢地。他们车上还有雨刮器，对吗？而米奇只能腾出一只手，湿淋淋的和全身一样，他只能用这只手偶尔抹一下脸。

他挥手示意下一辆车开过来。交通移动之慢如同一只营养不良的蜗牛。那辆车缓慢地开过来了，停在他的身旁，一辆黑色的尼桑厢式货车。一个司机，没有乘客，那就意味着，根据米奇收到的指令，这是他必须仔细检查的对象。

"你好，先生，"他说道，"你去哪里？"

"回家，警官。"那男子回答。他彬彬有礼地笑了笑，米奇觉得他对此是理解的。这个家伙明白米奇只是履行职责而已，也许他甚至还很同情米奇的艰难境况，这种天气还得站在外面。

"好的。"米奇的手电筒朝车内扫了扫，非常干净。米奇避免把手电筒的光线扫到男子。但如果有人出言不逊，或者粗鲁无礼，米奇就会用手电光对准他的眼睛。当然啦，这么做未免有点气量窄小，但有时候，米奇也只有用气量窄小这一招了。

"对不起，请打开后车厢门，好吗？"

"为什么？"那男子问道。

"我要检查一下。"

"难道你不需要搜查证吗？"

他还真没有搜查证，除非他非常肯定地相信这个男子犯了某种罪行，但他不能肯定。米奇想着是否要把手电光对准此人。他出言不逊了吗？可他的话听上去也只是就事论事，一个关心自己隐私的男子而已。

"我需要检查一下你的车子，先生。"

"问题是我的货车有点乱。"

"请打开后车厢门，先生。"

如果他不打开，米奇就会要他下车。他真的不想那么做，那只会把交通堵塞得更久一点，汽车喇叭声就会更响了。可这是他的职责，他为此很自豪。

那男子又犹豫了一会儿，而米奇开始想他是否有理由犹豫不决。难道此人正是他们要抓捕的对象吗？他的手电光转向了那男子，亮光照亮了他的衣服，他的衬衫上有一摊烧烤调料的污斑什么的。米奇移动着手电光向上照在那男子的脸上……

"好吧，警官，打开了。抱歉，很脏乱。"

米奇走到货车后车厢门前，同时注意着司机。他坐着，两手放在方向盘上，就像他应该做的那样。米奇拉开了后车厢门，手电光扫了一下装货的地方，并不那么脏乱，只是几个塑料容器罢了，其中的一个容器侧翻了，在装货的地方留下一大摊黝黑的污渍。米奇关上了后车厢门，走到男子车前。

"谢谢，先生。"

"哎，这是在干什么呀？"

"例行公事，先生。"

"例行公事？你把整个街区都封锁了。我的女友就住在后面那地方，这也和我有关吗？"

米奇叹了口气。这车后面的那辆车喇叭响了。他感到浑身湿透了。"要是我，就该告诫她今晚待在家里，先生。有个危险分子逍遥法外。

现在，请开车吧——你堵住交通了。"

　　那辆车开走了，米奇对后面那辆鸣喇叭的车子摇摇头。那司机看起来愤怒激动，他肯定要受到"光照脸部"的待遇了。

第三十五章

临近午夜之际，马丁内斯接听了一个电话。他说话时，大多只是简短的一个字，佐伊则注意到他的肩膀耷拉下来了，握着听筒的手松弛了，脸上逐渐失去了光彩。最终，他转过身子，电话听筒还在手里，也没顾得上放回座机。

"莉莉·拉莫斯的尸体刚刚在芝加哥大道南的一个小巷里被发现了。"他无精打采地说，"法医已在现场，他还没有说任何确定的话，但她的喉咙被割开了，尸体浸透了血水，所以我得说那听上去是她的死因。"

一阵长久的沉默，特别行动小组还在思考着这个信息。其余的探员已经被召回来了，都在办公室了。

"我们能肯定那是莉莉吗？"斯科特问道。

佐伊注意到他问是不是莉莉的方式，没说莉莉·拉莫斯，没说拉莫斯。在过去的几个小时里，他们都竭尽努力去寻找她，拯救她，特别行动小组里的调查人员和莉莉的关系拉近了。

"她符合我们得到的描述。尤其是，她的腰背部有一个黑猫的刺青，就像莉莉的那个一样。"

一个刺青，但是隐藏着看不见，这依然匹配她的假设。佐伊没有成就感，感觉一片空虚。

"她被做了尸体防腐处理吗？"她问道。

"不知道，"马丁内斯简短地回答，"现在我要去案发现场看看。梅尔，我要你一起去。格雷特工、本特利博士，如果你们愿意，可以和我们一起去。斯科特，我要你留在这里和调度联系。我会向警监请求批准再保持设置路障和直升机巡逻半个小时，所以要你作为我们的人待在警情室里。我要其余的人坐各自的车子跟随着。这次凶杀案刚发生，这就意味着线索是新的，我们在观察了案发现场后很可能就要分头行动，开始根据这些新的线索调查。"

新的线索，新的现场，在理论上，这个案子刚才就得到了相当多的意外收获，他们将会有更多的数据要分析。他们知道了那条确切的街道，在那里凶手抓了……并且很可能杀了受害者。凶手会寝食难安，容易犯错。

但是，就在几小时之前，受害者还活着，通着电话，他们正渐渐地接近关着她的地点。假如他们更快一点，更聪明一点，做得更好一点，她本该得救了。也许还能抓获凶手，关进大牢里去。

他们离抓获凶手更近了一步，但代价太可怕了。

车子里每个人的心情都糟糕透顶。马丁内斯和梅尔坐在前面，泰腾和佐伊坐在后排。佐伊在想着莉莉，她听到的很可能是莉莉最后的声音，拼命想救自己。佐伊知道得非常清楚，为自己的生命感到恐惧是一种怎样的感受，因为捕食者就在隔壁房间里。

知道救援可能在来的路上了……但很可能根本没有。

佐伊，开门吧！你不可能永远待在那里，佐伊。

她不由得打了个寒战。

"你没事吧？"泰腾问道。他眼睛里有着某种温柔，之前她从未见过。或者，也许她只是在寻找某种她需要的东西。

"没事，"她说，"只是一些不愉快的回忆。"

第三十六章

1997 年 12 月 15 日，星期一，马萨诸塞州梅纳德城

闹钟"嗡嗡"地响了，佐伊一下从床上跳了起来，她的心脏狂跳着，她有点困惑地朝四周看了一下，才明白自己身在何处。昨夜，她不再期待自己能入睡了，可显而易见的是，黎明之前，睡意最终还是来了。

安德丽雅已经走了，这有点奇怪，安德丽雅通常在上学日子的早晨不会自己起床的，非要等到母亲把她硬拉起来。但母亲却没有叫醒佐伊，为什么？

她起床了，但一阵头晕袭来，她等了一会儿——昨夜她只睡了一个小时——等她感到站稳了，就步履沉重地慢慢走到厨房里。安德丽雅正在叽叽呱呱地说话，面前的一碗麦片粥还没喝呢。她们的母亲在柜台旁，看着烤面包机里蹦出来的两片没涂黄油的烤面包。

"妈妈，你怎么没叫醒我？"佐伊问道。

"她说你需要睡觉。"安德丽雅尖声细气地说，"我也想再睡会儿，可她说我必须得醒醒了。这不公平，我也很累——"

母亲转过身，佐伊看到了她脸上疲惫不堪的神色，看起来她也没睡好。"安德丽雅，吃你的麦片粥，我们要迟到了。佐伊，我觉得你今天可能会想待在家里。"她说着，试图装出愉快的声调。

佐伊想起她昨天晕倒了。"好吧，嗯，"她有点迟疑地说，"妈妈，有点事情我要和你说说。"

"什么事？"母亲开始在烤面包片上狠狠地一下一下地涂抹着奶油干酪。

"哦……我们到其他房间说吧。"她有意朝安德丽雅瞥了一眼。

母亲看了看手表："我得走了，佐伊。我想你真的该去躺在床上，我听到你一整夜在房间里走来走去。我们晚上谈谈吧！"

"妈妈，这很重要，"她放低了声音，"是关于那些女孩子——"

母亲的眼睛睁大了，她一把紧紧地抓住佐伊的手，她把佐伊拖出了厨房。

"你们要去哪里啊？"安德丽雅尖叫。

"宝贝，我一会儿就来，"母亲说道，"吃你的麦片粥吧！"

"我不要一个人在这里。"

"安德丽雅，我马上回来，你不是一个人，我们就在隔壁房间里。"

等她们到了安德丽雅听不到的地方，母亲才小声地说："我叫你别在安德丽雅面前说这种事情的。"

"所以，我说我们应该找个什么地方悄悄地说。"佐伊回答，几乎有点恼火了，"听着，昨夜我有了点想法，关于这些凶杀的事。"

"宝贝，这完全自然——"

"妈妈，就听我说几句吧！"

母亲不说话了。佐伊想想该怎么说，各种想法在她脑袋里翻腾着。在夜里，一切都显得那么触目惊心，可现在，又觉得像是一团尚未成熟的模糊想法了。

"我想我知道了谁可能是凶手。"她声音颤抖地说。

母亲的眼睛睁大了，但没说话。

"几个星期前，杰姬……死了之后，我去了杜兰特池塘。"

"什么？"母亲的声音尖锐气恼，"你为什么要去那里？你是和朋友一起去的？我告诉过你——"

"我一个人去的，妈妈，骑车去的，就几分钟。"

"为什么？你也想死得像……像……"母亲的嘴唇颤抖着。

"妈妈，听着。我在那里看到了罗德·格洛弗。"

随后，她意识到，要对母亲完完全全地解释清楚她所说的事，她必须要告诉母亲有关连环杀手在案发现场手淫的事。不，那根本不可能说的。

"就是他。我是说……你知道连环杀手有时候会回到案发现场吗？"她有点无能为力地问。

"你认为罗德·格洛弗就是凶手吗？"母亲眼睛瞪着她，"就因为你在池塘看到他了？佐伊，几百个人——"

"还有更多的呢，"佐伊急忙说，"有一个精神障碍的检核表，我学习过了……在学校里。而格洛弗和表上的有些特征很匹配。"

母亲的态度变了，佐伊知道妈妈听不懂她的意思，"比如说？"

"比如……流于表面的魅力，还有……"她试图回忆那个检核表，但她脑子里乱糟糟的，并且，她感到恐惧在增加，"他举止怪异。我听到你有一次也对爸爸说过，所以，你知道他举止怪异，是吗？他在池塘那里，他……他……他告诉我有一场大火，而我认为他在撒谎，并且——"

"你们在说谁？"安德丽雅在厨房门口问道。

"没说谁，"母亲马上回答说，她的声音很紧张，"你吃完麦片粥了吗？"

"还没呢，有些麦片太黏糊了。"

"好吧，去刷刷牙。我们要走了。"

安德丽雅一蹦一跳地走到浴室去了，母亲又转回身对着佐伊。

"听着，"她平静地说道，"我理解，你朋友的姐姐死了，你就受了刺激。我们会找什么人来和你谈谈的——"

"妈妈，不是的，她还算不上是我的朋友。"

"但在那之前，"母亲抬高了声音，不理睬她的插话，"我要你休息，别大胆地一个人去什么地方。外面有个凶手，佐伊，你明白吗？他杀害像你这样的年轻姑娘，而且他还……他还……先强奸她们。我知道你认为这种事永远不会发生到你的头上，但是会的。你永远不能独自一人去什么地方，直到他们抓到了他，你明白吗？"

"但是……你会对别人谈到罗德·格洛弗吗？"

"宝贝，罗德·格洛弗是个很好的男人。他是有点怪异，那是确实的，但那不会把他变成一个魔鬼。"

"凶手不是魔鬼，妈妈，他是一个——"

"不，他就是，"她母亲轻声、凶狠地说，"他就是个魔鬼。"

备用钥匙插进了格洛弗先生家的前门锁，平滑地转动了门锁。她的父母和格洛弗一年前交换了钥匙，以防紧急情况。那时，那似乎是个聪明的举动。格洛弗可以顺便过来，看看母亲是否没关电炉，这个担心不止一次地促使她早点回家。可现在，一想到罗德·格洛弗有她家的钥匙，她就不由得一阵寒战。

她把门锁上了，把钥匙塞进了口袋里。格洛弗在上班——那是星期一的上午——这让她稍微感觉好点。

她曾经去过他家一次，去帮母亲拿回借给他很久的一个搅拌机，所以她知道厨房和起居室。她事先决定不看这些房间，而是重点看看他的卧室。卧室门关着，一时间她有点犹豫不决了，假如他身体不适，正在家里休息呢？

但不会吧，她没看到他的车子停在屋前。她扭转了卧室门把手，推开了门。

他的卧室幽暗，充斥着一股汗臭味。窗户上覆盖了一层紫色布，并非是真的窗帘，更像是他才挂在窗框上的。她打开了电灯，看了看门，犹豫不决了。该把门关上吗？如果他进屋了，她就听不到了。她决定就让卧室门开着。

卧室不大，双人床占据了大部分的空间。房间里混乱不堪，床单皱巴巴的，枕头扔在床边的地上。床旁有个床头柜，一个木制梳妆台靠墙放着，床头柜上堆了几本书和杂志。

她站在门口，心想到底是什么驱使她来这里的。她期望找到什么？能说服母亲的什么东西吗？或者是什么东西能让她认识到她的怀疑毫无根据？她咬着嘴唇，走近了床头柜，她的手触碰到最上面的那本书，那是一本《蝙蝠侠》漫画书。她把书挪到一旁，出现了一期《好色客》，她觉得有点不自在，就把它放到一旁，可下面又是一期。然后是两本《超级英雄》漫画，还有一本约翰·格里沙姆写的书。

她把杂志和书都照原先的样子放好了，都不是最有良好道德影响的阅读材料，但很可能和其他男子在家里放的书籍没什么两样。

她打开了梳妆台顶部的抽屉，发现是衬衣、裤子之类的，乱糟糟地塞在里面。她仔细地审视了一番，没发现什么有意思的东西。第二个抽屉放着内裤和袜子。

第三个抽屉里的东西截然不同了。

她的第一个印象就是，抽屉里充斥着色情书刊，里面有许多期《好色客》，也有一些她所不熟悉的其他杂志。有些杂志展示着女性被捆绑的各种姿势，有半裸和全裸的。佐伊以前见过一些色情的东西，既有杂志也有电视。她和希瑟曾有一次发现她爸爸放在车库里的一盘录像带，她们一起看了十分钟就"咯咯咯咯"地疯笑个不停。可这个比起她看到过的还要色情，那些照片让她作呕。还有几盘录像带，手写的标签上是大大的、高低不一的字母，注解着诸如"捆绑"或者"鞭笞"等。是格洛弗买的吗？是他自己拍摄的吗？如果是的话，又是在何时何地拍摄的呢？

除了色情物品之外，抽屉里至少还有十条领带，就是那种淡灰色的领带，很可能是格洛弗上班戴的。那么，为什么他不把领带和袜子、内衣放在一起呢？那里有足够的空间，难道他喜欢每天早晨边看着他收集的色情物品边系领带吗？

这个抽屉部分空着，那里有一块方形的空当，蒙着薄薄的一层灰尘，积聚在抽屉底部。有什么东西不在了，也许是床头柜上的杂志？但它们的形状不对啊。她关上了抽屉。

还有什么地方她能看看的？她瞥到了床底下。有些衣服扔在那里，显然是格洛弗扔脏衣服的地方。她正要站起身来，就在此时，有什么东西吸引了她的目光：一条裤子上有一块棕灰色的污渍。她略一迟疑，还是把裤子从床底下拉了出来。

这是一条蓝色的牛仔裤，裤脚管底部沾有点泥土。她想到了他们发现克拉拉的地点，在阿瑟贝特河的另一个地点。克拉拉，就像之前的受害者一样，半浮在水面上。

那么，这条牛仔裤是怎么沾上泥土的？

她开始从床底下拉出更多的衣服，几件衬衣，还有一条裤子，都没有泥土。随后，她的手指触到了什么硬壳似的带有泥土的东西。她把它拉了出来。一只袜子，沾有硬邦邦的干淤泥。

还有什么呢？她伸出手去，抓住一大把其他衣服，都拉了出来。又是一件衬衣，一条内裤，还有两件女性内衣。

她举起内衣看看。当然，这也能解释为罗德·格洛弗偶尔会带个女人回来。

但黄色的布料上却有一块泥土的污渍。

她直愣愣地盯着看了好一会，心"怦怦"地乱跳。内衣从她手指上掉了下来。

她开始确信，她正站在梅纳德城连环杀手的卧室里，她得离开这里。她正弯腰把所有的衣服推回床底下，就在此时，又有什么东西深深吸引着她。床底下有一个直角形的黑色物体，一只鞋盒。她手指颤抖着，把它拉了出来，打开了盒盖。

一声"咔嗒"声传来了，只消一秒钟便可确定了，那是前门的门锁。

她放下了盒盖，心里一阵慌乱，她扑向卧室门。就在她听到前门打开时，她快速关上了门，注意着不让它发出"砰"的一声。他看到了吗？她倚靠在门背后，倾听着，只听到自己的心脏在"怦怦"直跳。

然后，听到食橱打开了，他在厨房里。她颤抖着呼出了一口长气，看了看周围。她马上把所有的衣物和那只鞋盒都塞回到床底下，可心里仍然想着她所看到的东西，几件皱成一团的女性贴身内衣裤，还有一条手链。

她把这些想法扔在一边，她现在不能分心，她得出去，出去报告给警方，他们会处理好一切的。

她慢慢地移动着，设法走到卧室的窗口，她掀开了覆盖窗户的布。格洛弗会意识到有人来过他的卧室吗？或者他会认为那块布是自己掉下来的吗？那没什么关系了，只要出去就能报警了。

她小心地扭动着窗户把手，它有点卡住了，所以她只得推重点。她能听到格洛弗在屋里走来走去，她祈求着他现在不会进卧室，只要几秒钟就行……

她推了一下窗子，它发出了"吱吱"声。格洛弗的脚步停住了。

她抓住了窗台，翻了出去，摔倒了，她的脚碰到了窗格，"砰"的一声。她立即站起来，关上窗户，这样一来，窗框发出了声响。这下，他不可能听不到了。

她转身匆忙走出去，穿过他家的院子，朝自家，朝安全走去……

"佐伊？"

她僵住了，知道她该冲出去的，而不是走，现在她的两腿僵在原地，她转过身来。

"嘿。"她打招呼，声音有点颤抖。

他有点困惑地看着她，眼睛眯了起来。"你在这里干什么？"他问道，"为什么不在学校里？"

"我……我妈妈说我今天可以待在家里，她把我送过来的，她想问问你还有糖吗。不过我后来想起来你肯定在上班。"

"对。"格洛弗说着，他的脸上毫无表情，他通常的傻笑不见了。

他的目光闪烁着，注视着她的背后。佐伊回头一看，安布罗斯太太就在外面，正在她家门口铲雪。

"嘿，安布罗斯太太。"佐伊打招呼道，设法听上去若无其事，但她高扬声调，异常兴奋。

邻居抬起眼睛，朝她勉强地点点头。佐伊转过身来，明白格洛弗现在已走近了，走近了。

"我有些糖，"他说，"你需要多少？一杯子？"

佐伊迟迟疑疑地点了点头。

"来吧，"他说，"我去拿给你。"

"你知道吗？我刚想起来我不能……我不能吃糖，我可能会得糖尿病的。我……谢谢你。"

她转身大步走开了，她的步子很快，担心格洛弗是否会抓住她，把她拉进他家里，强奸她，然后杀了她。

"佐伊，嘿，佐伊。"他在后面叫她。

她一直走着，全身僵硬，满怀恐惧。

第三十七章

2016 年 7 月 21 日，星期四，伊利诺伊州芝加哥

小巷里亮着闪烁不定的红蓝灯光，封闭的砖墙上反射着微光，莉莉·拉莫斯的尸体被扔在地上。那里是个狭窄的空间，泰腾和探员们在佐伊的前面挤出了一条路，所以佐伊毫不费劲地第一个进去。她从挤在尸体周围的人群缝隙里看了几眼受害者。一个手掌朝天，手指伸展着。那少女两眼圆睁，空洞无神，嘴巴张开着。她的头发凌乱，散在地上。

"你有死亡时间的估计吗？"马丁内斯问道。

有人回答了，但佐伊无法透过人群看清是谁。

"死亡时间是在九点三十分和十点三十分之间。"

佐伊认为那是法医说的。她叹息着，走近了，推开人群近前了一点，直到她能看到蹲在尸体旁的人。

这具尸体没有被刻意摆放姿势，所以根本不会把她错认为是个活人。她的手臂在地上伸展着，她的左腿膝盖处弯曲着，另一条腿伸直了。她穿了件衬衣和内衣，没穿裤子。在她的喉部有一道深红色的切口，整个颈部都是一层凝固的血迹，在尸体的下巴处也有些凝固的血迹。血水还滴落在她的衣领上。

"她在九点三十分时还活着，"马丁内斯说道，"我们知道她直到九点三十七分还活着。"

"除非在电话里说话的不是她。"泰腾说。

马丁内斯点点头，同意这种可能性。

"哦，"法医说，"她在十点三十分之后还没死。"

"可她也不是死在这儿的，"马丁内斯说道，"地上没有血迹。"

超然冷漠占据了佐伊，一如既往，就她脑子所关心的而言，地上的尸体并非是个死去的女子，倒是一大堆线索和迹象。凶手留下了一只脚印，这就是她脑子里的所想之事，此刻她知道得更清楚了。她还知道这只是暂时缓口气而已，小巷里的女尸以后会萦绕在她的脑际。

但那是后话了。

她蹲在女尸旁，聚精会神地看着她。

"这看起来不像是同一个凶手干的。"泰腾说道。

"是吗？"佐伊看了一眼女子颈部的侧面，"为什么？"

"哦，她没有被做过尸体防腐处理，她的喉部被割，她没有被刻意摆放姿势，我们在她失踪后几乎是立刻找到她的……根本没什么相同之处。"

"她被捆绑了。"佐伊说着，指指那女子的手腕，已被刮伤流血了，"而且我认为她可能也是被掐死的。"她指着颈部侧面的挫伤。

"这看起来都是我们的那个凶手的过错。"

"我完全同意这不是他想干的。"

"但你认为这是同一个家伙吗？"泰腾的话听起来很有怀疑口吻。

"我认为还言之过早。"佐伊说。

"那么为什么他要在她喉部砍一刀呢？"

佐伊咬住嘴唇深思，这是个很好的问题。一切都可以用一个事实来加以解释，那就是受害者和警方联系上了，凶手惊慌之下，杀了这个女子，再把她扔进车里，逃离了犯罪现场。可当他发现到处都设置了路障时，他就驾车到了这个小巷，抛尸。

但他为什么要割喉？这不是他一贯的行凶方式，他总是勒死受害者的。

"我不知道。"她最终承认道。

"所以我认为不是同一个家伙，佐伊。"

"好吧，"她说着，有点恼怒了，"你有权坚持你的看法，格雷特工。"

泰腾叹息着站起了身。

佐伊从心底阻止了与泰腾的互动交流，这个男子毫无必要地唱反调，毫无用处。她把注意力集中在尸体上。她的周围，其他人正在试图确定究竟发生了什么，所以在查找法医证据，想着大概找到一点蛛丝马迹就能追踪到凶手吧！他们的工作是着眼于过去，而她的工作是研究过去，当然——然后再着眼于当下和未来。

凶手现在正经历着什么？他的下一个举动会是什么？

这次没像他事先计划好的那样进行。尸体没有被摆姿势，很可能甚至没有做过防腐处理。就这个凶手而言，杀戮不是重点，重要的是杀戮之后的那段时间才是重要的，那就是他所幻想的事。

但他没能获得它。他的幻想这次没能实现，他的需求还在，也许比起之前的更为糟糕、恶劣。

连环杀手通常有一条学习曲线。这个凶手有个幻想。他杀了人，试图满足那个幻想，却没如他所愿地那样奏效，与他的幻想不相匹配。所以，他会想出各种方式来改进他的犯罪行动，以便下一次谋杀会更有效。就这样，再次杀戮，更多地改进了他的方式，然后再次杀戮。

这是人们很少理解这些连环杀手之处。大多数人都认为杀手们都有一个永恒的标志。但常常是，杀手会改变他的作案方式和标志，以满足他内心特定的幻想。

这个杀手显然是适应了这种做法，随着每次凶杀发生，他的凶杀技巧日益老到。这次他又会如何适应呢？

他们差点就逮到他了。他害怕了，他需要时间重新策划，弄明白发生了什么，哪里出了差错。他清楚，他最大的失误就是受害者还有部手机，所以，他们可以肯定此类事不会再发生了。但这还不够，下次他抓了什么人，会快一点杀了她，不给她时间联系任何人。他也可能会改变他的作案目标。他知道警方认为他的目标是妓女，所以，他会寻找一个不同的受害者——仍然是那种容易攻击但不是做妓女的女性了。

"嘿，"马丁内斯说着，蹲在她身旁，"你还好吗？"

"他会再次行凶，"佐伊说道，"但他会做改变。我们再也无法通过他将来的受害者找到他了，我们只能通过追踪他过去作案留下的蛛丝马迹来找到他，也就是他过去的失误。"

第三十八章

他凝视着淋浴间的瓷质底座，注视泛着泡沫的流水因血液而成了粉红色，旋转着流进了下水道。这里有某种东西令他看得入迷——晶莹透亮的泡沫，白色、粉红色还有血红色，泡沫簇拥在黑色孔洞口周围，一个接一个地滑入其中。一阵啜泣从他的喉头涌出，难以克制。

一切都错得离谱。

他曾经指望，今晚结束之前，他们就会在一起了。他居然在动手之前信任了这个女人，真是活该，他早该在昨夜弄到她时就立即结果了她。可他反而决定等一等，结果就发生了这一切。

他孤独一人。

终于，流过他身体的水变成透明无色了。他关掉水龙头，走出淋浴间，抓起了他的毛巾。

他穿过的衬衣和裤子浸透了那女人的血，已经扔进地上的垃圾袋里，袋口扎紧了。他考虑把垃圾袋焚烧了，但那听起来有点麻烦。有谁会去检查一个扎紧了袋口的垃圾袋呢？他决定出去时把它扔进公共场所的垃圾箱里去。从他的房子里清除证据，这就做得够好了。

他仍然难以相信，他的衣服都成这个样子了，可那个在路障前的警察居然还让他开车通过了。

　　他步履沉重地慢慢走向他的房间，他几乎能感觉到这套公寓里充斥着压抑的空虚。卧室里只有他一人，如果他坐下来喝杯啤酒，他只能独斟独饮。没人可以交谈几句，说说他如何度过这一天的，听他说说是如何躲避了警察，从他们的手指缝里溜了出来的。

　　他穿上一条牛仔裤，一件领尖钉有纽扣的格子图案衬衫，然后照了照镜子，镜子里他的影像朝他瞪了一眼。他仔细地看了看自己的脸部和颈部，确保他没有遗漏一点血迹，没有。

　　那个婊子，警察都在寻找她。他敢肯定，他们知道是他带走了她。那又怎么样？

　　因为他们知道他寻找的作案对象，站在街边的姑娘——妓女。下一次当他在街角停下来时，可能就会有警方安置的监视哨在等候他。他感到一阵害怕，他想找个人聊聊，想要一只同情的耳朵，也即某人愿意听听他的恐怖行径。可是没人。

　　他去冰箱看看，找到了一罐冰啤酒。他走到公寓的阳台上，看着下面的风景。这房子谈不上豪华奢侈，但考虑到房租，景观很不错了。芝加哥的建筑阻挡了密歇根湖的景观，但他无所谓。你在夜里还真看不到那个湖，只是一块黑色的形状而已。看看那些窗户也不错，那么晚了，有些还亮着灯呢。这城市从来就不会真正入睡的。而在某个地方，会有某个适合他的人。

第三十九章

佐伊的眼睛睁得很大，盯着汽车旅馆的天花板。好几处油漆剥落了，一条条斜斜的裂缝弯弯曲曲地几乎布满了整个天花板。电灯的玻璃灯罩上布满了灰尘，可以明显地看到上面有两只死苍蝇。但她的大脑对此完全不予关注，她脑子里正繁忙地回想着那个死去女子的景象，她布满血迹的颈部，她茫然睁着的眼睛。超然冷漠消失了，如她知道的那样，总是如此。

一旦她有了片刻的安宁，第二件事又来了，它总是如此打击着她。她那焦虑不安的大脑总是要想象一切，开始高速运转。这个受害者的父母听到这个噩耗时会有什么感受？她自己的父母又会怎么感受？或者假如她有孩子的话，那孩子们会怎么想？当然，事情发生时她会有什么感觉，害怕？痛苦？感到极度惊恐？

在帮助警方抓获了二十一世纪最为声名狼藉的一个连环杀手后，佐伊享有广播电视上十五分钟的出名时间，她听到人们在谈论她多么聪明。她的那些证书也时常被提及，被夸耀一番——哈佛大学的临床心理学哲学博士和法学博士，学业名列前茅，诸如此类。但他们都没说对，使得她如此优秀的其实是她生动的想象力。每当她在尝试时，她仿佛能够钻入凶手的内心深处，想象着凶手的感受，想象着凶手的所见所闻。这也是一柄双刃剑，因为她也能从受害者的角度看待事情，而且她看得很清楚。

她在某个地方手腕被缚，拼命设法让警方知道她的方位，可她的嘴巴却被堵塞了。她被囚几乎是在二十四小时之前了，她在整个这段时间里都一直被如此捆绑着吗？非常有可能。那意味着她的喉咙极度干渴，并因干渴、饥饿还有恐惧而身体虚弱。她的下巴会因为硬塞入嘴巴的什么东西而感到疼痛，她的肩膀因抽动而感到痛苦。所有这一切加上她清楚死神仅几步之遥，然后，凶手进来对她——

敲门声惊动了她。她呼吸沉重，手心冒汗了。稍稍稳定了一下呼吸，随后下了床。轻轻地走到门口。

"哦？"她说，她没有问是谁。谁会在凌晨两点来敲汽车旅馆里她的房间门呢？

"我吵醒你了吗？"泰腾的声音隔着门听上去有点沉闷。

"没有，我还醒着。"

"你能开开门吗？我带礼物来了。"

佐伊想到这一点了。她穿着一件宽松的长衬衫，一直遮盖到她的大腿中部。她可以去穿条牛仔裤，或许再穿个胸罩，但这听上去是个最糟糕的主意，脑子里闪现出那个年轻姑娘的尸体，让她把庄重的想法放到脑后去了。

她打开了房门。泰腾站在外面，身穿一条牛仔裤，一件 T 恤衫，手里拿着一只7-11便利店的袋子。他的眼睛慢慢地睁大了。

"嗯，对不起，"他说，"我刚想起我们两人晚上都没吃饭，所以我想——"

"进来吧。"佐伊说着，房门开得稍大了一点。他轻轻走了进去，而她则闻到他身上散发出的一股薰衣草香皂味，他在过来之前已经淋浴过了。她放心了，她不希望案发现场的气味被带到她房间来。

他坐在房间角落的小沙发上，把袋子放在玻璃桌上。"我带来两份餐食，你可以挑选你喜欢的。这一份是……"他从袋子里拿出了第一个餐盒，读着标签，"水牛肉鸡肉卷……还有，嗯……还有某种……带有奶酪的，我猜。还有两个热狗，我随便挑选了一些浇头。"

"你就知道如何毁掉一个女孩的身材。"佐伊冷淡地说着，坐在沙发另一端，重新整了整衬衫，尽量遮盖得更多点，"我就吃那个某种带有奶酪的吧。"

"还有——"泰腾从袋子里抽出两瓶鸿客啤酒，"饮料，我想否则无法让食物顺利地滑下我们的喉咙了。"他又从口袋里取出一串钥匙，用其中的一把钥匙扳掉了一个啤酒瓶的盖子。随后，他递给了佐伊。

佐伊咬了一口她那个某种带奶酪的东西。不太新鲜，受潮疲软，味道如同早晨起来嘴里的气味。她放下了，拿起啤酒瓶。"啤酒有卡路里热量，"她说，"我觉得这可以算是一顿饭了。"

泰腾嚼着水牛肉鸡肉卷，脸色大不赞同："这个太糟糕了。"

"来，给我吧。"佐伊说着，伸出了手。他把肉卷给她，她随即塞进了那个袋子。然后，她拿起全部的东西，一股脑地扔进了垃圾桶。她弯腰在地上的手提箱里乱翻一通，找到了士力架巧克力棒。她忽然想到她这种姿势、这身穿着，暴露给泰腾别样的春光了，于是，马上直起身子，转向了他。他正出神地盯着天花板看，脸颊微红。

"来，"她说着，递给他一个，"我外出旅行时总是装上一大把士力架巧克力棒。"

"聪明的女人。"他说着，撕开了包装纸。

她也撕开了自己的那块，咬了一口。花生的酥脆和巧克力的甜味在她嘴里混合着，犹如跳起了美味探戈舞一般。她闭上了眼睛，用鼻子深深地呼吸着。她尝试过瑜伽、冥想、长跑，还有游泳，可迄今为止，再没有什么能比士力架巧克力棒更能净化她的灵魂了。这是终极的疗法，它既廉价，又便于放在包里携带。她喝了一大口啤酒，那口味恰到好处。她很享受这顿鸿客啤酒风味的士力架巧克力餐。

"嗯。"泰腾说，声音沉闷，正快乐地咀嚼着。

佐伊微笑着，她的身体放松了，她似看非看地望着泰腾，享受着那晚第一个宁静的片刻。

"那么，关于今天……"泰腾说。

"今天什么？"佐伊问道，又喝了一大口啤酒。她已经把那根士力架巧克力棒吃了一半，而此时她的脑力大多耗费在喝啤酒时该如何均衡地咬几口士力架巧克力棒的复杂过程上了，她不想在喝最后三分之一的啤酒时没有巧克力棒佐餐。糟糕的巧克力棒划分就如同走下坡路一样。

"当我说不同意你看法的时候，你几乎就是冲我大发脾气了。"

"我只是说你有权坚持你的看法，是吗？"

"是的，我是说你的语调就是——"

"瞧，我很抱歉我伤害了你敏感的感情。在那条小巷里还有另一具女尸，因为我们浪费的每一个片刻都会增加另一次谋杀的危险。这就是我目前重点关注的事。"

"我也是。你知道，我就像你一样，也是行为分析部的成员。我可不只是身穿西装的英俊脸蛋，我有良好的直觉和经验。"

"你现在没穿西装。"佐伊说。

"我是比喻性地说说而已。"他说着，眼睛朝下瞄了一眼，仿佛是强调事实上与她相比，他穿着非常正式的衣服呢。

她不敢肯定他想得到什么——一个道歉？她可没打算为她做的工作而道歉。她决定换个话题也不错。"你对行为分析部的新职位不满意吗？"她问道，声音柔软，语气和缓。

他看了她一眼，皱着眉头。他把士力架巧克力棒的包装纸捏成一团。他那瓶啤酒还剩下一半呢，业余水平。"我不知道，"他说着，喝了一小口，"那不是我希望的。我喜欢洛杉矶。但到目前为止，这地方还没让我厌倦。"

"你为什么得到……提升？"佐伊问道。她想问得委婉一点，可她说到"提升"时，声音提高了，这种方式让她立刻就知道有点冒犯了。

他对她咧嘴一笑："因为我了不起。还有什么原因呢？"

她扬起了眉毛。

他叹息了一声："当时我在侦破一个恋童癖团伙的案件，我们缩小范围到主要贩毒者中的一个家伙，正当我们要逮捕他时，他逃跑了。"

佐伊点点头，没说什么。

"我追上了他，命令他举起双手。可他却伸手到背包里去了，我就对他开了枪。"

"他想拿什么？"

"我们无法断定，但我们认为他想拿照相机，在照相机里有一些照片，我们认为他想删除。他包里没有枪。"

佐伊想了一下："难道射击不合法吗？你认为他想拿枪。"

"当时我想的是某个很有争议的物件。我们两人单独在一个小巷里，没人看到射击过程。射击之前，我在心里对这家伙宣判了许多次。"

"是什么呢？"

"我认为他该被判死刑。"泰腾说着，语调冷淡了。

"所以，他们认为你……什么呢？枪决了他？"

"有些人是这么认为的。"他耸了耸肩，"一般来说，他们不喜欢我来经手这个案子，认为我太感情用事，有些事不按照规定办。我猜不是第一次了。可我的主管想将此作为成功破案事例向新闻界发布。在这家伙家里的电脑上有许多数据，我们记下了许多贩毒者，所以，他们真的无法解雇我。"

"相反，他们却提升你去行为分析部工作了。"

他笑了："你一直在说那个词，我觉得你不知道它的含义。"

"哪个词？提升？"

"我只是开个玩笑……别介意。那么你呢？你喜欢在行为分析部工作吗？"

"那是我一直梦寐以求的事。"她说道。

"那很好，但还没有真正回答问题。"

她眨眨眼睛，目光移开了。"我不太……喜欢太多的事，"她说道，"我觉得这些事很有意思。我也喜欢忙碌，但我并不是每天一路蹦蹦跳跳着快乐地去办公室的。"

"哦，一路蹦蹦跳跳地从戴尔市去匡提科镇上班听起来倒也是件辛苦事啊。"

他们沉默了一会儿，然后，泰腾说："你是个心理学家，你完全可以行医助人，或者做幼教工作，为什么决定去做法医心理学家？"

她从士力架巧克力棒上掰下了一块，放进嘴里嚼着，有点迟疑地说："我只是不……我不会对人友善。"

她几乎期待他会假装震惊，然后取笑她。但他却什么都没说，只是看着她，目光柔和。

她不能肯定，她这么说究竟是出于夜晚的情感吸引力呢，抑或是有泰腾在，所以在某种程度上使她感到宽慰了。她发现自己说的事以前只对安德丽雅说过。"我似乎总是说错话，或者冒犯了什么人。我在练习做咨询服务时——我们都是在整个班级面前做的——我的同学们总是说我太冷漠，太诊疗腔了。我知道我永远不会真正擅长心理咨询服务了，我对此太缺乏敏感性了。"

她停住了，看看啤酒瓶和手里最后的一点士力架巧克力棒。她吃了最后的那点巧克力棒，随即喝完了瓶里剩余的啤酒，但不如她所期望的那样津津有味。

"我倒不认为你缺乏敏感性，"泰腾说道，他的声音打破了沉默，"我觉得你是过于专心致志了。"

她虚弱地笑笑："那差不多是一回事。"

"不，不是。"

她看着他，好像是第一次这么看他似的。他的笑容看上去那么扬扬自得，倒是很温暖。血液冲上了她的脸颊。

他清了清喉咙："哦，要说价值的话，你擅长你的工作。你帮助受害者的亲属和朋友们惜别受害者，你防止其他人受到感情伤害。你做得非常好。"

佐伊点点头。他嘴唇上沾着一小块巧克力屑，她忍不住想象自己俯身去吻舔掉那巧克力屑，还能想象他俩接吻时，他的手搂着她的腰背，她尝着他舌头上的滋味，他粗硬的胡楂刮到了她的嘴唇。

"你脸上有点巧克力屑。"她说。

他舔掉了："没有了吧？"

"没有了。听着，我真的非常累了。谢谢你的晚餐，我们明早见好吗？我会和你一起开车去警局。"

"好啊。"他说,"几点?"

"九点?"

"你说了算。"

他边站起身来,边站着喝完了他的啤酒,然后走了出去,向她道了"晚安"。

过分活跃、过分生动的想象力,那既是赐予她的祝福,又是针对她的诅咒。她的胸部和胃部温暖了,脑袋却晕晕乎乎的。她归咎于啤酒,但又清楚并非如此。她躺在床上,心里终于摆脱了有关死亡的种种想法。

第四十章

"喂，格雷先生吗？"电话另一端的声音平稳镇静。那是一个男子的声音，他整个人生都是井井有条，毫无意料之外的事，一切都按部就班，每件事情都有个合理的解释。

"是的。"泰腾说。佐伊和他刚踏进特别行动小组办公室，他的手机就响了，他在办公桌旁坐下，用耳朵和肩膀夹住手机，与此同时，插上了他的笔记本电脑。

"我是纳沙医生。"

泰腾过了一会儿才想起这个名字："你是马文的……我祖父的医生。"

"对。你祖父在我这里看病。"

"噢，很好。"泰腾有点惊喜。

"不好，格雷先生，根本不好。"

一阵担忧攫住了泰腾的心："他病了吗？"

"我没空讨论你祖父的医疗状况，但我觉得为了你祖父的健康，需要你的配合。很显然，我开给他的药里有一种药他没有服用。"

"那药让他的喉咙发痒。"

"相反，他却服用了其他人开给他的某种药——"

泰腾打开了笔记本电脑："不是开给他的，是一个吸可卡因上瘾的八十二岁的老太太给他的。"

"他的血压特别高。"纳沙医生的声调有点变了，不再那么镇静了，"不能再这样下去了。"

"你告诉他了吗？"

"我告诉他，这会导致中风或者心脏病发作。"

"所以他现在吃药了，是吗？"泰腾往后靠了一点，设法镇静一下他那狂跳的心脏。

"不，他没服用。"

"究竟为什么呢？"

"因为，"纳沙医生说，他的声音有点不稳定了，"他说服用我的药会让他的喉咙发痒。"

泰腾咬紧牙关，强咽下了一长串差点从他嘴里喷发而出的诅咒："我去和他谈谈。"

"如果他不服药，他会死的。"

"我祖父倒真的不担心死，不过我会让他脑袋里再多点理智。"

"坦率地说，先生，你祖父可算是最让我失望的患者之一，虽然我非常乐意——"

"谢谢你告诉了我，我会和他谈谈的。"

他挂了电话，心里默数到"十"，然后，他又默数到"三十九"，因为只数到十没用。他得让祖父明白这一点，可马文是个老顽固。泰腾怀疑他祖父自认为具有比大多数人更为强壮的体质，那些诸如高血压之类的病是体质虚弱者才需要忍受的问题。

他用谷歌搜索了高血压的症状，仔细阅读，最终，他找到了战胜马文那犟驴般顽固的关键。他拨通了祖父的电话。

"泰腾，"马文听上去睡意未尽，"你知道现在是几点？"

"上午九点过了。你在干什么，还在睡觉？"

"深夜才睡。"马文打了个哈欠。

"我刚接到你医生的电话。"

"他是个很好的人，泰腾，但是太急躁了，他没事也会生气的。"

"他在担心你的高血压。"

"我告诉他了，我的感觉很好，泰腾。真的，从来没这么好过。而且，我也停止吃詹娜的那种绿色药丸，就像他关照我的那样去做了。但是，真的，他那种蓝色的药片让我的喉咙发痒。"

"那你感觉好吗？"

"都很好，泰腾，稍有点宿醉。你那只猫又袭击我了，但除此之外——"

"没有胸痛？"

"没有，别担心，我强壮如驴呢。"

"没有视力问题？"

"我告诉过你，泰腾，我很好，真的没——"

"没有勃起功能障碍？"

沉默了片刻。"什么？"马文的声音听起来更尖锐了，他彻底醒了。

"纳沙医生说，高血压的症状之一是勃起功能障碍，可你的感觉很好，是吗？"

"我……他到底是怎么说这些症状的？"

"显而易见的是，动脉变硬变细，"泰腾说，读着屏幕上的信息，"这就限制了血液的流动，所以，流向你阴茎的血液减少了。我是说……这就是网上说的，你要我发送链接给你吗？还有一张图表呢。"

电话另一端传来了几句不满的咕哝。

"或许如果你在服用了蓝色药片后再喝点加蜂蜜的茶，你的喉咙就不会那么发痒了。"泰腾笑容满面地说。

"好吧。"

"值得一试，对吗？"

"你真讨厌，泰腾。"

"过得愉快，马文，我挂了。"泰腾咧嘴笑着挂了电话。他检查了电子邮件，知道达纳转发了来自停尸所的信息。那天上午，按计划要对莉莉·拉莫斯的尸体做验尸工作。他瞄了一眼手表，不到一小时就要开始了。

第四十一章

佐伊啜饮了一口那天上午的第三杯咖啡，她后脑部迟迟不去的头疼总算在咖啡因和泰诺的联合作用下抑制住了。她设法在凌晨三点后稍稍入睡，但不到五个小时就醒了。她性情急躁，神经绷紧，感觉就像一根拉得太长的橡皮筋，随时都会崩断。

"佐伊，"泰腾在她背后说，"我去达纳那里观察验尸，一起去吗？"

"不，我这里还有很多事要处理。你以后把情况告诉我，好吗？"

"好。"

他走了，整个特别行动小组办公室都空了。她忽然想到，自从她来了之后，这状况还是第一次发生呢。佐伊已经太适应在行为分析部有自己的办公室了，她没有意识到自己其实是多么的怀念寂静。这就是她工作状态最好的原因所在：没人打扰，没有分心，只有她和堆积如山的证据和理论书籍。

她还没有打印案发现场的照片，警队办公室里的打印机是黑白的。她习惯于匡提科那里的高质量打印机，此事让她颇感烦恼，她工作时更喜欢周围一圈都是案发现场的照片。

她打开电子邮件里来自那条小巷的照片，一张张看着。在逐一看了几次以后，她打开了一张用广角镜头拍摄的案发现场照片，显示了躺在小巷地上的整个尸体。然后，她打开一张割喉部位的特写照片，把这两张并列放着。她仔细看了那张特写照片后，看到了颈部侧面上的一块棕蓝色挫伤。接着，她又仔细翻看了以前的案件档案文件夹，从以前每个案发现场的照片中各挑选了几张，并排竖着观看，陷入了沉思。

她的办公桌在房间的角落里，所以她右面有一面墙，正面也是一面墙。她用大头针把这些照片钉在这两面墙上。正面墙上是苏珊·沃纳和莫尼克·席尔瓦的照片，右面墙上是克里斯塔·巴克的照片。心满意足了，她滑动座椅后退几步去欣赏她的手工杰作，最恐怖工作场所装饰奖颁发给……佐伊·本特利。她所需要的只是一个栽有枯死植物的花盆，放在她的办公桌上，于是芝加哥警察局里的每个人都会认为她神经错乱了。

她的收件箱里跳出了一封新邮件，她不认识发送者，但它来自芝加哥警察局的电邮网址。那是一个对马丁内斯要求得到昨夜对话录音的回复，邮件随附了音频文件，还有通话详情：电话号码、通话起迄时间，以及某些对她毫无意义的技术细节。她点开了音频文件。

听着对话录音，她极不舒服。昨天经历过的刺激，想要拯救这个姑娘的愿望，他们策划如何解救她活着出来的希望——所有这一切都消失了。这是与一个被堵塞住嘴的姑娘的对话，她孤立无助，极度惊恐，不久即将在恐怖中死去。对话在播放着，姑娘被堵住嘴的呼救，向探员们指出正确地址的努力。佐伊真想对录音里的马丁内斯大叫："是休伦街，该死，去休伦街。"等听到电话录音结尾处时，佐伊正攥紧了拳头，既期待又害怕听到那被蒙住嘴的沉闷的拼命尖叫声。她深深地呼吸了一下，看了看音频文件的长度，十四分三十四秒，可感觉像是十个小时了。

佐伊拿起了笔，再次播放了那个录音，随着录音的播放，她记下了几个时间标记。第一个是一分四十三秒，梅尔问莉莉她是否能形容一下那个绑架她的男子。这完全是个愚蠢的要求，因为那姑娘的嘴巴已经被堵塞住了，但莉莉还是设法想说什么来回应的。她嘴里的堵塞物完全堵住了她的话语，舌头无法动，完全绝望，只发出了含混不清的一点声音。佐伊把这个话语片段反复播放了三次。或许某种声波控制算法程序可以提取出她设法要说的内容。

第二个时间标记是二分五十二秒，那时马丁内斯接过了电话。他说话时，背景音里莉莉的沉重、费劲的呼吸声都能听得到。但佐伊还能听到有两个人的交谈声，他们的声音遥远模糊，她确信有两个人在那里。而他们又似乎完全无视莉莉的尖叫声。难道他们没听到她的声音？还是他们就是不理睬她？这两人中有一个就是凶手吗？

最后，她记下了莉莉开始恐惧地尖叫的时间标记。就在此之前，马丁内斯事实上在说"Huron（休伦街）"，但莉莉没有示意阻止他。难道他们获得的街名错了？佐伊翻来覆去地听着这个片段，眉头皱着。就在莉莉恐惧的尖叫之前，有一个轻微的声音，几乎难以察觉——"吱吱"声。

那是房门打开了。

莉莉很可能停止注意马丁内斯了，因为她听到凶手进来找她了。随后，他走进来，掐断了电话。

佐伊再次播放了音频文件，重点注意能听到两个男子谈话的片段。佐伊皱了一下眉头，在和莉莉的通话中，他们的谈话声数次被听到。但他们对莉莉的尖叫声完全无动于衷，他们的谈话声听上去很随意。她加大了音量，再听了几遍。听上去好像是一个男子在提问，而另一个男子在做长篇大论的回答。她再次听了音频文件的全部内容，音量增高，莉莉的尖叫声回荡在空空荡荡的办公室里，响到足以让人畏惧的地步。录音过去九分钟后，有一个声音变换了，而另一个声音依然如故。提问的男子在对第三个人说话，那人也完全无视莉莉的尖叫声。原因当然是他并不在现场。

那是谈话节目的声音。

她厌恶地摇摇头，太笨了，浪费了时间。

她注意力集中到屏幕上，血迹斑斑的喉部引起了她的注意。她皱着眉，眼睛从喉咙切口处移到旁侧的挫伤上。

最后，她给泰腾拨了电话。

"佐伊，我们正在尸体解剖中。"他说，声音有点古怪。

"我知道，对不起。听着，你知道这个受害者是不是被勒死的？"

"是的，法医说他认为她是被勒死之后才割开喉部的。"

"那是死因吗？"

"他是这么认为的。受害者眼睛出血，这常发生于勒死的案例。"

"那么，他为什么要割开她的喉咙呢？"

"我不知道，佐伊，因为他发疯了。"

"尸体经过防腐处理了吗？"

"没有，肯定没有。"

这并没让她感到吃惊，她怀疑凶手是否还会有时间去做尸体防腐处理。"好吧，让我知道一下你还发现了什么。"

"好。"泰腾说着，挂了电话。

佐伊咬着嘴唇，沉思着。会不会是凶手出于愤恨而割开了女尸的喉咙？这听起来不像是他会干的事啊。那么，究竟为什么呢？

她瞥一眼她的手机，她有了个主意，她拨了第二个号码。

"艾布拉姆森殡仪馆，我是弗农。"

"艾布拉姆森先生，我是佐伊，前几天去过贵殡仪馆……"

"我记得，我能帮您什么？"

"我有一具死尸，可她的喉部被割开了。我在猜想……那是不是防腐处理有什么问题了？"

"以什么方式？"

"我不知道，我只是在设法弄明白这个伤口，它是在尸体上割开的，所以……"

"是割在颈总动脉上吗？"

佐伊眨了眨眼："我不知道。"

他叹了口气："有什么照片可以发给我看看吗？"

"嗯……好，您的电子邮箱？"

他给了他的电子邮箱。当她在给他发送受害者喉部照片时，斯科特走进了办公室，挥手说"嘿"。她朝他笑笑。

"好，"艾布拉姆森说，"收到了。对，这看起来像是切开颈动脉。"

"那么……这对防腐处理来说意味着什么呢？"

"哦，我看那是在进行防腐处理过程中切开的。"艾布拉姆森说。

"什么？"

"在防腐处理中，注入防腐液时，颈总动脉是首选的切开地方之一。虽然如此，他似乎是搞砸了——排出的血液沾满了整个喉部。"

"这意味着什么呢？"

"如同我之前告诉你的，这意味着你面对的是个业余人员。"

"可是尸体没有防腐处理过。"

"那么，他很可能是在完成防腐处理之前就停止了。"

"我明白了。"

"还有其他事吗？"

"没了……谢谢您，艾布拉姆森先生，您的帮助太大了。"

她放下了手机，心里在试图拼凑还原当时事情发生的次序。

凶手走进来，看到莉莉正在试图得到警方的帮助。他掐断了电话，勒死了莉莉。然后……他决定给她做防腐处理。

为什么他不扔掉尸体，再去找个妓女呢？他肯定意识到风险太大了。对尸体做防腐处理需要大约两小时，而警方，就他所知，已经在路上了……

这具尸体对他非常重要，这是她唯一能想到的解释理由。他确实太想把这具尸体做防腐处理了。

所以他开始动手了，但又在做防腐处理过程中停下了，因为他搞得一团糟。随后他带走了尸体……可又在一条小巷里抛尸，因为他看到了警方设置的路障检查。

这是一种反复无常的行为，当他感到压力时，他就会变得反复无常了。她记下了这一点。

她返回到第一个时间标志，那段沉闷的话语。

"嘿，斯科特，你能来一下吗？"她说。

斯科特站起身，走了过来："什么事啊？"

"你能听听这段，然后告诉我，你是否能理解她极力想说的是什么吗？"

她播放了这段话。

斯科特皱起了眉头："你再放一遍，好吗？"

她播放了。他要她再放一遍。她播放了第三遍。然后，因为他依然皱眉思索，她就反复播放，他们就一起反反复复地听着已死妓女当时极力想说明凶手身份的话。就一个字。看起来似乎他们越听越能明白，而不是用其他方式。

"你知道，"斯科特说，"我觉得她可能在说'卡车司机'。"

佐伊点点头："我实际上正想说她说的是'悍马'，好像是汽车。"

她又播放了一遍。

"是的，我也能听到是'悍马'。"斯科特说。

"可我刚才又觉得听起来有点像卡车司机了。"佐伊微笑着。

"那么……他要么是开一辆'悍马'，要么开某种卡车？"

佐伊点了点头："谢谢。"她记了下来。

"你觉得这份罪犯行为特征分析会帮助我们钉牢这个家伙吗？"斯科特问，目光越过她肩上瞥到了那张纸。

"我真这么认为的。"佐伊说，暗中希望他没听出她语调中的怀疑。

第四十二章

　　哈里的编辑名叫丹尼尔，是个偶尔有灵感一闪的男子。有个很好的例子为证，当哈里暗示他没在恰当地干事时，他的灵感来了。他的回答是要求哈里写一篇报道，题目是《美国人喜欢憎恨贾斯汀·比伯[①]的九大理由》。

　　哈里只做了他唯一能做的事。他去找了一个故事，该故事会克制丹尼尔的报复念头——也即他最初要求做的事。他会写写那个"殡葬人员绞杀案"。

　　但他需要一个好的视角。丹尼尔很清楚，不想要奥普拉关于凶杀案的看法。尤其是自从哈里两年前写了那篇广为人知的报道《堪当最糟总统的十大名人》之后，奥普拉很可能无论如何也不想和哈里说话了。

　　他决定去那个发现莫尼克·席尔瓦尸体的地点，他听说在那里为她建立了纪念标志。那可以成为他的视角——谈谈日常生活中市民对那次凶杀案的反应，而不是谈凶手和警方追踪。人们希望读到他们自己的事。

[①]　贾斯汀·比伯（Justin Bieber），1994 年 3 月 1 日出生于加拿大安大略省斯特拉特福市，加拿大男歌手。——译注

他走近了那座桥，看着岸边的水中百合。那可真是个美丽的地方，尤其在阳光明媚时这种地点倍加美丽。一对年轻夫妻走了过去，男人推着一辆婴儿车，女人依偎着他。哈里立刻想到可以以他们为主用一段文字来描写，一对情侣正在奋力使这个发生过暴力杀戮的地点变得更有意义。

纪念标志在溪流的对岸。他很高兴，走过了桥，希望看到一些催人泪下的婴儿照片、手写的信件，以及蜡烛之类的东西。

那个纪念标志其实就是一堆石块，上面放着人们献上的各种花。哈里在想他们是否在公园里采集了这些花。就在此时，他发现了一个男子在卖花，离纪念标志不远。哈里咧嘴笑笑，走到卖花男子面前。他身穿黑衣，周围有好几个水桶，里面忧郁的玫瑰花正在萎蔫。他脸上是深沉无尽的悲哀神色。

"您好，先生。"那男子说，"您需要一枝花去放在莫尼卡·席尔瓦纪念标志上吗？"

"这主意真是考虑周到啊，"哈里说，"可怜的姑娘，她如此年轻就被夺走了生命。"

"太可怕了，"花卉小贩表示同意，"就一美元一枝。五美元就可买一束相当体面的花。"

哈里拿出他的钱包，觉得此人玩世不恭的言辞倒也至少值十美元了。"顺便提一下，她的姓名是莫尼克·席尔瓦。"他说着把钱递给了小贩。

小贩有点心不在焉地点了点头，一手从水桶里拿出一束"愁容满面"的萎蔫玫瑰来。在他用纸包扎花束时，哈里找出香烟，往自己嘴上塞了一支，点燃了。他把烟盒递向花卉小贩。

"来支烟吗？"

"谢谢，先生。"小贩说着，从烟盒里抽出了一支烟。哈里给他点了火。

他们一起默默地站了一会儿，两人都在享受着烟草味充满喉咙和肺部的乐趣。哈里看着从他香烟头袅袅升起的烟云卷曲如发须，直到一阵风吹散了它。"如果我问你几个问题，你不会介意吧？"他问道。

十五分钟之后，他有了一篇提振精神的报道，谈谈人们因这次悲剧而更为紧密地团结起来了。这不是赢得普利策奖的材料，但哈里感到它能衡量可读性，这使得此文有了亮点。此文的读者会自豪于自己也是芝加哥大社区的成员。他们可能会喜欢它并分享它，如此一来，他们的朋友们能看到他们生活在一个多么美好的大城市里。报道中插入了几段有关那些可怕凶杀案的推文，由那些有着众多粉丝的人所撰写，或许这些人也会在其推文里介绍这篇报道，从而吸引更多的读者。

他对自己的进展颇为自得，便从花卉小贩那里走开了，在脑子里构思着报道的题目。他要么会使用一种悬念式的标题诱饵——《殡葬人员绞杀案的第三个受害者被发现，你不会相信以后还会发生什么》，要么使用列表式标题诱饵——《芝加哥抵制殡葬人员绞杀案的五种勇敢方法》。他还得对此加工一番，他比大多数人更清楚，报道的题目是成败的关键所在。

他走到纪念标志前，带着新的兴致打量着它，心想他是否该找个摄影师给它拍个照。他正要把手里的那束相当体面的花放上去时，忽然发现地上有一个信封。那是一只平常的褐色信封，风把它从纪念标志上吹落下来了。哈里捡了起来，不知道他是否可以在把它放回到那堆石块上之前打开看看。他是个愤世嫉俗者，可有时又会感到有某些规则他不能逾越，除非他真有个很好的理由。

信封上写明此信是给一位女士的。出乎他意料之外，那女士并非莫尼克·席尔瓦，而他认识这个名字。

如遇到好故事时，哈里具有敏锐的直觉。就在他手拿着信封时，他开始怀疑这个故事结果会比他原先想象的还要精彩。

第四十三章

回想起来，佐伊后悔没去观看尸检。当然了，她以后会得到尸检报告，而她也相信如发现什么有价值的事，泰腾会告诉她的。这可是他们与凶手之间的最佳链接了，她真的还有什么更为重要的事可做吗？她郁闷地看着马丁内斯转发给她的案发现场概述，她真的能从这个概述里推断出什么吗？凶手在开车通过路障前需要扔掉尸体，所以他就把女尸扔在小巷里了，没有刻意地摆放姿势，也没有留下什么能匹配他的识别标志。一时间，她几乎不知道这是否真的是同一个凶手了，毕竟，残杀妓女的男子从来就不乏其人。

但是，在死尸上切开颈动脉的做法实为罕见，认为那是个匆忙失败的防腐处理的推断听起来颇有道理。

很好，她环顾了一下她的办公桌。无论她在哪里工作，她总是设法堆积起小山般的纸质文档，在此也不例外。数份案件档案文件夹，剥制动物标本的报告，还有打印出来的访问受害者家属和朋友的谈话录音文字稿。所有这些一股脑儿地堆在一起，限制了她可以办公的实际空间。

她决定清理工作场所，重新开始。她把所有的案件档案文件夹叠放在一起，把录音文字稿放在最上面，然后全部塞进了办公桌的抽屉里。有关动物的报告她会扔掉的——从这些报告里找不到更有价值的信息了——留几份在案件档案里。无论怎么说，这些报告都缺乏细节，她抓起这些报告，走到办公室的碎纸机前，两页两页地塞进了进纸口，很乐意看到那些纸张变成了细长的白条子。碎纸机还真是不错，她该经常用用。

就在她粉碎最后三页纸时，她心里集中到一个新的问题上去了，之前她还从未想到过这个问题呢。

是什么原因导致这个凶手开始在动物身上做练习的？

这造成了一种精神错乱的感觉，如果他的兴趣是保存他的牺牲品的话。但是，又是什么原因促使他这么做的呢？他读过的某本书？他看过的某部电影？

尸体防腐处理本身对凶手并非至关重要，起初他尝试动物标本剥制术的事实足以证明这一点。他只是在寻找一种保存受害者尸体的方法，其目的是永久保存。

为什么？

因为他需要有时间与受害者尸体相处而无腐烂之虞。

为什么？

她还无法回答这个问题。她试图在心里对这个问题稍加转变。假定他开始痴迷于残杀一个女人后保存其尸体，他会在心里有了某种飞跃，进而决定采取尸体防腐术吗？尸体防腐处理是个复杂的过程，他必须得确定没有其他方法了。

她又想到了循环周期——凶手的学习曲线。他一直在不断地调节，以使其行为更好地匹配他脑袋里的幻想。在此案中存在着一条明显的学习曲线，正如她已经注意到的那样，这个凶手在尸体防腐术上取得了进步。但是，究竟是什么原因最初促使他开始采用尸体防腐术的？

是否还曾有过另一次谋杀？是否他在杀害苏珊·沃纳之前还杀害过某个人？

"嘿，斯科特，"佐伊说道，"你能再帮我一个忙吗？"

"没问题。"斯科特在自己的椅子上说着，旋转了半圈椅子，看着她，"什么事？"

"我想查一下几年前的一些谋杀案。"

"好吧！"斯科特点点头，"我会在我的电脑上查查，我有 CLEAR 系统访问权。"

"CLEAR 系统访问权？你指的是什么？"她站起身来，走过去，站在他身旁，在他身后看过去。他办公桌上有几张两个小孩的照片，她细看了一番，注意到他们与斯科特很相像。

"那是我们使用的数据库之类的东西，"斯科特说，"CLEAR 是首字母缩写，代表，嗯……叫什么……执法……什么和报告。"

"当前执法情况访问权和报告查阅？"佐伊猜测道。

"不是，那听起来太蠢了。不，第一个字母 C 代表犯罪……不对……"

"蛋奶糕？"

"公民，是《公民和执法分析及报告》①。"他宽慰地呼出了一口气。

"好吧，有用吗？"

"是的，这是最好的。我们在谈论哪一年？"

第一个动物标本剥制的报告是在 2014 年 7 月。"那就试试……2013 年到 2014 年 7 月吧！"

他用数字方式输入了。过了一会儿，屏幕上出现了一连串的名字，超过六百个。

"就女性受害者吧，"佐伊说道，"还有，嗯……我想你可以把枪击案去掉。"

她不太确定，因为肯定也有可能凶手是从枪击改为绞杀的。但他所有的谋杀看起来都是近距离的个人行为。即使绞杀对他来说是一种新的方式，她还是愿意打赌他过去曾使用过需要与受害人身体接触的刀子或者某种武器。

"好吧，"斯科特说，"五十三个案子。芝加哥大多数谋杀都是枪击，所以那是可以理解的。"

"谢谢，斯科特，"佐伊说，"我可以在这里开始看吧。"

"很高兴我能帮上忙，"他说着从椅子上站起身来，"明天我设法去给你的电脑搞个 CLEAR 访问权限吧！"

---

① 《公民和执法分析及报告》（*Citizen and Law Enforcement Analysis and Reporting*）的英文首字母缩写是"CLEAR"。——译注

"谢谢了。"

"没关系。你用完了就关闭我的电脑，还有，别看我的电子邮件。"

她对他咧嘴笑笑，他转身离开了。她就坐在仍然留着他体温的椅子上，开始逐个地检查起那些案子了。

在第二十三号案件中，她发现了她想搜寻的内容。

2014 年 4 月 21 日，维罗妮卡·默里，一个二十一岁的姑娘，她的尸体在一个小巷里被发现，已经腐烂了。有奸尸迹象，死因是绞杀。尸体是在估计死亡时间之后的第六天才被发现的，并且，很明显的是她的尸体是在前一夜被扔在那里的。此案依然未破，凶手仍未找到。

她的尸体是在离她家几个街区的地方被发现的，在西普尔曼地区。而就在那里，三个月之后，宠物开始失踪。

第四十四章

1997 年 12 月 15 日，星期一，马萨诸塞州梅纳德城

坐在威尔·谢泼德警官面前时，佐伊的心"怦怦"乱跳。他正忙于写着什么，她想要说话时，他让她等一下。他是个体胖的男子，脸上的黑色胡须下垂，鼻子通红。他一直"呼哧呼哧"地吸着鼻子，咳嗽着，偶尔用纸巾擦擦鼻子。佐伊的脚焦急地拍打着，等待他做完。

"好了，"终于他说话了，把表格推向一边，在他面前放下了笔，"我能帮你什么？"

"我知道谁是连环杀手了。"佐伊急忙说。

在她去梅纳德警察局的路上，她有点时间想象这场谈话会如何进行的。

有一个想象的版本是，警官边听着她说话，边记下她的证词，随即申请获得对罗德·格洛弗家的紧急搜查证。警方在他房间里发现了所有的证据，很可能把鞋盒里的内衣裤与受害者们进行了比对匹配，然后就逮捕了格洛弗。

在第二个想象的版本里，不那么乐观，警察不太配合，他们指出，

私闯格洛弗家是犯罪，他们说她在那里发现的证据不能采纳。他们在一个小房间里审问了她几个小时，吓唬她。最后，她说服他们考虑她所说的是真实情况。他们调查了格洛弗好几天，也许跟踪了他，最终，获得了他们所需的情况来申请对他家的搜查证，找到了内衣裤、鞋盒，逮捕。

可她没料到的是警官对她表现出一副漠不关心的疲惫神色。

"他是谁？"他问道。

"我们的邻居，"她回答，"罗德·格洛弗。"

然而，他似乎不那么有兴趣："你怎么知道的？"

她谨慎地说了出来。她不想让他觉得她只是某个没头脑的少女，看到邻居举止怪异就认定他肯定是连环杀手。她解释了她如何仔细地研究了这个问题。她详尽地列举了她如何推断出格洛弗匹配精神变态者各种特征的方法。她告诉警官有关杜兰特池塘的事，然后又引用了对"萨姆之子"的访谈，在访谈里，萨姆之子解释了为什么他曾经返回案发现场。至此，警官似乎有点厌烦——但又有兴趣，这倒是令人鼓舞的。她接着解释她是如何在格洛弗家附近闲逛。她强调说，她有钥匙，所以从本质上来讲，她并未真正地硬闯入他家，她非常肯定，那并非这种手段如何奏效，而是让人感到它会给予她更多的希望。她告诉了他有关色情物品之事，那些内衣内裤，那个鞋盒。

当她说完了，他只是"嗯—哼"了一声。

她眨了眨眼睛。她知道那只是她指控格洛弗的话语。她并未从他家拿走任何东西，但她设想这足以引起警方的兴趣，他们所需要做的只是搜查一下格洛弗的房子而已。

"他可能知道我已经去过他家了，"她说道，"所以，他很可能会决定处理掉证据。"

谢泼德警官深深地叹息着。"你不该在他人房屋周围闲逛的。"他说。

对此，她已有准备。"情况特殊，"她说道，"我有充足的理由认为他是凶手。"

"是的，"谢泼德警官说道，"你在杜兰特池塘看到他了，可那里每天都有许多人去，然后他对你讲了一场办公楼火灾，你认为是撒谎，但你又不能肯定。当然啦，你已经读过所有那方面的书了，所以你变得兴奋了。"

佐伊的脸发热了："那天在杜兰特池塘除了我和他之外，没有别人，而他的举止怪异……但好吧，没关系。他的房间——"

"有色情物品和女性内衣裤。"谢泼德接话说。

"内衣裤上有泥土。"

"我能想到还有其他褐色物质也可能弄脏内衣裤的。"

她眼里含泪欲滴。不，现在不能掉眼泪，假如她现在就开始哭泣的话，他永远不会认真对待她了，"他的袜子——"

"都湿了，是的，他绝对就像个懒汉。听着，佐伊，我估计你在害怕，整个城镇都在害怕。但是，如果你让我们来做我们的事——"

"我就是要你们去做你们的事。"她叫喊道，声音嘶哑了。她要崩溃了。眼泪从她眼里迸发而出，她的嗓音颤抖着，"去搜查他一下！我告诉你，他就是那个家伙。也许我弄错了，但你难道不应该至少去搜查一下吗？"

他若有所思地看着她，仿佛是在考虑她所说的事。"你是说格洛弗吗？"他最后问道。

"对。"她用衣袖擦了擦眼睛。

"等等，"他说着站起身来，嘴里哼哼着。他走到档案柜前，打开了最上面的抽屉，用拇指拨翻着档案，然后终于抽出了一沓纸张。他仔细翻阅了这些纸张，一页接着一页，随后回到她身旁。

"罗德·格洛弗？"

"对。"

"他肯定不是那个家伙。"

她的心一沉："你怎么知道的？"

"因为在可怜的克拉拉遇害之时，他和七十八个人在一起。我也和他们在一起。"

"七十八个人？"佐伊不知道他在说什么。

"克拉拉失踪后有一支搜寻队，孩子，罗德·格洛弗也在名单上。搜寻时间正是死亡时间，这意味着他有不在场证明。"他说得非常缓慢，仿佛是为了确保让她明白他的意思，"我告诉你这个情况，这样你就别去对别人说你的邻居是个连环杀手了，我们眼下不需要这种事出现了，好吗？"

"也……也许他只是告诉你说他参加了搜寻队，然后——"

"听着，好孩子，把维持治安的事交给成年人，好吗？"

她的脸红了，她的嘴巴耻辱地撇了撇，她感觉像快要死了一般。

"你是克莱夫·本特利家的孩子，是吗？"谢泼德问道。

"是……是的。"

"我想该送你回家了。"

坐在警车上的这五分钟可算是佐伊有生以来最为糟糕的车程了。她不断地想呕吐，但马上意识到她无法打开警车后面的车窗或者车门。她浑身颤抖着、啜泣着，缩成一团。她感到很冷，但她无法鼓起勇气请谢泼德警官开暖气。她感到一切都出错了，难道她指控格洛弗错了吗？当她走进警察局时，她曾是那么的有绝对把握，但听到谢泼德如此冷淡地陈述事实时，她感到就像脚下的地毯被猛地抽走了那样，摔倒在地了。在她内心，一连串的理论依据和事实吻合得如此完美无缺，可只是拼出了一个不完整的图案。

也许格洛弗对她吹大牛，但她一度只觉得荒唐有趣而已。什么时候这变得如此凶险？为什么她那么快就在他身上钉上了"精神变态者"的标签？他是有个鞋盒，里面装着几件女性内衣裤，还有一条手链。也许那都是他前女友的，他只是保存着做个纪念而已。那么色情物品呢？许多人在家里都有色情物品啊，那不正是个令人难以置信的兴旺产业吗？

是不是她过于沉迷于那些凶杀案以致她必须得指控某个人呢？她

自己是不是很怪异啊？

她一会儿想起了格洛弗在她离开他屋子时看着她的样子，一会儿又想起了他房间里的色情物品是多么的怪异，一会儿又想到了其他内衣，尤其是那件沾有泥土的内衣。所以，她有个感觉，也许她是对的，格洛弗不知怎的骗过了警方，让他们相信他有不在场的证据，然后杀害了克拉拉。在搜寻过程中偷偷溜走一点也不麻烦，然后去杀了她，抛尸，再回来。

终于，谢泼德停好了车子。佐伊原以为谢泼德会让她下车走人，现在这个希望粉碎了，因为她看到父亲打开了家门，他交叉着两臂，脸色严峻地看着警车。谢泼德很可能已经通知他说他们要到了，把他从工作地点叫回了家。

肥胖的警官下了车，打开了车子后门。她下车了，随着害怕和羞耻感袭来，她感到泪水又涌上了眼睛。他们的邻居，安布罗斯太太从她卧室的窗口正向外窥视着。明天这个时候，整个城镇都会知道佐伊·本特利被一辆警车带回了家。

她慢慢地走向门口，宁可忍受外面刺骨的寒风，也不情愿回家，不知家里等待她的是什么。

"佐伊，"父亲就在她走到门口时说道，"去你房间里等我。"他的语调非常愤怒，他说的每个字都让她胆战心惊。她想不起他曾有过什么时候比这次更为恼怒地对待她。

她慢慢地走到她的房间，推开了房门，进去后关上了门，一头扑在床上。

她抱着枕头哭泣着，把内心多时的积郁宣泄而出。骤然之间，一切都似乎沉寂了。佐伊·本特利玩过了《神探南希》^①式的游戏。傻瓜，傻瓜。

后来，她似乎眼泪流干了。可她父亲仍未来找她，所以她决定去找父亲，等待反而更糟，还不如受一顿责骂和随之而来的难免的惩罚吧！

她打开了房门，听到了谢泼德的声音，原来他还没走，他和父亲在厨房里正在交谈呢。于是，她轻轻地走过去，靠近厨房，偷听着。

"她母亲在服用镇静剂，因为她想自杀。"她爸爸正在说。

"我听说了，"谢泼德说道，"我很高兴你们两个帮助他们摆脱了困境。"

"你知道，佐伊曾经是诺拉的好朋友，她的妹妹。"

"这我不知道，这就解释了她的行为。"

"是啊，我真的很遗憾。"

"真的没必要为此道歉，克莱夫，这是本星期内我们第三次接到有关可疑情况的虚假报告。人们惊慌失措，你的女儿吓坏了，每个人都是如此。"

---

① 《神探南希》（*Nancy Drew*），美国侦探类电视剧，根据畅销系列小说改编。30岁的南希是纽约警察局的一名探员，在那里她用自己独特的方式和技巧调查案件，同时也体验着五味杂陈的现代社会生活。——译注

“是啊。”

“我希望很快就会结束。”

“为什么？”她父亲的话听起来忽然警觉了，“你有怀疑对象了？”

“我真的不能谈论。”

“说说吧，威尔，那真的会有帮助，如果我告诉佐伊你们已经逮捕了某人——”

“别对她这么说，我们还没有逮捕任何人，但我们……认为我们已经知道是谁了。追踪调查已经弄明白了。”

“谁？”

“瞧，我不能告诉你名字，克莱夫，你知道的。”

“威尔，我们已经认识好长时间了，你可以信任我，我只不过需要让我女儿心神安宁罢了。”

一阵紧张的沉默。难道是谢泼德对着她父亲的耳朵轻声说了？她悄悄地尽量靠近一点，而又不能让他们看到。

“好吧，但你绝不能告诉任何人，那样会把我们的一切都搞砸了。我们的嫌疑犯是曼尼·安德森。”

佐伊屏住呼吸。她认识曼尼·安德森，他是高中毕业班学生。他经常坐在城镇图书馆里，一个人阅读，近来佐伊为她的研究去借书时，看到过他好几次了。

“格温和皮特的孩子？不！”

“调查发现他到处跟踪贝思·哈特利，在她……在她遇害之前。还有一个学生证实他听到曼尼有一次邀请克拉拉出去。而你知道真正怪异的事吗？"

"什么事？"她爸爸低声问道。

"你知道所有的失踪女孩都被找到了，对吗？赤身裸体，被勒死了，留下了一条灰色领带围绕着喉部？"

佐伊的眼睛睁大了。直到现在，她可从没听说过这个细节。

"对。"她爸爸说。

"皮特·安德森总是系着灰色领带去上班的，天天如此。我们认为曼尼就是用他的领带去绞杀了那些女孩子的。"

灰色领带，佐伊不得不克制自己别冲进厨房里去大叫。她在警察局和谢泼德说话时，有一个细节她没有提到，格洛弗有一大把灰色领带，就在那个放色情物品的抽屉里。

假如她现在走进去说明，那听上去会怎样呢？听上去好像她在利用这个细节为自己开脱，在偷听了他们的谈话之后，他们会再一次不相信她。而她只会把事情搞得更糟。

是不是只是另一个巧合？

她该保守这个秘密吗？别告诉任何人吗？

"这……太可怕了。"她爸爸说。

"曼尼·安德森一直是个怪异的孩子，闷声不响，没有多少朋友，那种特别安静的类型，你知道吗？"

"嗯—哼。"

"可他的老师告诉我，他会在他的笔记本上画一些特别古怪的漫画，几乎每个周末都会和他的朋友们玩《城堡赤龙》游戏，从来没有一个女友……我不知道还有什么。反正合乎情理。"

佐伊突然就狂怒了。合乎情理个屁，就因为古怪的漫画？就因为《城堡赤龙》游戏？谢泼德的推理能力比她自己不知弱了多少倍呢。实质上，警方只是做了他们指责她不该做的事而已。他们搜寻嫌疑犯，而一旦他们看到某个人或多或少符合情况，他们就开始把案情往他身上套。

他们弄错了，她是对的。可他们不会听她的，就因为她只是个情绪激动的十四岁女孩。

"但是，爸爸，听我说。"佐伊拼命要说服他，但那就像和一堵愤怒的砖墙讨论问题一样，根本无用。

"不，佐伊，我不想听有关此事的任何话。你要明白假如格洛弗发现你散布有关他的谣言，他可以起诉你，知道吗？"

"我没有散布谣言，我只是告诉警方我——"

"别提你闯入他家里的事实了。"

他们已经谈过此事三次了，而每次都回到一个事实，那就是她闯入了格洛弗的家。

"我知道，但他有灰色领带，放在他的——"

"够了！"

他的一声怒吼吓得她闭嘴无言了。他的脸色几乎通红，他的手掌发抖。

"罗德·格洛弗是我们的邻居，"他说道，声音紧张清晰，"你不能去指控别人如此恐怖的事而不计后果。我们知道克拉拉遇害时他有不在场的证明——"

"可是，爸爸，我们不知道他是否真的在搜寻队里，也许他参加了，然后就——"

"我就在搜寻队里，我看到格洛弗好多次了。"

她的整个决心一下子泄气了。那么，那是真的，罗德·格洛弗没有杀害克拉拉。她指控他毫无理由了。

"闯入我们邻居的家。"他竖起了一根手指，开始数落她的违法行为了，"去警察那里，指控他却没有足够的理由。一个人去杜兰特池塘。"

他们都眼瞪着他竖起的三根手指。

"妈妈和我要去参加一个镇民大会，"他说道，"我们将会讨论凶杀案的事和社区会采取的紧急措施，直到把凶手抓捕归案。你就和安德丽雅待在家里。明天，我们会谈谈如何惩罚你，详细谈论。"

她坐在床上，在他离开房间时看着地板。她听到他和母亲对安德丽雅说"再见"，随后前门打开，又关上了，门锁"咔嗒"一声，他们走了。

安德丽雅走进房间，爬上了佐伊的床。佐伊躺着，眨眨眼，忍住了快要流出来的泪水。她应该让警察做他们该做的事，凶手很可能就是曼尼·安德森，他对克拉拉和贝思的浪漫喜爱都是非常可疑的，而且他很容易得到谋杀凶器。

用一条灰色领带绞杀。她打了个寒战，想驱赶掉脑子里突然冒出来的各种景象。

"佐伊，爸爸和妈妈都对你生气了吗？"安德丽雅问道。

"甚至更糟，"佐伊说，"他们失望了。"

"那不是更糟？"

"差不多是了。"

"他们为什么生气？"

"因为我……说了不是真实的事。"

安德丽雅的眼睛睁大了："你撒谎了？"

"没有，我只是搞错了。"

"噢。"

她们躺在床上，弯曲着身体互相靠在一起。佐伊听着安德丽雅的呼吸声，从她妹妹的天真中获得了力量。她能听到街上的脚步声，然后前门的门锁"咔嗒"一声，她们的母亲很可能又忘记了她的钱包，她总是这样的。

"妈咪？"安德丽雅叫道，显然她也是这么想的。

没有回音，也没了脚步声。佐伊皱着眉头，下了床，走向门口。只见一个黑影在幽暗的走廊里，太高了，不是她们的母亲，太瘦了，不是她们的父亲。他们的目光相遇了。

原来是罗德·格洛弗。

第四十五章

2016 年 7 月 21 日，星期四，伊利诺伊州芝加哥

维罗妮卡·默里是两年前被发现死在西普尔曼地区的女性，根据警方报告，她曾与一个叫克利福德·索伦森的男子订婚。佐伊给他打了电话，问他能不能见个面。索伦森在西普尔曼地区有家管道公司，他对她说欢迎去他办公室。

索伦森管道公司更像一个仓库而不像办公地。一个不大的白色标志挂在前门，上面有公司名称，蓝色字体，不太引人注目。同样的徽标印在停靠在前门的两辆蓝色厢式货车的车身上。佐伊给出租车司机付了钱，那是个中年男子，满脸灰白胡须，有点邋遢。

"您要我在外面等您吗？"他问道。

"可能要好一会儿了，"她告诉他，"我要离开时能叫到出租车的。"

"哦，"他说，瞥了一眼附近的汉堡店招牌，"已经过了我的午餐时间了，我还没吃饭呢。我会就在附近。"

佐伊叹息一声。他是个健谈的家伙，而她没有心情在回去的路上再听他聊朝鲜问题了，但她想不出其他可以礼貌地摆脱他的方法。"太

好了，"她说，"但如果你等不及，尽管离开好了。"

他耸了耸肩。她下了出租车，走进了仓库。

仓库里面的空间被一排排的长长金属搁架占据了，它们全都堆满了管材，各种水龙头，还有佐伊说不出名称的各种工具。在她过去的经历中，她很自豪曾经亲自动手解决了水槽的堵塞问题，但除此之外，只能惊慌失措地立即打电话给管道工了。在所有可能发生在她家的问题里，她觉得管道问题最糟糕，这个危机会清空她的银行账户，会把她所有的财物统统化为一团糟。

两个男子站在一个搁架前，取下管材，放入一个大纸板箱里。她向他们走了过去。

"对不起，"她说道，"我来找克利福德·索伦森。"

"我就是。"其中一个男子说，"你是佐伊？"

"是的，谢谢你和我见面。"

他点了点头。她看看他，他个子高大，肩膀宽阔，棕色头发稀疏，脸上须楂粗硬。他的眼眶发红，显得疲惫，"你说是关于维罗妮卡的事？"

"我不知道你能否回答几个问题？"

"我们到外面去谈吧。"他说着，皱起了眉头。他转向了另一个男子："你拿到了？"

那男子点点头："是的，克利夫。"

他们走了出去，克利福德从口袋里掏出了烟盒，他在嘴上叼了一支，把烟盒伸向佐伊。她摇摇头。他耸耸肩，点燃了自己的香烟，吸了一口。"我想警方已经结案了。"

"它又被重新提出来了，因为与另一个眼下正在调查的案子有关联。"

"是吗？那时，他们告诉我说，他们在调查本地的一个吸毒者，是和他有关吗？"

佐伊摇摇头。那个被调查的吸毒者已经入狱，罪名是武装抢劫。"真不是。"

"嗯—哼，"他说着，嗓音紧张了，"那是谁？"

"我们还不肯定。如果我问你几个有关那个星期的问题，你不会介意吧？"

警方已经问过克利福德三次了，佐伊也读到了录音文字。第一次讯问主要是确定他是否有嫌疑。他有那天夜晚他未婚妻失踪时的不在场证明——他和三个朋友去钓鱼了，他们都证实那段时间里和他在一起。他的一个朋友事实上和他一起走进屋子，因为那朋友需要使用一下浴室。结果他们发现屋子里一片狼藉，而维罗妮卡却失踪了。

第二次讯问是在警方逮捕了那个吸毒者嫌疑犯时，他们向克利福德展示了几张脸部照片，试图看看他是否能认出毒品贩子。他认不出，说就他所记得的，他从未见过照片上的这些人。

第三次讯问是在警方不再把毒品贩子列为嫌疑犯时，而是设法从克利福德的不在现场证明中找出漏洞。克利福德很快就发脾气了，对警察大喊大叫，说他们想陷害他，所以他要求现场有律师。讯问的其余部分非常短暂，证明不了什么。

佐伊知道当调查人员心里已有某个嫌疑犯或某个目标时，讯问往往偏向于那个目的。在第一次讯问中，克利福德提到维罗妮卡在她失踪前的几个星期内似乎有点紧张不安，这就是个非常明显的例子。调查人员问了一连串的问题，想要确定她感到紧张不安是否因为她和克利福德的关系有什么压力。但在问了他之后，他们就继续问其他问题了，没人再提起她感到紧张不安的事了。此事就此被忽略了。

"我会尽量回答，"他说，"但我无法保证能记得清楚。已经过去了两年多了，而且我一直在努力设法忘掉那个星期的事。"

"我理解，"佐伊说着，靠着墙壁，"那么，你最后一次见到维罗妮卡是什么时候？"

"她死的那个上午，"克利福德说，他的声音冷漠，"我上班之前。"

"你们在白天通过电话吗？"

"是的，有一次，她打电话问我什么事情，内容我记不得了。"

根据警方报告，她打电话是问有关他俩即将举行的婚礼上的餐饮服务。他是真的忘记了，还是他就是想回避这个话题？

"然后又发生了什么？"

"我下班回来，她不在。她去她的朋友那里了——琳达。"

佐伊点点头，那个情况也在报告里记载了，琳达成了克利福德不是主要嫌疑犯的理由。她证实维罗妮卡和她一起共进晚餐，而维罗妮卡离开琳达家时，克利福德早就出去钓鱼了。

“我是和三个朋友一起去钓鱼的，我回到家里差不多午夜了。屋里乱糟糟的，桌子和椅子都翻倒了，所有的柜子和抽屉都打开了。维罗妮卡不知去向，她的首饰也不见了。”

“那你干了什么呢？”

他盯着她看了好一会儿。他的嘴巴歪了歪：“对不起，等一会儿好吗？”

佐伊眨了一下眼睛：“好。”

他转过身子。“嘿，杰弗里！”他大声叫喊道。

另一个男子出现在店门口：“怎么啦？”

“你把那个单槽斗的克劳斯牌水槽放到厢式货车上好吗？我想我们今天去安装好。”

“好的，克利夫。”

克利福德转回身来对着佐伊，脸色镇静了：“我看到她失踪了，我就报警了。当时弗兰克和我在一起，他是我的朋友，他进屋来是因为他得用一下浴室。他出去在邻近地方找她，我在等警察。”

“然后发生了什么？”

“警察来了，我告诉他们我所知道的情况。他们在六天之后发现了她的尸体。就这些，真的。”

佐伊点点头：“在维罗妮卡被绑走前几天她有什么反常情况吗？”

“我没觉得反常。”

“她有没有心事重重，或者焦虑不安？”

“我真的记不得了，本特利小姐。”

"嘿，克利夫，我找不到那玩意儿，"杰弗里在里面大叫道，"你肯定放在这里？"

克利福德看看佐伊："我真的需要回去工作了——"

"只有几个问题了，那会非常有用。"她平和地说，"维罗妮卡是值得信任的人吗？"

"你是什么意思？"他边问道，边朝里走去。

她跟着他走到仓库。"你的家被翻得一团糟，但是没有任何闯入的痕迹。她会给一个陌生人开门吗？"

"在夜里？我想不会。"

"如果那人穿得像警察呢？"

"你是说一个警察带走了她？"

"不一定，"佐伊说，"我只是在推理假设。"

她在试图微调凶手的作案方式。尽管这个连环杀手也可能是个执法官员，或者是某个官方角色的人员，但还有另外一个解释，公众知道曾有几个连环杀手都是冒用了官方人士的服装和身份来引诱他们的牺牲品。泰德·邦迪① 就是个著名的例子，他有时冒充警官，接近那些女性，

---

① 泰德·邦迪（Ted Bundy）出生于 1946 年，原名西奥多·罗伯特·考维尔（Theodore Robert Cowell），是美国一个活跃于 1973—1978 年的连环杀手。在其于 1978 年 2 月最后一次被捕之前，曾两度从县监狱中越狱成功。被捕后，他完全否认自己的罪行，直到 10 多年后，才承认自己犯下了超过 30 起谋杀案。不过真正的被害人数仍属未知，据估计为 26—100 人不等，一般估计为 35 人。他于 1989 年被执行死刑。——译注

把她们带到了某个隐蔽的地方。

"我不知道，也许吧。这就是水槽。"他告诉杰弗里，他弯腰抓起水槽，哼了一声。

"我来接住它，别担心。"杰弗里说着，抓住了钢制大水槽，扛着往外走去。

克利福德直起身来，做了个鬼脸，一手撑在背后。他慢慢地走回到店前面，佐伊一直跟着他。

"假如有人受伤了，或者假如有个女人在门口，她会开门吗？"

"本特利小姐，我很抱歉，不知道。"

"你告诉过什么人你那天要去钓鱼吗？"

他看着她，扬起了眉毛："为什么？"

"凶手知道在什么时间袭击。"

"那很可能是倒了大霉，本特利小姐。我时常去钓鱼，每星期两次，有时三次。见鬼，我上个星期和我兄弟去了四次呢。当然啦，这几天我常常去钓鱼，甚至次数更多，因为我家里没有人了……"他的凝视变得茫然了，"对不起，我真的该回去工作了。"

佐伊点点头。"谢谢你花了时间。"她说。

他已经转身离开了，在搁架上检查什么东西。"没关系。"他说。

她离开了那个店，很失望。外面一片明亮，她侧脸斜视，用手掌遮盖着保护眼睛免受阳光刺激。杰弗里正在把水槽装进一辆厢式货车里，他最终把它放进车厢后面时，水槽发出响亮的"哐当"声。他"砰"

的一声关上后车厢门，转过身来。

"嘿，"当注意到她时他说道，"你是个警察？"

"我在警察部门工作。"她回答，走近了。他看起来比克利福德稍微年轻点，他的棕色头发浓密，他个头很高，肩膀宽阔。

"听着，我不知道你对克利夫说了些什么，但我希望你别让他又精神紧张起来。维罗妮卡的死真是够他受了，那事发生后他就像僵尸一样麻木地生活了一年多。他似乎好点了，才不过几个月。"

"很抱歉，"佐伊说道，"她死的时候你已经在为他工作了吗？"

"是啊。他成了个杂乱无章的人了，几乎不出家门。"

"你还记得维罗妮卡失踪前她是否有过心事重重，或者焦虑不安的情况吗？"

"她多数时间都很快活。他们快要结婚了。"

"是的。"

"他和维罗妮卡还想要个孩子，"杰弗里说，"他原本可以做个很棒的父亲。"

佐伊点头赞同。

"你认为你会抓住杀她的凶手吗？"

"我不知道，"佐伊说，"希望如此。"

第四十六章

那天下午早些时候，佐伊、泰腾以及马丁内斯一起坐在会议室里，佐伊刚刚告诉了他们有关维罗妮卡·默里的事。她说完后，三个人都陷入了沉默。

最后，马丁内斯打破了沉默。他清了清喉咙："你能肯定是同一个凶手吗？"

"我没法肯定。"佐伊耸了耸肩，"就像其他案子一样，凶手很谨慎，使用了避孕套，所以没留下任何 DNA。或许还有些其他的法医数据你可以用来比对匹配这些案子。我想和你的技术人员谈谈。"

马丁内斯点点头："我来办吧！"

"间接证据很有参考性，"她补充说，"维罗妮卡死后三个月，那些宠物开始失踪了，都发生在同一个街区。她的尸体是在六天之后才发现的，有迹象表明遭到了奸尸。假定这是同一个家伙干的，我想说是尸体腐烂迫使他抛尸，之后他觉得他得找到一个方式来解决这个问题。"

"然后，在对动物做实验时，他想到了做尸体防腐处理是个好办法。"泰腾说，他的兴趣似乎被激发了，"这听起来像是很有可能发生的情况。"

"我同意。"马丁内斯说，"我会找个人立刻调查此事。"

佐伊跟在马丁内斯和泰腾后面回到了特别行动小组的办公室。佐伊坐在她的电脑前，正要开始写一份详细的报告给曼卡索，这时办公桌上的电话响了。她愣了一下才明白是她自己的电话，她拿起了电话。

"喂？"

"本特利博士吗？我是前台的塔克警官，这里有个小伙子要见你。"

"见我？肯定吗？"

"是的，他很特别。"

"好吧，我马上下来。"

她很好奇，走下阶梯，来到了前台。那里有许多人在等候，可她没能看到什么熟悉的人。她走近前台的警官："嗨，我就是佐伊·本特利，你刚才打电话——"

"佐伊·本特利吗？佐伊·本特利博士吗？"一个男子站起来，走近了她，咧嘴笑笑。他有着一头浓密的黑发和一对黑色的浓眉，使得他的眼睛引人注目。他微微一笑，看上去好像是在开一个没人知道的玩笑。他打量了她一番，从头到脚，那方式令她很反感。"我终于见到您了，我太激动了，我是您的超级粉丝。"

"我还不知道有什么粉丝呢。"她冷淡地说。他的行为举止让她反感。

"噢，您有粉丝的，至少一个。我已经读过您参与侦破的乔万·斯托克斯案件，还有其他更早的有趣案件。而您现在是行为分析部的成员——简直令人难以置信啊。"

"对不起，先生。你是……？"

"哈里。"

"哈里什么？"

他咕哝着什么，听起来像是"巴勒"，随即又说："我想我有一样东西要给您。"

他在他的公文包里翻了一会儿，然后抽出三个褐色的信封。他把信封交给了她，而她从他手里一把抓过这些信封，看着它们。

她的血一下子变冷了。

这次信封上没有地址，只有她的名字，但笔迹是确定无疑的。这三个信封和她在戴尔市家里的那一沓信封完全相同，其中有一封是她一个星期之前才收到的。

"谁给你这些信封的？"她虚弱地问。

他谨慎地看着她："没人给我，是我发现它们的。"

"在哪里？"

"第一个在福斯特沙滩，第二个在洪堡特公园。我打赌您能猜到我在哪里找到第三个的。"

她克制住了自己，没说话。

"猜不出？是在俄亥俄大街沙滩。"

这就是3个留下尸体的地方。"它们只是……扔在那里？我是指——"

"它们都是放在纪念标志上，"哈里说，"人们堆起来纪念那几个死去的姑娘们的。我拍了一些照片，我可以发送给您，拍得不太好。我拍摄水平太糟了。"

"明白了。"

"难道您不打开信封吗？"他问道。

她急速地抬起眼睛。他一脸无辜地看着她。"不。"她说，然后她看到信封都没封口。

"你已经看过了。"她说。

"哦，我可没打算带着一个有可能装有爆炸物的信封走进警察局，或者装有炭疽粉。"他说明道，"我想确保是安全的。"

"好吧。"

"您会很高兴地知道信封里没有炭疽粉。老实说，我也不肯定炭疽粉是什么样子的，但我很肯定不会像那个样子的。"

"谢谢。"她说，感到厌恶。

"我可能应该让这里的警察留下我的指纹，"他说，"方便警察撒墨粉指纹识别，对吗？"

她没说什么。她站在那里僵住了，头晕眼花。

"您也应该让警方留下您的指纹。"

"他们不会找到任何指纹的。"她说道，但她的声音似乎是从一千英里之外传来的。

"您以前也收到过这种信封吧？"

"什么？"

"您好像知道里面的内容，并且您已经知道他们找不到任何指纹。所以，我觉得您以前收到过这种信封。"

她设法聚集精神："你到底是谁？"

"我是哈里。"他微笑着，露出两排雪白的牙齿。

"哈里，你是碰巧发现这些信封的吗？"

"不，"他说道，"我只是碰巧发现了一个，然后我就去找其他的两个。"

现实情况让她明白了。"你是个记者。"她说。

"对。"他满脸笑容，"所以……您可以谈谈有关这些信封的什么事吗？"

"无可奉告。"

"好吧。我估计我的报道里不会有您的回应了，只是提提有三个信封，内容——"

"你不能向公众公布此事，那会妨碍调查的。"

"本特利博士，这不是您的工作或我的工作所能决定的。我发表能引起公众兴趣的内容，哦，老实说，能吸引我的编辑和我自己，还有——"

她转向前台："找几个警官来这里，扣留此人讯问一下。"

"如果我过了十分钟不给编辑电话，"哈里镇静地说，"他就会发表我迄今为止给他的内容。"

"你在蒙我。"

"本特利博士，您是这儿的法医心理学家，看着我的脸，再说一遍。"

一阵沉默。前台的警官看着他们两人，电话拿在手里。

"你想要什么？"她最终问道。

"我想要一个故事。"他说。

"你不能写这些信封的事。"

"那就给我提供一些我可以写的事吧，那些没人知道的事。"

她咬着嘴唇："我需要点时间。"

"绝对可以，"那男子说，"我相信您，佐伊——"

"别这么叫我。"

"那好吧！"他向她伸出手来，"我相信您，本特利博士，您有二十四个小时。"

他说完就转身离开了。

她两腿发软，使劲拖着自己走向电梯，那时完全不敢肯定自己还能不能设法走上楼梯了。她仿佛花费了几年时间才回到了自己的办公桌旁，感觉那些信封在她手里沉重下坠。

会是他吗？

感觉是不可能的。可那么多事情突然一起冒出来，绞杀，靠近水边的尸体，摆弄的尸体姿势，虽然不同却又有点相似。

她坐在自己的办公桌旁，朝上翻转了那三个信封。

三条灰色领带掉在办公桌上，扭曲成一堆。

第四十七章

1997 年 12 月 15 日，星期一，马萨诸塞州梅纳德城

时间涓涓细流般地缓慢流动着，佐伊的两耳中嗡嗡作响，她的身后，安德丽雅又叫了一声："妈咪吗？"格洛弗的目光瞪着她的眼睛，不再是那个孩子气的有趣邻居了，不再是那个有点傻气、热衷于和她谈论巴菲和天使的男子了。他目光冷峻凶狠，什么事都能干得出来。他很紧张，她能看出他全身僵直，而她周围的世界则转化为一个长长的隧道，格洛弗站在边缘，他们之间只有黑暗。他开始朝她走来，这个急剧的动作把她从梦幻般的呆滞状态中惊醒了。

她尖叫起来，"砰"的一声关上了房门，用钥匙转动了门锁。

一个沉重的撞击声，房门震动不已。格洛弗撞上了房门。佐伊发疯似的环顾四周。她的书桌很大，木头做的，她冲了过去，开始拖动书桌，一英寸又一英寸地挪动着，而安德丽雅则在床上看着她，两眼圆睁。

"佐伊，"格洛弗在门外说，"我只是想来谈谈，我觉得你肯定有点误会了。"

她拉着书桌，啜泣着，直到她的身体能挤进书桌和墙壁之间。然后，她开始全身靠着书桌，推动自己和书桌脱离了墙壁。她急促地喘息着，大口大口地吸入短促、恐惧的空气，她浑身颤抖着用劲推着书桌。

"你今天上午在我的卧室里，是吗，佐伊？我不生气，我只是想我们该聊聊这事。"他敲敲门，起初彬彬有礼，继而愤怒撞击，巨响吓得安德丽雅流出了害怕的泪水。房门把手一次又一次被扭动着。

她想起来几个月前，她母亲拿走了她的房间钥匙，对她说不用在家里锁房门。结果她恳求了多次才拿回了钥匙，佐伊的理由是她不想在脱衣服时安德丽雅突然闯进她房间里来。现在，房门被格洛弗撞得震动不已，她真感谢上帝让妈妈把钥匙还给了她。

"开门吧，佐伊，我不喜欢这样来破坏我们的友情。"

"我们……没有……友情。"她咬紧牙关，推着书桌，从牙缝里挤出这句话。现在书桌已经被推出房间里的一半距离了，太沉重了。她想起爸爸轻松地拖着书桌滑过地板的情景。她当时并不知道他是多么的强壮。

"佐伊！立刻开门！否则我就打电话给你父母亲，告诉他们你干了些什么。"

"打电话吧！"她叫喊道，声音嘶哑，又用力推了一下书桌。桌角现在碰到了房门。

一阵沉默，只有安德丽雅在啜泣着。"我们会没事的，蕾蕾。"她说道，她的声音控制不住地颤抖。

一个撞击声传来，房门震动得更加厉害了。他想破门而入。惊慌之中，她抬了一下书桌，她设法推动它去顶住房门，顶得更紧一点。她靠在书桌上，希望自己的体重会有用。她的心跳声如响雷般地撞击着她的耳膜。

一连串巨大的撞击声，他正在踢门。让她感到宽慰的是，房门似乎顶得住。她听到他在咒骂。

"佐伊，如果你现在开门，事情就会对你容易得多了。"

"就像对克拉拉一样吗？"她问道，"还有杰姬？还有贝思吗？"

"太可怕了，究竟这些女孩发生了什么？"他隔着门说，"希望警方很快会找到凶手。"

"他们会的！"她叫道，"我把一切都告诉他们了，他们说会来搜查你的。"

他大笑，一阵声调尖锐的、不自然的笑声："就凭你？我可没看到这里有警察。没有，他们在追踪真正的凶手，对吗？那个叫曼尼·安德森的孩子。"

安德丽雅开始放声大哭。

"是你妹妹吧，佐伊？开门吧，我答应你，她不会有事的。但如果你不……"

佐伊离开了书桌，跳上了床，用手臂搂住了安德丽雅。

"别担心，蕾蕾，他不能伤害到我们的。"她低声说着，更紧地抱着妹妹。

"我从来不杀任何人。"格洛弗隔着房门说道，"究竟是什么让你认为我会干这种事的？那些杂志吗？那只是成人用品，我打赌你爸爸也有几本呢。"

佐伊遮住了安德丽雅的耳朵，恨恨地咬紧牙关："让我确信的是你保存的那些纪念品，还有灰色领带。"

一阵沉默。"灰色领带？"格洛弗最终说话了。

"我知道你拿它们去干什么的，格洛弗！我这里有部电话，我现在就给警察打电话。"

他又大笑一声："不，你不会的。我去过你的房间，还记得吗？"

她想起来那是真的，皮肤起了鸡皮疙瘩。她曾有一次邀请他去她房间，向他展示她在学校获得的田径运动奖杯。

脚步声渐渐远去，前门打开又"砰"的一声关上了。她冲到窗前，确定门锁上了。他会试图打碎窗户，从窗户进入房间吗？她觉得不会，有人会听到玻璃窗被砸碎的声音，他不会冒这个险的。

她希望着。

"我怕。"安德丽雅呜咽着。

"嘘嘘嘘，我在这里，蕾蕾，你没什么可害怕的。"

她们在沉默中等待着。感觉是过了几个小时之久，她考虑离开房间报警。她站了起来，正要把书桌推开时，一个想法在脑袋里冒了出来。她伸出手去，转动了门锁里的钥匙。

房门把手几乎是同时转动了，房门剧烈地撞击了书桌。她尖叫一声，又锁上了房门。他根本就没有离开；她差点上他当了，差点。

另一阵大笑声隔着房门传来，甚至还不是大笑声，是咯咯笑声，一种发疯似的、苦恼的咯咯笑声："佐伊，开门吧，你不能永远待在里面的，佐伊。"

她是不能那样做的，但她也不必要那样做，只要等到妈妈和爸爸回家就行了。那会有多久？

"佐伊，"他说道，他的声音变了，柔和一点了，但又愤怒一点了，一个凶手的声音，"假如我需要破门而入的话，你会后悔的，佐伊。"

慌乱中，她四下看看，想找个武器——任何武器都行。可她什么也没看到。十岁时，她一度把棒球棒放在房间里，可当她不再玩棒球时，她就把它扔了。真笨，太笨了。

"你知道我对那些让我生气的女人会干什么吗，佐伊？"他说着，又是一阵咯咯的笑声，"你也许会喜欢的。"

安德丽雅哭泣着，紧闭两眼。佐伊急忙冲到她身旁，捂住了她的耳朵。

"贝思很喜欢这么干的。我插进她身体时，她呻吟着，她动来动去的，好像是不喜欢，可我能感到她是多么的喜欢啊。她喜欢的，佐伊。"

她真希望自己有 4 只手，她想捂住自己和妹妹的耳朵。

"你觉得你也会喜欢吗，佐伊？当我撕开你的衬衣和你的裤子？当我给你想要的东西时，婊子，你会像贝思那样呻吟吗？"

她也哭了，又害怕又恐惧地哭泣。她的手紧紧地捂住了安德丽雅的耳朵，希望她什么都没听到。

"你觉得小蕾蕾会喜欢吗？"

"离她远点！"佐伊尖叫着，眼里满是既害怕又愤怒的泪水。

相同的咯咯笑声："噢，你不喜欢，是吗？或许我应该先从她开始。打开这该死的房门，否则我就从她开始，佐伊。"

她跳下了床，猛地推开了窗户，外面的空气冰冷刺骨。

"救命！"她绝望地呼叫着，"救命！警察救命！凶手在这里！救命啊！"

房门的撞击声又开始了。"打开这该死的门，你这个妓女！你这个婊子！开门，开门，开门！"

"救命啊！"

安布罗斯太太卧室的灯光亮了。

"快救命啊！"

房门再次剧烈地震动着。

安布罗斯太太慢腾腾地走到窗前。这个女人总是如此，步履蹒跚地走过去看看声响是怎么回事。她朝窗外张望了一下，看到佐伊在尖叫着，她眼睛睁大了。

"报警！"佐伊大叫道。

安布罗斯太太急忙转身走了。这女人拿起卧室里的电话，她快速拨号，开始在电话里绘声绘色地说了，不时回头朝窗子看看。

如果警方动作迅速，他们就能当场抓住格洛弗了。

屋子突然之间沉静了。格洛弗不再设法哄骗她们，也不再威胁她们，也不再想破门而入了，他走了。

自从那晚格洛弗差点破门闯进她的卧室之后，又过去了将近半年。在一个清晨，夏日的阳光照进了佐伊的房间窗户。她盯着墙壁看，手里正拿着一只鞋子。她当时正要穿鞋时突然陷入了思考和回忆，忘记了一只脚赤裸着还没有穿上鞋子呢。

噩梦缓缓地退去。才凌晨两点。每星期里总有大概三个晚上她会尖叫惊醒，这几乎已成常态了。可比起那个夜晚之后的那些日子，这绝对算是好的了，那时她每个夜晚根本睡不满四个小时。

在那段日子里，梅纳德城再也没发生过凶杀案，而格洛弗也消失不见了。

他就是在那个夜晚消失的。她爸爸和警察去敲他家的门，但没人开门。他的卧室里大多已经清理过了，他只是在抽屉里留下了几本杂志，但没有灰色领带，也没有那个鞋盒了。

没人相信他就是凶手。

他们相信他那天去了她家，对佐伊大叫大嚷。但警方则认为那是因为佐伊发现了他收集的色情物品，他深感尴尬了，而她又误解了他的意图，可他只是想去谈谈解释一下而已。她甚至还无意中听到一个警察在离开她家时说："那个疯女孩子把可怜的家伙吓跑了。"她母亲恳求她别再对别人说格洛弗就是凶手，尤其现在他们已经知道了谁是真正的凶手了。

曼尼·安德森已经被逮捕，成了凶杀案的嫌疑犯。警方在他家发现了一张贝思的照片和其他"提示性证据"。这提示性证据究竟是什么呢？他的《城堡赤龙》集？他和他父母都坚称他无辜，可他的脸部照片却在当地所有的报纸头版上与三个惨死姑娘的照片并列在一起。

然后，他就在牢房里设法用床单上吊了。案子就这么了结了。梅纳德城连环杀手死了，人们又可以安心睡觉了。佐伊听到这个消息后痛哭了几个小时，她既为自己哭也为他哭。随着他的死去，证明他无辜和昭显格洛弗嫌疑的机会丧失了。罗德·格洛弗强奸和杀害了三个姑娘，已经溜之大吉了。她不知道他是如何设法获得他不在案发现场证明的，但他做到了。

她一直在想着，假如她当时年龄大一点，假如她当时有一丁点的权力，格洛弗就会进监狱了。曼尼·安德森就会依然活着。

她的目光转向她的书架，书架上塞满了有关连环谋杀、心理变态、法医心理学等的书籍，她不再费心藏匿它们了。

她叹了口气，穿上了另一只鞋子。该去面对又一天了。

母亲在厨房里做早饭。平底锅里培根和鸡蛋的香味和"哟哟"声让佐伊馋涎欲滴。

"早安，"母亲说，"我正要去看看你是不是起来了。已经晚了，再过五分钟你就得出门了。"

"好吧。"佐伊打了个哈欠。五分钟可是充足的时间。吃培根和鸡蛋，刷牙，洗脸，梳头发……是的，她完全可以在五分钟里搞定。

"有你的一封信。"她妈妈说，语调稍有点不太赞同。

佐伊在一个月之前已经开始与一个独立的私人调查员和罪犯行为特征分析员通信了。她猜想他最爱看来自青少年的敬慕信件了，她借此如同喝牛奶般地吸吮着他的每一点知识。

"谢谢妈妈。"佐伊说着走近了那一堆信，大多是给她父母的，账单之类的。有一个褐色的信封，是写给她——佐伊·本特利的，她打开了信封，伸手进去拿信纸。

她皱起了眉头。信封里没有信纸，只有一条光滑的布料。她抽出来一看，一下子冷彻内心。

那是一条灰色的领带。

第四十八章

2016 年 7 月 21 日，星期四，伊利诺伊州芝加哥

佐伊咬着嘴唇，打开了办公桌的抽屉。三条领带扔在里面，底下是那些信封，犹如见到三条毒蛇般地预示着不祥，明天她会把它们交给马丁内斯。她正需要以令人信服的方式来陈述案情，假如她现在就去找他，告诉他惊扰芝加哥的凶手可能就是她十四岁时指控过的那个连环杀手，他会觉得她疯了。他很可能会把她从这个案子处理工作中赶走，或许还连带着泰腾。

她在和他谈此事之前必须先仔细研究一番，找出所有的相应证据。而重要的是，别说成是她在少女时令她着迷的家伙，而是一个危险的男子，他曾多次杀害无辜。

格洛弗真的送了她那些领带？她设法想想其他的解释。会不会是那个记者本人干的？但他又如何会知道之前的那些信封呢？尽管她并非法医文档检查者，她能看出那三个新送来信封上的笔迹看起来与她家里的那些信封上的笔迹非常相似，是否有可能那是同一个人向她寄送了所有这些信封，但那人不是格洛弗呢？不，绝不可能还有其他人知道这些领带和它们的含义。

这些信封来自格洛弗，她深信不疑。

她对于自己的直觉不那么确定，她的直觉认为他就是报纸上称之为"殡葬人员绞杀案"的凶手。她尝试强迫自己对此客观一点。格洛弗真的符合尸体防腐案连环杀手的罪犯行为特征分析吗？

至少在他的行为特征上有一个显著的改变：对死亡女性的恋尸癖。罗德·格洛弗的目标受害者都是活人。当他强奸她们时，她们还活着，而一旦杀害了她们，他就对她们再无兴趣了。难道这种行为也会改变？她可以感受到这个疑问在她内心痛苦地折磨着她。

她把这个矛盾之处暂放一边，审视其余的证据。她能看到在梅纳德城的凶杀案和当前在芝加哥的凶杀案之间有着诸多联系，但在那时和现在之间他又干了些什么呢？

数年之前，佐伊开始与联邦调查局一起工作时，她获得了授权许可，可以进入局里的《暴力犯罪缉捕数据库》。她立刻开始利用该系统搜寻符合格洛弗作案方式和迹象的更多凶杀案。她获知以"tie"① 作为关键词搜索犯罪的话很成问题，因为它带来了成千上万的报告都涉及受害者被捆绑的情况。而搜索"gray tie（灰色领带）"则没有相关内容，但这也不意味着什么。向《暴力犯罪缉捕数据库》提交犯罪报告的人员可能只是忽视了提及具体颜色，或者也可能是格洛弗改换了别的颜色。

---

① tie 在英语中作为名词意为"领带"，作为动词则有"束缚、捆绑"之意。——译注

她花费了数月之久，最后得出的结论是如果格洛弗谋杀了什么人，该谋杀案并未提交到《暴力犯罪缉捕数据库》。她非常失望地发现，在美国发生的谋杀案和强奸案至少有百分之九十没有提交到《暴力犯罪缉捕数据库》。人们都非常忙碌，向该数据库提交犯罪报告是个繁琐的过程，并且在大多数地方并无使用该数据库的要求。

那天上午，斯科特帮她获得了从她自己的电脑上对 CLEAR 系统的访问许可。她现在正彻底审查自 2002 年以来的所有涉及强奸或绞杀的谋杀案。她更愿意追溯到 1998 年，那年格洛弗从梅纳德城消失了，可数据库里没有包括年代如此久远的数据。

她废寝忘食，忙碌不堪，往常的超然冷漠不见了。阅读一份又一份妇女遭到强奸和残杀的报告是重中之重。在阅读了大约四十份报告之后，她感到喉头哽咽，手指颤抖。于是她出去在走廊里走走，深深呼吸，试图放松一下，然后她坐下来叹息不已。她决定放点音乐，感到需要某种背景性的东西来分散点注意力，以应对这折磨灵魂的任务。她急切地需要点欢乐，于是她塞上耳塞，欣赏起凯蒂·佩里的首张录音专辑《一个男孩》来。可歌曲内容和阅读的报告之间实在不协调，难以忍受，所以她在听完了《我吻了一个姑娘》之后便关掉了音乐。阅读谋杀案的报告时不宜伴以流行音乐。

当她搜到 2008 年时，她找到了她想搜索的内容。两个谋杀案，间隔七个月，案中的受害女性均为尸体赤裸，遭遇绞杀。雪莉·瓦滕伯格在小卡鲁默河的桥下伍德劳恩西大道上被发现，绞杀她的作案工具不见了，佐伊怀疑它可能被卷入湖里了。第二个受害者是帕梅拉·万斯，她在萨加纳什基湖被发现，此女的颈部有一条领带围绕。这两个案子仍然悬而未决。

"嘿，想去兜风吗？"

身后蓦然响起的声音吓了她一跳。她回头正好看到泰腾的笑脸。他站着，手拿公文包，正要出去。她看了一下时间，晚上九点。办公室里空无一人了，她根本就没注意到周围的人们是何时离开的。

"不了，谢谢。"佐伊说道，"我，嗯……我做完事后会叫出租车的。我只是想在今晚把那个报告发给曼卡索，真的。"

他耸了耸肩："随你的便吧。"

他离开了，她又回到电脑前。她一直查阅直到2016年，没发现其他案子，这一点都没让她泄气。有人声称连环杀手从不住手，说他们必须不断杀戮，这纯粹是个神话。连环杀手常常会停止几个月甚至几年，用自我安慰的方式来满足他们的需求。有时候，他们并未停止杀人，只是把尸体藏匿得很好，或者在遥远的地方作案。因此，在2008年发生了两起谋杀案后，直到2014年才开始发生了五起谋杀案，这本身没什么好奇怪的。

她慢慢地阅读着这个案子的报告。虽然绞杀雪莉·瓦滕伯格的作案工具不见了，但她颈部的痕迹表明是一条光滑柔软的宽套索，该案的一个探员推断那是条腰带，尽管没有带扣的痕迹。这就很明确了，看起来符合佐伊的推断，那是使用了一条领带。案发现场的照片显示了一个全身赤裸的女子俯卧在地，部分浸入水中。这与1997年梅纳德城发现的那些尸体抛弃方式颇为相似。

帕梅拉·万斯的照片也大同小异。验尸报告详细列出的几处痕迹表明，受害者死前曾剧烈挣扎。她颈部有几处重叠的套索痕迹，法医得出结论说，第一次绞杀受害者的企图因她的剧烈挣扎而没有得手。凶手只得再次尝试，所以套索移动了一点，结果就形成了重叠的擦伤。另外还有生前强奸和死后奸尸造成的受伤之处。

这个受害者在遭受强奸时被绞杀了。而凶手还在继续作案。

佐伊的背靠着椅背，感到厌恶。难道就是此案？就是格洛弗转变的那个时机？似乎明确无误。

足够了吗？

她想象着自己向泰腾和马丁内斯提出这个案子的情景。三桩凶杀案发生在1997年的梅纳德城，而嫌疑犯从未被证明有罪，因为他在监禁期自杀了。两桩发生在2008年的凶杀案匹配梅纳德城连环杀手的作案方式和特征。而发生于2014年和2016年之间的五桩凶杀案在作案方式和特征方面与发生于2008年的凶杀案有着明显的联系。至于那些灰色领带，她设法想出一个方法来提出寄给她那些领带的问题。可如何来解释格洛弗对她的痴迷呢？

她必须得告诉他们那个夜晚，谈谈她在他家里发现的东西，她还得让他们明白当时她的推测是对的，而她现在的推测也是对的。

有个多年来没有感受到的担心悄悄地袭上了她的心头，她担心他们根本不听她的。

她需要更多证据。然后她忽然想到，假如真的是格洛弗的话，他必须得认识苏珊·沃纳才行。也许他是她的邻居，或者是她曾经约会过的某个男子。他必须得知道她一人独居，在她家里对她进行尸体防腐处理时没人会突然闯入。而如果正是如此，大概丹尼尔勒·奥尔蒂斯认识他。

丹尼尔勒开门时显得有点闷闷不乐，她那身色彩缤纷的欢乐服装没了，她穿着一条黑色的瑜伽裤，一件粉红衬衣，上面印着"缓慢生活，随时死亡"的字样。她的眼睛显得有点肿胀。

"很抱歉这么晚打扰。"佐伊说。

"没关系，请进。很高兴有人陪伴会儿。"

佐伊走进了房间："一切都好吗？"

"噢，只是有几天难过的日子。"丹尼尔勒抱怨道，"这些事会发生在每个人头上，是吗？"

"对啊。"

"我给你来点咖啡吧？"

佐伊想起上次的浓缩咖啡怪味，连忙说，"不，嗯……或者来点茶吧。"

"好吧。"丹尼尔勒踩着顿足爵士舞似的步子走向厨房。佐伊坐了下来，环顾四周。那些照片扑面而来，轰炸着她已经烦躁不安的大脑。于是她闭上了眼睛，深深地呼吸了几次。她依然在为那个记者发现的信封的含义而感到心烦意乱，过去的各种回忆不断地涌上心头，那些她多年来刻意忘却的人和地方又浮现在她的脑海里了。

"嘿。"丹尼尔勒说着，递给佐伊一杯茶。她自己也有一杯。这次她没去拉个椅子坐，而是坐在长沙发上佐伊的旁边。佐伊毫不介意，长沙发上有足够容纳她们两人的空间呢，而她也不是去那里讯问丹尼尔勒的，只是给她看看一张照片而已。

她啜饮了一口茶，结果发现放了很多糖。她做了个鬼脸，把茶杯放在桌上，从口袋里掏出了一张打印的图像。

"你认识这个男人吗？"她问道，把图像页递给了丹尼尔勒。这是她唯一的罗德·格洛弗照片的打印图像。她拿到照片时才十五岁，是从他工作过的办公室里找到的。他们是在感恩节派对上拍他的，他显得兴奋微醉，不再是凶手的脸了。不过，大多数的凶手并没有一张特别凶狠的脸。

丹尼尔勒拿着图像，盯着看了好久。"不认识。"她最终说。

"仔细看看，你肯定你过去从来没见过他吗？也许苏珊会认识他呢？"

"假如她认识的话，我想她也不会告诉我，他看起来不熟悉。很抱歉。"

佐伊很失望，从她手里拿过了打印的图像，"你觉得瑞安会认识他吗？"

丹尼尔勒耸耸肩，"他也许会吧，可他不在这儿。"

"你知道他什么时候会回来？"

"他从来不告诉我。如果我要问的话，就太唠叨了，是吗？"

佐伊有点亲近地点点头。"你有笔吗？"她问道。

"有。"丹尼尔勒去了厨房，厨房是奥尔蒂斯家放笔的地方。她一会儿就回来了，递给佐伊一支笔。

佐伊在纸上写下了她的电话号码。"等瑞安回来了，你给他看看这张照片好吗？"她说道，"如果他见过此人，就打电话给我，好吗？或者如果你想起来见过他了。"

丹尼尔勒点点头。"好的，"她说，"我们会打的。"

"谢谢。"佐伊站起身来，"嗯……希望你有个愉快的夜晚。"

丹尼尔勒点点头，看着地上。佐伊顺着她的目光看向光秃秃的地板，什么都没有，只有孤独。

她走上汽车旅馆楼梯时，步履沉重得仿佛拖着粗重的铁链，她提起一只脚放下，再提起另一只脚放下，每一步都显得沉重、疲惫。在过去的几年里，每当她收到一只信封时，她都会觉得仿佛是格洛弗伸出手来，要把她拽回去。对于他，她仍然只是个十四岁的小女孩，会害怕惊慌而又没什么结果。有时候，岁月就会在收到这些信封的间隔中度过。她开始放松了她的警觉。然后，另一个信封会送到信箱里，里面总会有一条灰色领带。

现在情况变得更糟了。他就在这座城市的什么地方，他正在杀戮那些姑娘。而且他正在嘲笑她，讽刺她，非常肯定她无法找到他。

她咬紧牙关，攥紧了拳头。那个心理变态的浑蛋，她会找到他的。她会让警方逮捕他的，他会死在监牢里的。

她走到房间门前，开了锁，跌跌撞撞地走了进去，一头栽倒在床上，过于疲惫，不想刷牙冲洗了。太沉湎于工作，以致无法入睡，她思前想后，浮想联翩，深陷其中。

最后，她拿出手机给安德丽雅打了个电话。

"佐伊吗？"她睡意惺忪的妹妹在电话里问。

"嘿，蕾蕾。"

"几点啦？"

"我想快午夜了吧！"

"好吧……"她停顿一下，"你喝酒了？"

"没有，"佐伊伤感地说，"尽管那也算个不太糟的主意。"

"究竟发生了什么事啊，佐伊？"

"我不知道，我觉得就想听听你的声音。"

"好吧，早晨时听起来会更好点。"

"蕾蕾，你还记得那个罗德·格洛弗吗？"

一阵沉默。"你是问我还记得那个差点杀了我们俩的连环杀手吗？"安德丽雅终于问道，"听起来很熟悉。"

安德丽雅不记得那个夜晚格洛弗说了些什么了，但她是唯一一会真正相信佐伊所说的一切的人。那时她还是个孩子，她很快就从那个可怕的夜晚恢复了。在那个夜晚她们把自己锁在佐伊的房间里，门外格洛弗大喊大叫着，她有姐姐保护她，她知道她不会有什么事的。

"我觉得他可能就在芝加哥。"

"你看到他了？"安德丽雅问道，她的声音尖锐，她现在完全清醒了。

"没有，但是……我有理由怀疑。"

"他又在杀人了吗？"

"我想是的。"

沉默。最终，安德丽雅问道："你报警了吗？"

"我明天报警。"

"好吧。你要我飞过来吗？"

"来芝加哥？"佐伊吃惊地问，"不，没必要。"

"那可能是个不错的假期呢。"安德丽雅说。

"不……没事。但谢谢你。"

"好吧，小心点，好吗？"

"好的，谢谢你和我聊了几句。"

"晚安，佐伊。"

"晚安，蕾蕾。"她挂了电话，眼盯着天花板。她希望很快就能入睡。

第四十九章

2016 年 7 月 22 日，星期五，伊利诺伊州芝加哥

"你想在去警局前弄点早餐吃吗？"泰腾问，他们正在从汽车旅馆去警局的路上。佐伊从乘客座旁的车窗向外张望。整个早晨她都显得无精打采。泰腾倒没有感到惊奇。他不能确定她昨夜究竟何时入睡，但看起来她计划好工作到深夜，她很可能没怎么睡。

他不得不佩服她：比起他曾搭档过的大多数特工她工作更勤奋，而且很有成效。找出与维罗妮卡·默里谋杀案的联系线索就是调查取证的一大胜利，为他们两人都赢得了一定程度的尊重。马丁内斯现在积极地把他们拉入调查取证中去，他原本怀疑联邦调查局有什么邪恶不法的计划，现在却淡忘了。

"嗨，"他说，"听到我说的话了吗？"

他们现在停留在三十七大街的交通灯前。交通太拥挤了，一排又一排的上班人流，汇入人类最为愚蠢的交通之舞——上下班高峰时间。一百多年前，德国工程师鲁道夫·狄赛尔发明某种令人惊异的东西，称之为"柴油机"———一种人造发动机，它能驱动有轮车辆在铺好的道路上以令人难以置信的速度飞驰。而眼下，数百万这种车辆拥挤在芝加哥的各条街上，其行驶速度连骑着三轮车的孩子都会为之感到尴尬。可怜的鲁道夫一定在其坟墓里也死不瞑目。交通堵塞状况严重啊，无论德文的"grave"怎么拼写，很可能会拼成"graven"这个词吧①，用愤怒短促的语调发音。

他摇摇头，自己的胡思乱想漫无边际了。"佐伊，"他第三次大声说，"吃早餐好吗？"

她猛然惊觉，困惑地用眼瞪着他。他开始感到担心。

"好啊，"她含混不清地说，"当然了。"

"太好了。"他微笑着。就在过了下一个交通灯的地方，有个路边小饭店，叫威尔玛饭店。那店有个蹩脚的模仿威尔玛·弗林茨通式人物②的招牌。泰腾停好车子，下了车，走进饭店。佐伊紧跟着，仅一步之遥，沉默不语。

弗林茨通式的诡异主题风格也和外面的招牌一样蹩脚。店内的装饰是粉红色墙壁，黑白方格的地板，桃红色的座椅。泰腾希望食物会比店主的店内设计手艺强一点。

---

① "grave"一词在英文里兼有"坟墓（名词）"和"严重的"（形容词）之意。"graven"是"印象深刻的"之意，源自"grave"的动词用法。发明引擎的鲁道夫已在"坟墓"，可交通堵塞状况"严重"，让人"印象深刻"。面对交通堵塞状况，泰腾巧妙地用一个词"grave"联想出诸多意思。——译注

② 威尔玛·弗林茨通（Wilma Flintstone）是美国动画片《摩登原始人》（*The Flintstones*）里的人物。——译注

他们坐下了，一个女侍者上前来，面带愉快的微笑。

"嘿，"她尖声高叫，"要点什么？"

乍一听到尖叫似的高音，泰腾不由得皱了一下眉头，这种氦气吹胀气泡般的欢乐确实也太早了点。

"有芝士蛋饼吗？"

"当然有，那是最好的——"

"太好了，"他连忙说道，"就这个，再来杯浓咖啡。"

"您要什么？"女侍者问，她的超高音对准了佐伊。

佐伊直愣愣地盯着墙壁看，显得她似乎根本没听到女侍者的话，却又不太可能。

"对不起，小姐？您要什么？我们有薄煎饼，香蕉面包，蛋奶烘饼……"

她正要背诵全部菜单呢。可泰腾头脑发涨，受不了了。"她要培根和鸡蛋，"他说道，"培根要特别酥脆，鸡蛋单煎一面。再来一杯浓咖啡。"

"好吧。"女侍者转身走了。要是她蹦蹦跳跳地去厨房下单，泰腾也不会感到吃惊。可她却是走过去的，如同正常人一般，用正常声音说话。

"她就像是电影《艾尔文和花栗鼠》[①]的极端版。"他低声说。

佐伊看着他，她的目光似乎是透过他看出去，并且透过他背后的墙壁看出去。

"怎么啦，佐伊？"他问道。

"我只是……有点走神了。"她说。

"我能看得出，"他冷淡地说了句，"为什么事走神了？"

"这个案子。"她说。她又咬了下嘴唇。现在他知道，每当她思考时，每当她不能肯定某件事的时候，她会咬嘴唇。他决定给她点时间去整理思绪。

女侍者走过来，端着两杯咖啡，放在桌子上，发出一声蝙蝠尖叫似的高音："咖啡来了。"泰腾端起咖啡喝了起来，咖啡驱散了他脑子里的疲劳和眼中的沮丧。咖啡真神奇。好几个人都对他说，他喝的咖啡太多了，对身体不好。就他而言，那些家伙只是有点心怀嫉妒和胡思乱想而已，就因为他们没喝够咖啡。

威尔玛饭店的厨房里显然有几个手脚麻利的厨师，因为他们点的东西才五分钟就放到餐桌上了。泰腾咬了一口芝士蛋饼，味道不错，他

---

① 《鼠来宝》（又名《艾尔文和花栗鼠》）(Alvin and the Chipmunks) 是蒂姆·希尔 (Tim Hill) 执导的动画影片。故事讲的是在一次偶然间，一位叫戴维·塞维尔 (David Seville) 的作曲家与 3 只小花栗鼠相遇。但令戴维惊讶的是，这 3 个顽皮胡闹的小家伙不仅会说话，而且还能和声唱歌。他和这些小家伙达成协议：它们可以在他家中居住并且提供三餐还有在每晚 8 点前优先看电视的权利。自此，一系列有趣的事情便接踵而来了。——译注

很高兴。佐伊也吃了，把鸡蛋切成一片片的，叉起几片，有点心烦意乱地往嘴里一塞了事。

"好吧，有点不对头啊。"他关切地说道。

"什么？"佐伊问道。

"你吃东西的方式——平时你对待食物就像是上帝送到你盘子里的神奇东西。可眼下，你大口吞咽，好像是某种让你讨厌的东西了。和我谈谈吧。"

"就在2008年，芝加哥发生了两起谋杀案。"她说道。

"好，接着说，但请你声音轻点。"

"这两个女性都是在水中被发现，惨遭绞杀。凶手从未抓到。"

"嗯—哼。"

"我认为是同一个凶手作案的。"

泰腾皱起眉头："为什么？"

"地点都是公共场所，有大片水域。"

"这理由远远不够充分。"

"还有……我想……"

他俯身靠近她，以听得更清楚点。

"我还是个……小女孩时，我的家乡有个连环杀手，在马萨诸塞州。"

"噢。"

"没人被定罪。警方抓到一个人，他却在监牢里上吊自杀了，然后谋杀停止了。那个梅纳德城连环杀手——他们是这么称他的——也在水边抛弃的尸体上留下了东西。"

"所以你认为是相同的需要驱使着这些凶手？"

"不，"佐伊说，"我认为是同一个家伙干的。"

一阵沉默。

"佐伊，"泰腾说，"这听起来……"他寻找合适的词来描述。

"不，听着。事情是这样的，我有这么个邻居，他——"

"听起来理由有点贫乏。"他说，"你是在别的地方寻找案子的联系线索。"

他知道接下来会发生什么。她会勃然大怒，她会朝他大喊大叫，或者猛地冲出去，或者就是冷若冰霜但愤恨不已。

可让他吃惊的是，她的肩膀垂落下去。"好吧，"她说道，声音很轻，"算了。"

"等等，"他说道，"我们来谈谈这事，也许我没看清整个情况，或许你真的发现了什么，所以我们需要好好谈谈。"

"不，"她说，"没关系。"

没关系？

"佐伊——"

"我们结账走吧，"她说，她的盘子里还剩下一半呢，"要迟到了。"

第五十章

佐伊步履沉重地跟在泰腾后面向特别行动小组办公室走去，无精打采的。她正想开始摆出种种理由，说明她为何怀疑凶手就是格洛弗时，又意识到那听起来太愚蠢了，好像又回到了少女时代，试图说服她母亲和警察。她心知肚明是对的事情，可一说出口就成了一连串让人半信半疑的联系线索和曾经大声谈论过的半吊子理论。因为，从根本上来说，这都出自她的感觉。她决定闯入格洛弗家时，大多是因为她感到他的行为反常可疑，她没有任何确凿的证据。即使她在知道了他房间里有什么东西时，大多也是凭她的感觉认为她发现的东西是受害者的遗留物。而现在她感到格洛弗正在通过他们之间令人毛骨悚然的单向传话告诉她，他就是芝加哥的凶手。

但是，一旦她把这些感受大声说出来的话，很容易让人觉得她的话听起来甚至比伯恩斯坦博士的话还要值得怀疑。一段回忆涌上了她的心头——她站在梅纳德城的警察局里，竭尽全力地保持着镇静，听那个警官对她说："我能想到还有其他褐色物质也可能弄脏内衣裤的。"

绝不能让这一幕再现了，这次她必须得办成一个更有说服力的案子。

他们沿走廊走去时经过了会议室，她透过半开的门，看到马丁内斯在里面。她张望了一下，看到整个特别行动小组围坐在会议桌旁。

"佐伊，"马丁内斯看到她了，就叫了一声，"来这里，这是个快速的警情通报会。"

她招呼泰腾回来，走进了会议室，坐了下来。泰腾跟着她进来，随手关上了身后的门。

"好，"马丁内斯说道，"正如我刚才说的，我们现在有了完整的莉莉·拉莫斯的尸检报告，还有案发现场发现物的详细报告。可是我们进展极小。死因是绞杀，而喉部的切口是在死后进行的。这个切口是——"马丁内斯瞥了一眼手中的报告——"在颈总动脉上，我们发现凶手是用这个切口作为输入防腐液的入口，在切口附近有几处看来是防腐液的痕迹……我们已经把这些送去鉴定了。目前为止还没有发现尸体遭到奸污。"

佐伊设法集中精力。正如她之前就推测到的那样，这一切都表明，那个凶手试图匆忙对受害者尸体做防腐处理，甚至顾不上奸尸了。她很满意，知道警方已经使莉莉的尸体免受那种方式的玷污了。

马丁内斯再次瞥了一眼手中的报告："在受害者的背部有许多刮伤痕迹，那是因为把她拖到小巷时导致的。还有，她的两只脚后跟都有擦伤。"

"为什么？"达纳问。

"不知道。"

"如果她是从汽车的车厢里被拖出来的话，会造成这个擦伤的。"泰腾说。

每个人都看着他。

"当人们抓住尸体时，他们大多会抓住腋窝，"他说道，"如果凶手也是以这种方式把她拖出车厢的话，假定没人帮忙，她的两只脚就会猛烈撞在地上。她赤脚，所以会造成擦伤。"

马丁内斯慢慢地点了点头。"这听起来是个很有可能的解释，"他说道，"手腕处严重损伤，你们都从案发现场的照片上看到了。受害者很有可能是被铐上手铐了，而她在拼命挣扎。现在还没有毒理学的测试结果。尸检报告就这些了。"他环顾四周，"还有问题吗？"

再度陷入了沉默。

"好吧。我们来谈谈案发现场吧。现场发现了几个烟蒂，一张糖果纸，一条绳子，都已送去检测了。有许多车辆倒车进入小巷的车辙印，至少有两处是新近的车辙印。不幸的是正好下雨，但我们还是拍到了几张比较清晰的照片，我们正在进行比对匹配。还有，一旦我们有了嫌疑犯，这作为证据会很有用的。两辆车都有阔轮胎，很可能是某种货车。我们正在尝试比对匹配附近泊车的车辆轮胎痕迹，以便逐个排除。那里还有个模糊的脚印——对调查未必有用，但是，或许对法庭有用。对。现在……介绍安保摄像头的连续摄像片段调查情况，汤米？"

汤米清了清喉咙，他的眼眶通红，"我们从附近的装置里获取了某些连续摄像片段，却没有紧邻的小巷镜头。我彻底审查了连续摄像片段，但没有找到任何我在寻找的内容，这就像是在寻找……"他似乎在找一个恰当的类比。

"干草堆里的一根针？"斯科特建议说。

"不，假如我有个干草堆，里面有一根针，我会最终把针找出来。办事必须要有条理，而这更像是在干草堆里找一根干草……只是我找的这根干草有点不同，可我不知道不同在哪里。"

他的大脑很可能半死不活了，因为好几个小时盯着审视连续摄像片段。

马丁内斯咳嗽了一声："恰如其分的描述。好……我们对休伦街上怀疑关押莉莉·拉莫斯的整个地段挨家挨户地进行了调查，达纳？"

达纳点点头："休伦街上的相关地段是一点一英里长，搜查是由我和其他三个巡警负责进行。迄今为止，没看到任何与案件相关的东西。我们将原路返回对无人开门的地方搜查，希望我们会最终找到关押莉莉的场所。尽管说，这就像在干草堆里找根干草。"

马丁内斯眉毛上扬："看到了吗，汤米？你发明了一个新短语，我希望你会得意一番。好吧！本特利博士，罪犯行为特征分析方面有什么进展吗？"

这问题吓了她一跳。自从那个记者递给她那三个信封以来，对凶手的任何罪犯行为特征分析都忘在一边了。当她几乎肯定谁是凶手了，建立一个罪犯行为特征分析还有什么用呢？她只需把他和案件联系得更好就是了。可暂时，她只得皱起眉头，回想一下她最后记下的那些要点。

"他决定练习动物尸体保存技术，并且坚持做了很长时间，这个事实表明他是个条理清晰的人。当他决定要追求他的幻想时，他可不是临时起意，他事先策划，然后耐心仔细地执行计划。这源于他个性中的主要特质……"她咬了一下嘴唇。

"是什么？"马丁内斯稍等片刻就催问她了。

"对控制的痴迷。我们可以从他所做的一切事中看到这一点。他的受害者都是被捆绑着的。他保存她们尸体的方式是能够容许他任意给她们摆放姿势。他选择高风险职业的软弱受害者，把她们带到一个他能绝对控制她们的场所。甚至他的绞杀方式也有绝对控制的意味——一个套索，从后面旋转收紧，很可能他的受害者被捆绑着。没有凌乱的血迹，没有与受害者的身体接触，没有给受害者呼叫的机会……完全的控制。"

会议室里一片沉默。

"我相信此人在小孩时对自己的生活几乎没有任何控制权。当我们最终抓到他时，会发现他有个虐待他的父亲或母亲和一个生活不稳定的童年。他现在是在为自己补偿这一切。"

佐伊说完就沉默了，思考着自己说的话，她已经把他死死地盯住了。

"好吧，"马丁内斯说，"现在，正如你们中多数人已经知道的，本特利博士把这几起谋杀案与 2014 年维罗妮卡·默里谋杀案联系在一起了。达纳一旦完成了挨家挨户的调查之后，负责根据我们新近发现的事实去调查那起案件。斯科特仍然负责苏珊·沃纳的案件，设法从她的熟人里找出嫌疑犯。汤米负责安保摄像资料。梅尔核查失踪妓女——"

"什么失踪妓女？"泰腾问道。

"副局长通知我们，自昨天起有两个妓女失踪，"马丁内斯说，"蒂法尼·斯泰尔斯和安布尔·迪尤。我们要设法查证她们是否真的失踪了，如果是真的，她们可能已经成为凶手的最新受害者了。安布尔·迪尤被人看到进入了一辆深色的福特福克斯车，我们已经就此向调度发出了警报。"

佐伊清了清喉咙："我认为不太像是他干的。他几乎肯定会把目标定位在不同的人群分组上，因为他知道我们已经把重点转移到他感兴趣的妓女身上去了——"

"他未必知道，"马丁内斯说，"他可能只是认为他应该在将来注意手机。我们不能忽视这些线索。"

"照现状来看，你们已经把警力拉得太分散了，别低估此人的智力。我们在谈论的这个人自己学会了如何做尸体防腐处理，甚至还能临时凑合使用技术和改进技术——"

"谢谢你，本特利博士。我明白你所说的，但我认为我们不能忽视这些案件。梅尔，你有你的任务。任何人如果完成了自己的任务，或者只是感到有点厌烦，可以去帮汤米的忙，因为我们还有……多少小时的附近街道安保摄像资料，汤米？"

"数量巨大。"

"好吧，数量巨大的安保摄像资料。我有个会议要参加，警监和总警监都会到场，因为今天是星期五。又一个星期过去了，凶手仍然逍遥法外。看到没？我得到了真正的乐趣。"

第五十一章

哈里看了一眼时间。五点半，他真的已经给了佐伊·本特利足够的警告。他已经准备好了报道，他所需要做的是想出一个能诱惑点击的好标题。《联邦调查局罪犯行为特征分析员在案发现场收到令人恐惧的信息》，或者是《留给联邦调查局罪犯行为特征分析员的三封信，你无法相信里面是什么》，有这么一篇报道，标题几乎就说明一切了。只要发表，看着无数的读者蜂拥而至，阅读他的报道，享受着他编辑的颂歌。

只是……他脑子里的某个部分还想要更多的材料，那是最初让他走上记者之路的那个喜欢挑剔、热情洋溢的部分。那不是寻找真相——哈里从来不在乎真相——而是寻找好故事。留给罪犯行为特征分析员的神秘信封并不是个故事，甚至还不是一个场景，它没有具体内容，没有开始，也没有结尾。报道会让人们去阅读，也许点击了一两个广告，但阅读之后，他们会继续去看其他的文章，然后就忘掉了。

他想写出某种会让人们谈论的东西。

他叹了口气，试图忽视他身上天真的那个部分。最好还是抓住他能得到的东西吧！一鸟在手胜过双鸟在林。

除非那鸟在你手上撒尿，并且啄你，有些鸟还带着沙门氏菌。而那两只在林中的鸟倒是令人畏惧的鸟，但它们身披最漂亮的羽毛。

他掏出手机，给佐伊·本特利发了条短信。一分钟之后，他的手机铃响了。

"喂。"他接听了，设法听上去不那么自鸣得意。

"你不能发表那个故事。"佐伊说，她的声音听起来有点空洞，疲惫不堪。

"那就给我点更好的故事去发表，"他说道，"马上。"

一阵沉默，"我给你个非常棒的故事怎么样……一个没人会讲的故事？但你得答应先别发表，直到我同意了才发表。"

"那……看情况吧，"他说道，他的好奇心被激发起来了，"我想要听故事，但我想要个最后期限，我不能永远等待你的许可。"

"好吧。"她同意了，"离警察局不远有个店叫威尔玛饭店。你知道吗？"

"当然。"

"你能二十分钟后到那里吗？"

"给我半个小时吧，"他说，"交通堵塞。"

"在那里见。"

他只花了二十五分钟，而佐伊已经在等他了，她的面容显出一副焦急和疲倦的神色。他拉了一下对面的椅子，坐了下来。她捧着一杯咖啡，那个样子，让他不敢肯定喝咖啡聊聊是个好主意。他笑了笑，她没有报以笑脸。

双方在沉默中坐了一会儿。

"我来开始吧,"他建议说,"你打算告诉我一个令人惊奇的故事,其他人所没有的故事。"

她点了点头,两眼直瞪着他:"你不能发表,直到我——"

"直到你允许我发表,"他说,"但我们必须得协商一个最后期限,在这之前,我绝对不会让故事发表。"

"没有最后期限。"

女侍者走近他:"您需要什么?"

"就来杯咖啡吧,谢谢。"他说。

"您要卡布基诺,南瓜拿铁,还是——"

"就来杯可爱的普通咖啡吧!"

她走了。

"好吧,让我们来听故事吧。"他说。

佐伊的目光呆滞了,仿佛是集中注意力在某个遥远的记忆上:"1997年,在马萨诸塞州的梅纳德城,有个连环杀手,他先奸后杀了三个姑娘。有个嫌疑犯被逮捕了,但就在监禁期间自杀了。"

哈里点了点头,在他的笔记本上记下了。那本笔记本只是摆个样子而已,他在录音整个谈话,但写写字也能有助于他集中精力。他写下了 1997 ——梅纳德城,谋杀。

"马萨诸塞州,"他咕哝着,想起了他读到过关于佐伊的文章,"那是你成长的地方,对吗?"

"梅纳德城是我的家乡。"

他的注意力变得非常敏锐了。"好吧，"他说，"那些事发生时你才多大？"

"十四岁。"

"好，说下去吧！"

"我相信当时杀害三个姑娘的那个男子正是如今在芝加哥杀人的连环杀手。"

"殡葬人员绞杀案？"他吃惊地问道。

她撇了撇嘴，很不高兴："我讨厌那个说法。他不是殡葬人员，就是一个凶手，受他自己幻想和冲动的控制。"

"一个魔鬼。"哈里点点头。

"不，"她俯身向前，"不是魔鬼，更为糟糕，是一个人，混在我们中间。我已经研究过你了，哈里·巴里。"

当她说出哈里全名时，哈里畏缩了一下。

"你喜欢让人震惊和吊人胃口的报道，你写的报道故事里半数以上都是有关性丑闻的。"

"那可不是我喜欢的，而是我的读者喜欢。"

"没错。无论如何，你写了那些八卦文章……但你写的东西并非不值钱。你做了研究，你不落俗套，你的故事里有个令人感兴趣的视角。你很为自己的工作得意。"

"谢谢。"他谨慎地说。

"芝加哥连环杀手既不是个魔鬼，也不是怪物，他就是个心理阴暗的人，一肚子扭曲反常的性念头和对死亡的痴迷。"

"你为什么认为他就是梅纳德城的那个杀手呢？"哈里问道。

她眯起了眼睛，而哈里则交叉抱着双臂。他们之间形成了某种紧张气氛。他倒不担心，他握着所有的牌，她会给他寻求的故事。

"您的咖啡。"女侍者说着，在他面前放下了咖啡杯。

"谢谢。"

"您还要别的东西吗？我们有——"

"不，谢谢，"哈里说，"我需要的都有了。谢谢你。"

女侍者点点头，离开了。他从咖啡杯里啜了一口，看着佐伊。她的脸色冷淡。从她的姿势看，有些焦虑已然淡出，她坐得更挺直了。哈里发觉他倒有点担忧了。

他清了清喉咙，把咖啡杯放在餐桌上："你刚才正要解释——"

"仔细想想我对你说的话，"她打断了他的话，"开始做你的研究功课，过几天我会给你其余的故事。我答应你。"

"你现在就告诉我那个故事吧，否则我就根据已有的资料开始写了。"

"去写吧，我会否认一切。而你只会有一个愚蠢的故事，没人会关注，就像你已经写的那么多的蠢故事一样。"

他瞪着她。而她也瞪着眼，目光犀利，毫无通融余地。她那目光似乎可以看穿他。片刻之间，他已经信服她读懂了他脑子里的各种想法、各种恐惧，还有他的种种希望。这就是她之所以放松的原因。她观察了他的行为，他的肢体语言，他对她说话的方式，对女侍者说法的方式，还有不知怎的，她竟然知道他不会发表那个故事了。"但你的调查会——"

"正如你昨天告诉我的那样，去决定什么会损害调查那不关我的事，也不是你的事，你有鉴赏真正好故事的能力。过几天你会得到其余的部分。"

她拿出钱包，取出一张钞票，"啪"地放在桌上。"咖啡算我的。"她说罢，起身，离开了。

他看看她的背影，再看看桌上的钞票。那是一张二十美元的钞票，而他们只不过要了两杯咖啡而已。他摇了摇头，颇感兴趣。人们往往喜欢戏剧性的退场。他收起了那张钞票，再从自己的钱包里摸索出一张皱巴巴的十美元钞票，放在桌上。他的嘴巴咧开了，坏笑了一下。这里有故事，一个大故事，而其中隐藏着的是个更大的故事。

真正的故事根本无关芝加哥连环杀手，或者梅纳德城连环杀手。真正的故事就是关于佐伊·本特利的故事。

第五十二章

当佐伊坐在出租车里时，有什么东西让她警觉起来，让她神经紧张，可她却又无法伸出手指触摸到它。那似乎是深深地埋藏在脑海里的东西，正在发出微弱的警告信号，但她却不知道是要向她警告什么，或者试图让她警觉什么。她瞥了一眼出租车司机。他是自从她来到芝加哥之后所遇到的出租车司机中最好的一位，彬彬有礼，唯一的对话是问她的目的地。是不是某个有关他肢体语言的东西？某个作为多年的法医心理学家而深深地印刻在她下意识里的东西？不，不是的。

她几乎感到自己被跟踪了。她心里想到了那个记者，哈里·巴里，他很可能在他们见面后跟踪她。他会弯下腰，躲躲藏藏地跟踪她吗？

他当然会的。

她瞥了一眼后视镜，试图从后面的汽车中捕捉到他那扬扬自得的脸，但没看到。

她缺乏睡眠，自然感到忧虑，她已精疲力竭了。

"到了。"司机说。

"等我一下，"佐伊说，"只要十分钟。"

他点点头，而她则更确信，无论是什么东西触发了她的警觉，那不是他。她下了车，快步走进了索伦森管道公司。

　　店里只有克利福德·索伦森的雇员杰弗里在。一看到她，他就皱起了眉头。

　　"你好，小姐。"他说。

　　"嘿，克利福德在吗？"

　　"他过会儿回来。是关于维罗妮卡吗？"

　　"嗯……是吧。"

　　杰弗里点点头："自从你上次来这里后，他一直闷闷不乐。我希望你别再去烦他。"

　　"我很遗憾，我不会用很长时间的。"

　　"你觉得你会抓住那个家伙吗？"

　　"我不知道，我们或许会有某些线索的。"

　　"好吧！"

　　克利福德从后面的房间走进了办公室。"哦，"他说，"是你。"

　　"是啊，"佐伊带着歉意说，"我只想问你一个问题。"

　　"可以。"

　　她拿出一张打印出来的罗德·格洛弗的图像："你见过这个人吗？"

　　克利福德仔细地看看图像，皱着眉头："没有，我觉得没有。"

　　"你肯定吗？也许大约在维罗妮卡死亡前后？"

　　"你认为他是凶手吗？"

　　"我还不知道，我在追踪某些线索。"

"我见过许多人。即使我在两年前见过他，我也怀疑我是否还能记得。"

佐伊点点头，她一点也不感到吃惊。他把图像还给了她。她拿过去，就如她在丹尼尔勒那里所做的那样，她在图像纸上写下了她的手机号码，然后放在办公桌上。"我把它留在这里。如果你碰巧想起了什么，给我打电话。"

"肯定。"

就在她转身离开时，克利福德说："本特利小姐。"

"怎么了？"

"我，嗯……想告诉你一些事。你以前问过我，维罗妮卡是否在她失踪前精神紧张。"

"对啊。"佐伊说。

"她是的，我觉得她害怕。她……她对我老是出去钓鱼，夜里把她一个人扔在家里很生气。"

"她对你这么说了吗？"

"没说那么多的话。但有一次，她真的非常激动，她说苹果不会掉在远离苹果树的地方，有其父必有其子。"

佐伊眨了眨眼："她在说什么——"

"我父亲在我还是个婴儿时就离开了，那是在讽刺我一直出去。我……要是那个夜晚我没有去钓鱼……"

"别自责了，"佐伊呆板地说，"你也无法一直陪在她身旁的。"

克利福德点点头，而佐伊也知道她的话未必有用。假如他那个夜晚没出去钓鱼，维罗妮卡或许还活着。她怀疑他是否真的能摆脱这个假设。

第五十三章

　　佐伊从出租车的后座车窗看出去，望着树木间闪过的萨加纳什基湖。浑浊的湖水平静无波，映照出深蓝色的天空。夕阳正缓慢地西下，树木的影子拉长了。佐伊暗骂自己没能早点去，但她正要出发去那里时，哈里的电话抓到了她。

　　于是又一次，她去案发现场却无任何特殊的理由。一如既往，她发现自己被吸引到那个案发现场去了，仿佛站在凶手曾经站过的地方会在某种程度上赋予她洞察力，深入凶手内心进行观察。可又难以如愿。她计划去 2008 年的两起案发现场四周走走。第一个是萨加纳什基湖，帕梅拉·万斯的尸体就是在那里被发现的。接下来她会去小卡鲁默河，雪莉·瓦滕伯格的案发现场。可看到夕阳西下的景象，她意识到没有时间把两个案发现场都看过了，她会明天再去小卡鲁默河。

　　她看了一眼早些时间打印好的地图，再看看手机上谷歌地图的应用软件，就她所知，她差不多就在发现尸体的地点了。

　　"请在此停车吧。"她说。

　　"就这里停？"出租车司机的话听上去有点吃惊。

　　"是的。"

他嘴里咕哝了什么，轻轻转动方向盘，在路边停下了。

"谢谢。"她说着，在她的单肩包里翻找起钱包来。

"嗯……需要我在此等您吗？"

她不想在走向湖畔边思考时让司机看着她："不，谢谢。"

"那您怎么回去？"

她明白他的意思了，这可不是她招招手就能找到出租车的地方。全部的问题起源于她决定乘坐泰腾的车子，而不是自己去租辆车。现在她陷入困境了，只能依赖出租车司机的善意了。

"对啊，谢谢，"她说道，"就在这里等我吧。"

"您会多久回来？"

她看了看逐渐暗下来的天色："半个小时，最多了。"

他点点头，很满意。她给他信用卡，但他挥手推开了："乘车结束后再付吧。"

她谢过他，下了出租车。她小心地朝两边看了看，这条路几乎空无一人，一辆车子开过。她穿过公路，朝着草木茂密的湖畔走下去。面对着湖面，她设法想象帕梅拉·万斯被害案，那还是八年之前的事了。她的尸体旁发现了她的那只皮船。格洛弗是知道她会在那里划船的，还是他从公路上看到她了，就决定抓住这个机会呢？他也许已经和她成了朋友，甚至是和她一起划船出游。那只皮船是单人座的还是双人座的？案件档案里没有提到这一点。她在心里记下了，等她回到办公室里，她要再核对一下案发现场的照片。

　　这处的湖岸在公路上处于视野范围之内，而向西长长延伸的湖岸也是如此。但是向东的话，湖岸就越来越偏离公路了，植物也阻挡了视线。格洛弗不会在公路视野范围内强奸她，再绞杀她的，那差不多可以肯定。她转向左边，开始沿岸边走去，她和公路之间的植物越来越茂密，最后她在树叶和树枝的间隙里几乎看不到沥青公路了。湖岸线有点难以捉摸，通行不易，地面上时不时地出现灌木丛和树木。在幽暗的树影下，很难发现脚下的障碍物，她差点被一根粗粗的树根绊倒。

　　她再次朝湖面看去。没有风，水面几乎就是一个平面。落日更低了，湖水上的层层蓝色变得更深，快成黑色了。该离开了，她决定乘车回汽车旅馆，对泰腾谈谈那些信封。这个想法使她满怀忧虑。她这些年来从未对任何人提起过那些信封，但这绝对不是她可以继续保守的秘密了。

　　她转过身来，立刻惊呆了，一个男子正向她走来，他边关注着地上，边绕过一小簇灌木丛。他的步子很慢，是因为天色逐渐暗下来了吗？

　　不，他在设法无声无息地走来。

　　他离她只有十码了，草木和岸边泥泞的土壤掩盖了他的脚步声。他抬起脸来，不再看地面了。他们的目光相遇了。

　　二十年过去了，他已四十多岁，曾经瘦高的男子现在有了松弛的肚子，他的脸庞也胖了一点。相比她铭刻于心的记忆，一个少女记忆中的凶手形象，他已变得完全不同。但他的眼睛没变，那双略带孩子气的嘲讽般的眼睛，隐藏着一颗充斥着暴力的邪恶之心。他就是罗德·格洛弗。

她的两脚移动，反应快于所想。格洛弗堵住了她返回的路——她只能往前跑，但那会偏离公路更远。她跳过一簇低矮的灌木丛，浑身肌肉疲乏，但她尽力奔跑，肾上腺素冲进了她的脑子，掩盖了疲倦，唯一的信息在"怦怦"地不断跳动着。快跑，快跑，快跑。

他在她身后追赶着，一个身体沉重的男子，他步子踩得比她的步子沉重多了。她身体状况很好，他则显得不好。她回头一看，见他离她更远了，便一头扎进了树木带，朝公路奔去。

这是一条合理的路径，正确的路径。公路意味着安全，如果她能跑到公路上，回到等候着的出租车上，她就安全了。

但是她低估了树丛的密度。才冲进树丛六英尺，她就遇到了灌木丛，向左一转，差点撞上一棵树，再转向，脚下绊到了什么东西，摔倒了。她一下子辨不清方向了，才爬起来，转过身，只见他已追到她身旁，用一个生硬的东西击中了她的脸。

她挣扎着后退，大口喘着气，什么都看不见了，两眼金星乱冒，黑暗笼罩着她。好几秒之后她才发现自己躺在地上，眼看着黑暗的天空，某种冷冰冰的金属东西压在她的脖子上，她的左耳在鸣响着。

"要是你叫的话，我就割了你的喉咙，婊子。"一个刺耳的声音在她耳边说。

她沉重地呼吸着，额头上有什么黏稠的东西流淌下来了。血？怎么回事？

他用什么东西猛击了她一下，她记起来了。

一只强壮的手从她腋下紧抓着她，把她提溜起来。她开始挣扎，而那把刀在她皮肤上压得更狠了，刀刃戳破了她，她抑制着痛苦的啜泣。格洛弗割破了她颈部的一侧皮肤，刀刃割进了肌肉，更多的血流下来，滴在她肩上和胸前，浸湿了她的衬衣。

"我们再来试试吧，"他在她耳边轻声说道，他的声音邪恶，饥渴，"站起来。"

他拉了一下，她顺从了，但站立不稳，一阵恶心袭来，几乎让她窒息。刀刃从未离开过她的喉咙，格洛弗用另一只手攥紧她的手臂，往她后背拧去。

"走。"他恼怒地叫道，推她走向水面，离开了树丛，离开了公路。

她跌跌撞撞地走着，走得很慢，争取时间，同时设法透过昏昏沉沉的脑袋，透过颈部和前额扎心般的疼痛，想个自救之法。格洛弗想要带她远离公路，远离她的出租车和可能出现的目击者，去没人会看到她、没人会听到她呼救的地方。一旦被他带离公路足够远，她的命就会追随其他的几个受害者而去。这想法令她不寒而栗，不由自主地哆嗦了。即使这么微小的动作也让格洛弗紧张了，于是他压了一下刀刃。

"求你了，"她咬紧牙关说道，"我——"

"住口，"他低声说，"我这辈子已经听够了你的声音了。现在走吧。"

她又走了三小步，格洛弗一直推着她向前。她几乎失去平衡了，天旋地转，心脏"怦怦"乱响。格洛弗攥着她手臂拉着她，她的手臂被扭曲得更厉害了。她不由得小声尖叫了一下，刀光一闪，这次在她的肩膀上割得更深了。

"砍你三下，你就完了。"他说。

"你要干什么？"她低声说。

"我要你走。"他说着，又推搡了一下。

一步接着一步，他推搡着她走出了树丛的阴影。她不能让他这么带走她，她得搏斗，最好现在就死去，割喉，也不能让他带她去足够远的地方为所欲为。可她的浑身肌肉不听指挥，随着她走出一步，一步，又一步，她的脑袋在"嗡嗡"乱响。

他开始说话了，语调讥讽："没想到又见面了，佐伊。经过那么多年了，我们有那么多话要谈谈，有那么多的事要叙叙旧，对吗？你妹妹怎么样啦？还有你父母亲？"

随着她差点又要绊倒，她大脑运转起来了，对他进行分析，进行评估。他的信心在增加，他开始变得自大了。也许远离安全地点是击败他的办法，自大而又强壮的人常常会犯错。他只记得她是个矮小、虚弱的十四岁小女孩，但二十年过去了，她成长了，她学习了。她所能做的就是依赖他的自信，等待一个小小的失误机会。

"没看到我在跟踪你吗，婊子？我跟了你一天了。联邦调查局的特工都会注意到的，可你不是特工，是吗，本特利博士？"

她没回答，一直在走，可她的大脑变得敏锐了。那就是早些时候触动了她脑子里警钟的原因，他一直在跟踪她乘坐的出租车。

"拿到我的信了吗？我一看到你也在城里，就把它们留给你了，我想这是和老朋友打招呼的好办法。"

"你原本就可以打电话的。"

他笑了，笑得勉强扭曲，既熟悉又令人恐惧。然后他用力向前推搡了她一下。

她耳朵里的鸣响声渐渐消失了。她步履踉跄，更多是作秀，她的两脚疲软无力是个表演。她深深地吸了一口气，吸入了晚间清新的空气，等待着那把刀子移开哪怕一英寸的距离，等待着放开那只手臂，等待着任何事发生而改变现状。

他俯身靠近她的耳朵，他呼出的热气喷在她脸颊上："不是这儿，你知道的，是我带她去的地方，稍微远点。"

"你说谁，帕梅拉·万斯吗？"她问道。

"别装傻了，婊子，你从来不傻。我仍然还记得她在我身下呜咽，挣扎。她很强壮，佐伊，她健身了，可这帮不了她，一点也没用。"

"你要带我去同一个地方吗？"她问道。争取时间，争取更多的时间。

"没必要，"他说道，他的声音很低，更饥渴了，"这儿已经足够远了。下来。"

"什么？"

"跪下。"

"格洛弗，你要干——"

"立刻跪下，该死的！"

缓慢而仔细地，她跪下了，但她全身绷紧。没时间了，她现在得行动了。

刀子从她颈部消失了。她开始扭身，拳头攥紧，准备猛击他松弛肥胖的肚子。

随即，有什么东西套在她的脖子上，收紧了。瞬间起效，她下一口气就吸不到了。有什么东西发出了奇怪的声音。那是她的声音，她在喘息、咳嗽，试图吸入一些空气到身体里去。她的视力暗淡了，她的手指甲紧紧抓住套在她脖子上的东西，试图拉松它，拼命想要一样东西：空气。

她没有看到自己的生命在眼前一闪而过。相反，她却看到了她曾经仔细审视过的那些照片，那是她当初设法从梅纳德城警察局得到的案件档案。那些是贝思和克拉拉还有杰姬的案件档案，她们赤身裸体的尸体沉入水里，脖子上围绕着一条领带。这就是发生在她们身上的事。

血液流淌的声音在耳中响着，此外，她能听到背后的男子沉重的呼吸声。他的手指已经在扒她的拉链了，想要扯下她的裤子，他的喉咙里发出羞怒的咆哮声。她知道，只要她能集中精力，也许还能活着脱险。她有力量，而他则被欲望消耗了精力。可她没有空气，她所需要的就是呼吸。她现在嘴巴一张一合，拼命喘气，想要吸入空气。她试图抓住那只在她裤子上的手，这是他身上唯一能抓到的部分，但她什么也做不成。一切都失败了，她的手指松开，两手垂下了。

索套却松开了一点，她能吸入一小口难以置信的空气。这世界旋转着聚焦清晰了。他的手指在她的裤裆里，乱抓她的左大腿。他在对自己笑，那种她过去那些年里一直听到的发疯般高音调"咯咯"声。他有意让她吸点空气，他就想在她活着时干他想要干的事。

太自信，太自大了。

她尽力把头往后猛地仰面一顶，她想猛击他的腹部。可是相反，她却听到咔嚓声和疼痛的号叫声。原来他蹲在她背后想扒下她的裤子，而她仰面一顶正好猛击在他的鼻子上。他向后倒去，索套完全松开了，而她喘息着吸入一口气后，可以行动了。她往前一跃，没能站稳，却也足以爬开几步，翻身仰面，看看格洛弗在干什么。

他站在她的上方，脸上淌着血，目露凶光，嘴巴扭曲着，发出动物般的咆哮声。他向她扑去，狂叫着，而她则曲起一条腿的膝部，拼尽全力踢出，踢中他了……踢中了某个地方，胸部，腹部，她也说不清。可这没能阻止他。他扑到她身上了，手指收拢，攥起拳头，朝她猛击，他的拳头击中她的脸颊，疼痛迸发。

她的手抓到某个硬物——一块石头，往上一挥，石头击中他的脸庞上撞破的鼻子。他往后倒下，大声咆哮着。这次她不会再爬开了。她向前冲到他身旁，挥起另一只手，用指甲在他血肉模糊的脸上乱抓乱耙，想找到他的眼珠抠下去。

他尖叫起来，用力把她甩开了。她滚了下去，感到臀部一阵火辣辣的剧烈疼痛。她伸手一摸灼热的血肉处，感到血"突突"地在她手指缝里冒出来。是什么东西割伤了她。

那把刀子。他勒她时，刀子掉下了，而她恰好滚到了刀刃上。

她睁眼发疯似的搜寻地上，注意到了一个微光闪烁。就在那里。

她朝它跳了过去，手指紧紧抓住了刀柄。格洛弗转过眼睛瞪着她，更像是一头野兽，而不是一个人。

差不多就是真实的魔鬼。

她的手绷紧了，抓着刀子的手仍在地上，隐在草丛中。她希望他在满脸鲜血和暴怒之下，没能注意到。她假装虚弱，跌跌撞撞，疼痛得大叫，那倒是真的。她追踪着他的目光，知道他会如何动作，向哪里下手猛击。而她所要做的就是举手向前一推。

他猛然扑来，而她则持刀刺去，没意识到她多么的虚弱，多么的晕眩。她没能如愿把刀插入他的腹部，却割伤了他的大腿。

他疼痛得大叫，但他仍有力量。而她在心里估量了自己的体力，多年的训练聚成一点——恐惧。

她条件反射地告诉自己该转身，再次逃走。她现在手里有刀子了，而他的腿受伤了。她占了上风，她能逃脱的。

然而，她反而强迫自己站了起来，浑身疼痛。她那被刺伤的肩膀痛得麻木了。她站直了身子，持刀在前，扮了个鬼脸，而她的手指却死死地握着刀把子。他们之间的目光固定了。她面目狰狞，不是微笑，那是一个动物龇牙咧嘴的脸。

格洛弗犹豫了一下，接着转身逃了。

　　她在他身后追去时差点要笑出来，可她的肾上腺素开始消退了。她的脑袋一阵阵地疼痛，肩膀上火辣辣地疼，颈部被他割伤的地方刺痛着，她意识到自己仍在喘息。她的喉咙依然受伤了。她无法走动，更别提去追赶格洛弗了，眼看着他尽力依靠那条好的腿一瘸一瘸地逃走了。她迫使自己保持站立。格洛弗回头一瞥，无论他看到了什么都促使他赶快逃走。她成功地隐藏了自己的软肋。

　　一旦他从视野里消失了，她的膝盖一软，手指紧攥的刀子落下了。而她倒在地上，喉咙里发出了啜泣声，也是呻吟声。

　　她半是爬行半是跛行地往回去了。在离岸边约一百英尺处，她又绊倒了，就躺在草地上，心想：闭上眼睛，休息片刻吧！

第五十四章

泰腾在医院的候诊室里踱来踱去，数着步数。1……2……3……他数到了"13"。上次他数到"12"，而再上次数到"15"，因为有人挡住他的路了。

他搞不清楚自己在这同一块地方究竟来来回回地踱了多少步了。他记不清了，一百步？两百步？还是一千步？

油布地面上有数不清的地方擦坏了，他估计这么多年来他可不是唯一在此踱来踱去的人。这个房间已经见证过了更多的焦急和担忧，远比大多数房间在整个使用期里见到过的还要多。假如这个候诊室可以开口说话，它会说："你觉得你知道什么叫恐惧吗？让我来告诉你吧……"

他的思绪消失了，心里通常充斥着的那滑稽可笑的种种螺旋形联想消退成一片空虚。

在一个护士把他推出急救室前，他只看了佐伊一眼。她的颈部和身体都浸泡在血泊之中，她的脸上青肿苍白，就是那一瞥使他立刻陷入慌乱。那个护士答应会尽快把她的状况通知他。

然而，他在这个房间里踱来踱去，却没一个人来找他。

马丁内斯陪了他大约十分钟，然后就离开了，他说他会再来的，他想得到那个出租车司机的证词，还想去看看法医技术人员在案发现场找到的物证。

这个身材娇小却意志坚强的女人躺在手术台上显得如此无助，无法以任何方式对他叫喊或者反驳他。他的拳头攥紧了，真想猛击某个庞大的东西。在洛杉矶的家里有个沙袋，他几乎每个晚上都用它来释放工作压力。但他还没有时间在他的新公寓里吊一个沙袋。此刻，他是多么的怀念那个沙袋啊。

不知道发生了什么事真是太糟糕了！这些年来，他在人们身上看到太多次了，他们恳求他透露一丁点儿信息，问他一大堆问题，这些问题可以简单地归纳为一个词——为什么？她去萨加纳什基湖干什么？谁袭击了她？袭击者现在在哪里？

为什么？

早些时候，她显得那么闷闷不乐，那么的忧虑。那时，他以为她只是疲惫了，但现在他不能肯定了。

他坐了下来，试图清空心里的问题。他不太喜欢祈祷，但是每当他亲近的某个人遭遇危险，他发觉自己就会与上帝达成协议。那也是三年前他戒烟的原因。那时，他的搭档受到枪击——他向上帝保证过如果他的搭档能过这一关的话，他就戒烟。但那也是他没有卖掉崭新的丰田佳美车，把钱捐给教堂的原因：上帝没有帮他母亲渡过肾衰竭的难关。

现在该是和上帝达成另一个协议的时候了，他试图想想他能给上帝什么东西才能换回佐伊的命。

上帝啊，如果佐伊——

"泰腾·格雷？"

他一个急转身，急切地看着向他走来的那个护士。她眼里有一丝宽慰的神色吗？忧虑？母亲般的感情？

都没有，只有镇静。他不知道那意味着什么。

"她在恢复中，她会好起来的。"那护士说。

泰腾颤抖着呼出了一口气："我能见她吗？"

"你是她的亲人吗？"

"不是，"泰腾说着，又想了一下，掏出他的证章翻了一下，"联邦调查局。她有一些至关重要的情报，我们需要尽快知道。"

那护士噘起了嘴唇，她可不买账。"好吧，"她最终说道，语气有点冷淡，"你可以见她几分钟。等她准备好了，我会来找你的。"

泰腾点点头，满怀宽慰。

护士走了，泰腾在一张空椅子上坐下，两只手掌叠放在一起。他呼出了长长的一口气，接着又呼出了一口气。

一阵"沙沙"声，有人在他旁边坐下了，递给他一个纸杯。

"来，"马丁内斯说，"咖啡。"

泰腾感激地接过了温暖的杯子："谢谢，护士刚才说佐伊很好。"

"噢，太好了。"马丁内斯说道，语调欣慰。

"那个出租车司机说了什么？"

"她让司机载她去萨加纳什基湖，告诉他在那里停下来，"马丁内斯说，"她下了车，告诉他说她会在半个小时后回来的，然后她就去湖岸边逛了。几分钟后，一辆车在他前面停下了，一个男子下了车。"

"他说那个男子什么模样了吗？"

"非常模糊的描述。现在，警察局里正在盘问他。实际上他尽量显得不那么不通情理，他猜想佐伊去那里是为了和那个家伙找点乐趣。"

泰腾点点头。当然。

"无论如何，他等在那里。过了一会儿，他看见那个男子回来了，一瘸一瘸的。出租车司机叫他，但那男子没理他，上了车就开走了。司机着急了，就出去找佐伊，发现她就在离公路几百码的地方，昏迷了。他当时就打电话叫救护车和报警了。"

"他描述了那辆车子吗？"

"一辆白色的丰田瑞普斯，"马丁内斯说，"没看到车牌号码。"

"案发现场还有什么东西？"

"我们发现了一把刀子和一些血迹。地上有一条血迹一直延伸到那家伙停车的地方，所以，看上去佐伊也刺伤了他。"

泰腾点点头。

"听着，特工……之前我问过你，为什么她去那里？"

"我不知道，"泰腾疲倦地回答，"我发誓我不知道。"

"她事先没有对你谈过？"

"没有。"

"没有提到过萨加纳什基湖？"

"没有。"

"泰腾·格雷？"那个护士又走向他了，"请跟我来。"

泰腾站了起来，马丁内斯也站了起来。

"很抱歉，"护士对马丁内斯说，"只有——"

他亮出了他的证章。"芝加哥警察局，"他说道，"我需要和——"

护士翻了翻眼睛："好吧！跟我来。"

她带着他们沿着一条窄小的走廊，来到一间白色的小病房。佐伊正躺在一张病床上，看上去眩晕无力的样子。泰腾攥紧了拳头，逐一看看她颈部的绷带，她被打得青肿的眼睛，额头上紫色的挫伤。

"格雷特工，"她说道，语调有点迟缓，"马丁内斯警督……"

一时间，泰腾以为她要感谢他们来看望她，或者让他们放心，她没事。

"罗德·格洛弗，"她说，"这是他的名字。"

他眨了眨眼，好一会才思考起这个名字。

"那是袭击你的男子的名字吗？"马丁内斯问道，他的嗓音尖锐。

"是的，他从警察局就开始跟踪我了。"

她的声音沙哑，似乎说话很艰难。她的颈部绷带没能遮盖住的地方露出了挫伤，她被勒过脖子。

"罗德·格洛弗是谁？"马丁内斯问道。

"他是个连环杀手。我认为他就是对那些受害女性进行尸体防腐处理的人。"

"你怎么认识他的？"

她沉默了片刻，两眼慢慢地闭了一下，"他在梅纳德城杀害了三个女性，很久以前。"

"在1997年。"泰腾说，感到一阵恶心。

"对。"

马丁内斯看看他："那么你真的知道？"

"我……"泰腾迟疑了一下，他不敢肯定他所知道的，"我觉得她曾经想告诉我的。"

"你为什么要去萨加纳什基湖？"马丁内斯问道。

"因为我想去看看帕梅拉·万斯遇害的地方。"

"帕梅拉·万斯是谁？"马丁内斯和泰腾问道，几乎异口同声。

"另一个受害者。"她显然正在失去眼睛聚焦能力，眼皮不断地抖动着。

"好了。"那护士闯了进来，"够了，你们可以明天上午再来和她谈谈。"

泰腾拖着脚步出了病房，两脚上仿佛拖着几车子的石块。她告诉过他有关格洛弗的事，但他没去理睬。他多次对她的话不太相信，所以，她只得独自去核实情况。结果，这几乎让她遇害了，是他的过错。

"格雷特工。"马丁内斯在他背后叫他，语调尖锐冰冷。

他停住了，转过身去："怎么？"

"你说你对此一无所知。"

"我不知道……她开始告诉过我此事，有个连环杀手在她成长的城镇杀害了三个姑娘，可我没听进去。"

"而她没告诉我们，"马丁内斯说，"结果她受伤了。"

"是啊。"

"告诉我你究竟还知道什么。"

泰腾就对他说了他所记得的和佐伊的那些讨论，在餐馆里说的，可不是很多。

"好吧，"马丁内斯说，"我明天会再来向她问问清楚。从现在起，你们两人不再是这个案件的成员了。"

"什么？"泰腾震惊地问，"但我们——"

"你自己在进行调查，果然就像我认为的那样，你这么做了。本特利博士又让自己差点送命，而这部分原因是你们没能早点共享情报。"

"等一下——"

"我们就此结束，特工。明天再谈吧！"

第五十五章

2016 年 7 月 25 日，星期一，弗吉尼亚州匡提科

当他们在星期一上午一起走进曼卡索办公室时，佐伊不记得曼卡索曾有过如此盛怒的模样。部门主管呼吸稳定，从她鼻孔吸入空气，缓慢地呼出，看着他们两人，一言不发。佐伊几乎可以肯定曼卡索在暗中盘算，她很想知道究竟盘算到什么程度了。

他们两人都坐在曼卡索的办公桌前。泰腾坐在右手的椅子上，颇似被判刑犯人的坐姿，他脸上罩上了一层赎罪感混合着蔑视的神色，一条巧妙的诡计。佐伊坐在他的左面，随着她臀部缝过针的肌肤一阵阵的疼痛，脸部肌肉一抽一抽的。她得了轻微的脑震荡，颈部也缝了针，而她肩膀上的伤口则愈合了。她的眼睛还是非常青肿。每当她动作过猛，全身各处都会立刻开始疼痛。昨夜，就在他们要坐飞机离开芝加哥时，有个女士在机场走近了她，递给她一页传单：被虐待妇女保护所。她还对泰腾瞪了一眼，很可能认为他是佐伊的配偶。

"好吧，"曼卡索说道，她的语气克制慎重，"我刚阅读了你们两人发给我的大量报告，还有马丁内斯警督的一封简短、愤怒的电子邮件，以及芝加哥警察局总警监的一行字电子邮件。"

佐伊目光下垂，看着自己的手掌。她的报告长而无味，叙述了她搅乱的各个方面。但没有把她的怀疑告诉警方或者她的同事，没有告诉他们有关在案发现场留下的三个信封，独自去案发现场勘查，没有注意到被跟踪。这些都是格洛弗设法消失得无影无踪的原因。

"芝加哥警方和联邦调查局都同意就这次破案大失败对新闻界只字不提，因为公众对这个凶手高度紧张，我们想给公众一个能胜任工作的印象。"

泰腾清了清喉咙，看起来似乎想说什么，但曼卡索扬起了眉毛，突出了无限的威严。他就闭口不言了。

"当然，负责的警督和我都有兴趣知道，为什么你们对涉及这个案件的至关重要的情况保留不说，你们的报告里都没有对这个做法解释任何理由。"

佐伊局促不安地扭动了一下："我——"

"这个情况起初显得牵强附会，"泰腾说道，声音平稳，"本特利博士开始对我谈起过这一点，但我让她确信，她的推测没有价值。回想起来，我原本就该全力配合芝加哥警方。"

"等等，"佐伊说，"那不是——"

"太对了，你本该如此！"曼卡索重重地捶了一下办公桌，她背后鱼缸里的鱼吓得四下乱窜，拼命想找个安全之处，"我告诉你，格雷特工，在这个部门里，你那种牛仔式的行为行不通。"

佐伊想打断她的话："主管，那是我——"

"对不起，主管，"泰腾说道，他的声音之响足以盖过佐伊的声音，"我认为最好我还是回避这个案件吧！"

"没有该死的案件了！"她差不多要叫喊了，"芝加哥警方再也不想要我们帮忙了，马丁内斯警督对此说得很清楚。"

"但我们已经取得了那么多的进展，"佐伊不假思索地脱口而出，"我们能——"

"你就待在家里休病假吧，而不是在这里露面。"曼卡索说，她黑色眼睛里的目光集中在佐伊身上，"这次会议之后，我要你直接回家，如果我在下星期之前再看到你，我就解雇你。"

佐伊的眼睛眯了起来。这个威胁应该是恐吓她服从，但恰恰相反，这让她感到愤怒："主管，罗德·格洛弗是——"

"现在我再也不想听了。"曼卡索说。她疲倦地坐下了，筋疲力尽了。"滚出去，你们两人！"

泰腾站起来，离开了。

佐伊迟疑了一下，然后说，"格雷特工没有——"

"我没眼瞎，佐伊，"曼卡索说，声音放低了，"我清楚刚才在此发生的事，我也知道格雷干了什么和没干什么。现在滚吧！"

她离开了，随手关上了身后的门。她向泰腾追过去，这么一来，身上缝针之处也疼痛起来了："泰腾。"

他转过身来，对她勉强地一笑："哦，还没那么糟糕。"

"你为什么要对她说都是你的错？"佐伊问道，愤怒至极，"我是那个独自去案发现场的人，我是那个没有对马丁内斯说出一切的人，那是我的过错。"

"对，是的。"泰腾说着，交叉着抱起双臂，"那又怎样？"

佐伊瞪着他，她原本期望他会争辩几句的。但话又说回来了，那还真是她的过错。"你已经是个出了名的问题特工了，如果——"

"我是个问题特工，可档案里还有些好评呢。"他说，"你只是个平民顾问，却占据了一个许多人认为应该由特工占据的位置。你觉得谁更会遭到解雇？"

"曼卡索不会——"

"曼卡索压力巨大，"泰腾说，"我不知道她会干什么或者不会干什么。不管怎么说，你尝试着想告诉我，我本该听听。尽管如此，该死的，我希望你真该再努力一点。"

"是的。"佐伊说。她的脑袋又开始疼痛了，她肩膀下垂，"我想我要回家了。"

"要我送你吗？"

"不，谢谢。我就坐出租车吧！"

当佐伊走进她的公寓时，一种无形的重量拖着她下坠。她关上了门，然后注视着它好几秒钟，心中一片茫然。她不能肯定这一天其余时间里她计划做什么，甚至不能肯定接下来的十分钟里她该做什么。事实上，过去的七十二小时大多是由一些小行动构成的，一个接着一个。那倒是容易了，因为在大多数的时间里，有医生或者护士来告诉她，该去哪里走走，什么时间吃饭，什么时间睡觉。后来，是泰腾温柔地带着她去了机场，上了飞机。而那个上午，她回去工作，因为……在那里还能做什么呢？

曼卡索把事情挑明了，她不想在那个星期里让佐伊待在办公室里。佐伊不知道是否真的因为她有病假，或者还是因为曼卡索希望人们会忘记此次芝加哥的大失败。泰腾说得对吗？曼卡索真的会解雇她吗？总会有某种结束吧！罗德·格洛弗是那个促使佐伊转向法医心理学的人，而他也会是那个结束她短命职业生涯的人，那个浑蛋居然对她的生活产生那么大的控制能耐。

想到这里，简直让她感到恶心，她磕磕绊绊地走到浴室，一下子把胃里仅存的一点食物都吐了个干净。然后，既然自己已经在浴室了，她觉得不妨冲淋一下吧！她在半夜到家时冲洗过了，早晨工作前又冲洗过了，但再来一次也无妨。

她脱掉衣服，扔在浴室墙角里，打开水龙头，调到合适的温度。随着温水流过背部和颈部，感觉很好，尽管水冲在受伤的肩膀上有点刺痛。她抓起肥皂，开始彻底清洗全身。

片刻之后，她意识到自己在身上同一处反复擦洗，腹部下方，左大腿上方。

她依然能感受到格洛弗的手指在那里乱抓，想要拉扯她衣服上的拉链，他的手掌还伸进了她的内裤，刮擦着她的大腿。她深深地吸了口气，设法让自己剧烈跳动的脉搏镇静下来。她自己是个心理学家，知道袭击她的各种症状只是一个短暂的焦虑而已，没必要为此失去冷静。她放下了肥皂，用洗发露洗过头发。当她的手擦过额头上青肿处时，不由得抽搐了一下。在洗好头发后，她眼睛盯着淋浴间里的瓷砖，深深地呼吸着。

半小时后，安德丽雅拉开浴室门时，佐伊还在淋浴间里，坐在地上啜泣着，水哗哗地流着。安德丽雅冲到她身旁，关掉了水龙头。随后她无助地踌躇着不知该怎么办，最后给佐伊拿了条毛巾。

"来吧。"她说着，扶佐伊站了起来，用毛巾裹着佐伊，开始替她擦干。

"我自己会擦的。"佐伊生气地朝地上吐了口水。安德丽雅后退一步，等待着。

"你出去等吧，好吗？"佐伊问说，妹妹脸上忧虑的神色让她烦恼。

安德丽雅说道："我去做午饭，你为什么不躺会儿呢？"

"好的。"

她在淋浴地毯上蹭了蹭脚，然后走回自己的卧室，关上了房门。她恨自己，居然让安德丽雅发现了自己这副模样。她擦干了身体之后，躺在床上，拉过毯子盖在身上，她会过一会儿再穿衣服。

她的床缓慢地温暖起来了，躺在床上有一种温馨舒适的感觉。床单是从她波士顿的公寓带来的，那地方感觉就像是家。不像在这个公寓里，她几乎很少待。她在波士顿最幸福了。哦，也许确切地说不是幸福，而是心满意足。为什么她要搬到这儿来？她在此地没熟人，她的大多数同事都厌恶她，而安德丽雅也不喜欢戴尔市。也许她们还是搬回波士顿吧，她可以尝试开个私人诊所，或者去学校工作。

卧室门打开了。

"你把鸡蛋放哪里了？"安德丽雅问道。

"冰箱里。"

"那里没鸡蛋。"

"那么，我想是鸡蛋吃完了吧！"

安德丽雅叹了口气，关上了房门。

佐伊闭上了眼睛，她很想睡一觉。在飞机上她没睡，然后只睡了两三小时就去上班了。难道那不是她应该做的吗？休息。

然而，她却起身下了床，在壁橱里翻腾了一番，找出一件长袖衬衣，一条宽松长运动裤。那衬衣原本是白色的，可佐伊一不小心，把它和一条红色的连衣裙放在一起洗了，现在成了褪了色的粉红色。一条内裤，没胸罩，管他呢。然后，她穿上了裤子和衬衣，轻手轻脚地走出卧室。安德丽雅在厨房里，切剁着蔬菜做个沙拉，煤气炉上煎着一个蛋卷。

"我还以为没鸡蛋了呢。"佐伊咕哝着。

"是没了。我从你邻居那里借了四个鸡蛋。她真好。"

"我甚至都不记得她的长相了。"佐伊说着，坐下了，"我想我只见过她两次。"

"是吗？哦……"安德丽雅说。她把煎锅从煤气炉上拿下来，把蛋卷分到两个盘子里。她递给佐伊一个盘子，把另一个盘子放到餐桌对面，给她自己。

"谢谢了。"佐伊说。早餐看起来令人惊奇。安德丽雅煎蛋卷时放上了罗勒作为调料，再撒上一些切达干酪。蛋卷旁边放了一大块奶油干酪，还有一份不错的沙拉。

"你该买橄榄油的，"安德丽雅说，"那会让沙拉味道更好点。"

佐伊切了一块蛋卷，用叉子叉上，再加了点奶油干酪，吃了起来，闭上眼睛，用鼻子吸着气味。热鸡蛋和凉干酪在她舌尖上搅合在一起，味道太棒了。

"哈，味道太好啦。"她含糊地说着，嘴巴里塞满了食物。

"你上一次正常吃饭是什么时候？"安德丽雅问道。

她早饭几乎没吃什么，只是在机场吃了点没啥味道的东西。而在那之前，有两天是在医院里吃的饭。"很久以前了。"

"下次你想在淋浴间里哭的时候，也许先吃一口东西会好点。"安德丽雅建议说。

佐伊流泪了。

"对不起，"安德丽雅脱口而出，"我在开玩笑呢。你可以哭。噢，该死的，别听我的，我笨嘴拙舌的。"

佐伊又很快地咬了一口蛋卷，味道与泪水混合着进入她的喉咙。

她叉了点蔬菜，吃下了。慢慢地，她控制住了自己。安德丽雅正集中心思在她的盘子上，一言不发。佐伊清了清喉咙。

"冰箱里有苏打水，"她说，"帮我拿一下，好吗？"

她身上还疼痛着，她知道叫安德丽雅帮忙会让妹妹镇静下来，双赢。安德丽雅从她椅子上"腾"地站起来，赶忙去给佐伊拿苏打水。

她感激地喝了起来，然后又咬了一口蛋卷。生活开始好转了，早些时候的绝望一扫而光——或者说，至少是极大地消退了。感谢上帝的食物。

"如果你想谈谈在芝加哥发生了什么事，你知道你可以对我说的。"安德丽雅说。

是妹妹从机场接她回来的。当她看见佐伊的模样时差点吓晕了。她问佐伊发生了什么事，可佐伊摇摇头，说她不能谈。那倒是真的，尽管未必是机密，只是时机还不成熟，不能谈论。

可是现在，休息了一阵，她觉得对安德丽雅说说可能会好一点。于是，她就说起了格洛弗这些年一直给她寄送的那些信封，他近来如何杀了多人，他们如何遇到了，她的手指如何抠住脖子上的套索，拼命想呼吸时，他的手指在她身上乱抓乱刮……

但安德丽雅有她自己的回忆，谈论这些也许会对佐伊有用，可她却不知道这会对安德丽雅产生什么影响。

"谢谢，"她说道，"很好……我只是在错误的时间去了错误的地点。我答应你这不会再发生了。"

"好吧。"安德丽雅说道，但看起来不太相信。

她们一起把剩下的东西吃完。安德丽雅大多在谈着她工作上的各种烦心事，她的轮班经理显然就是个泼妇，讨厌安德丽雅。佐伊在想为什么无论安德丽雅到哪里，哪里似乎总会有泼妇似的人冒出来讨厌安德丽雅。

终于，佐伊推开了盘子："这顿饭真是好得令人吃惊。"

"我还有一道特别的甜点给你。"安德丽雅咧嘴笑着。

"噢，谢谢，我吃饱了。"

"真的吗？"安德丽雅看着她，一副嘲讽似的失望表情，"那我估计得自己一个人吃掉士力架冰淇淋了。"

佐伊感到了一阵对妹妹的疼爱。"你是知道的，"她说，"我也许还可以再吞下一口的。"

第五十六章

　　泰腾坐在自己的车里，犹豫不决，呆滞了。他知道他应该回家，可他不敢肯定家里是否适合居住了。昨夜，他回到家，看了看起居室和卧室之后，就离开了，锁上了门。他在车子里睡了一晚，对他来说倒也不错，人们低估了汽车露营的乐趣。酸痛悸动的脖子，凌晨四点左右的冰冻刺骨，无家可归的家伙敲敲你的车窗把你惊醒……真是美好的时光，美好的时光啊。

　　早晨他给马文打电话，对他大喊大叫了好几分钟，老人耐心地听着他大发脾气。他的祖父显然是睡在一个朋友家里了，心情很好。最后，泰腾无话可说了，也没有脾气了。马文答应找个人来把家里清扫一番。看到他的长沙发被糟蹋得不成样子了，泰腾很确信，他们需要一个火焰喷射器，外加一个驱魔人，才能真的把屋子清扫干净。想想吧，请一个驱魔人带着一个火焰喷射器，足以拍一部令人敬畏的电影了，他们会称它《燃烧吧，恶魔，燃烧吧》。驱魔人将由多米尼克·珀塞尔[①]来出演，那是毋庸置疑的。

---

① 　多米尼克·珀塞尔（Dominic Purcell），1970 年 2 月 17 日生，美国影视演员。因出演美剧《越狱》（*Prison Break*）中的林肯·巴罗斯（Lincoln Burrows）而成名，并凭此角色获得澳大利亚电影学院最佳男演员奖。——译注

他叹了口气，注视着。他没待在家里的真正原因是他的担忧。他已经和佐伊在一起工作了整整一个星期，而尽管这位心理学家可能遭受了令人难以置信的挫折，他却越来越觉得与她为伴很有意思。可自从她出了意外之后，就和她有点……生疏了。他滚屏翻动通信录，找到了她的名字，拨了电话。

三声铃响之后，她接听了。

"喂？"

"佐伊，我是泰腾。"

"哦，我知道，我的通信录里有你的名字。"

"对，嗯……想问问你现在好吗？"

"我很好。"

"你的臀部怎样了？那些缝针——"

"我很好，泰腾，谢谢你打电话。"

"等等。"他有点沮丧地敲敲方向盘，"听着，我希望可以顺便来拜访一下。"

"为什么？"

"看看你是否很好。"

"我刚说了我很好。"

"瞧……那会让我晚上更容易睡个好觉，好吗？"

一阵沉默。"好吧，"她说，"我住在戴尔市的森林公寓，在——"

"我知道在哪里，"泰腾说着，瞥了一眼车窗外的一个标志——戴尔市森林公寓，"我就在附近，我只要五分钟就到了。"

"好吧。"她说。她说了公寓的门牌号码，就挂了。

他耐心地等待了四分钟。没必要让佐伊知道他已经有了她的住址。然后，他下了车，走向她的公寓。

一个有着一双富有魅力的绿眼睛黑发年轻姑娘为他打开了门。

"哦，您好，"她说，微笑着，一只眼眉上扬，"您一定是泰腾吧。"

她太像佐伊了。"那么你是安德丽雅吧。"他说。

"请进。"她说，又从头到脚地打量了他一番。泰腾觉得自己被物化了。他的脸蛋很英俊，真该死。

他走了进去，一眼就看清了不大的起居室。佐伊坐在一张长沙发上，膝盖上摊开放着一个棕色的档案文件夹。她看着档案内容，皱起了眉头，抬起眼睛恰好遇到了他的目光。他看到了她青肿的眼睛，额头上紫色的挫伤，脖子上黑色的缝线，他感到一阵心痛。她的眼睛里布满了血丝，显得疲倦。泰腾自认为比较开明——属于"去吧，女强人"之类的人——可看到她这副模样，他真想把她拉进自己的臂弯里，搂着她，然后去狠狠揍扁干了这一切的那个家伙。

她的尖锐眼神却让他明白，假如他想要搂抱她，她会咬掉他的脸。他清了清喉咙。

"嘿，很高兴看到你，"——他搜寻着一个让人高兴的词——"能坐起来了。"

仿佛是想惹他不高兴似的，她站了起来，但脸部却不由得抽搐了一下。"很高兴你能顺便来看我。"她说，"要喝点什么？"

"哦……"

"我给你来杯咖啡吧。"安德丽雅说。

佐伊转向她妹妹："安德丽雅，我能——"

"你需要坐着或躺下。"安德丽雅说，这口吻和他在整个星期里听到佐伊说话的口吻同样固执。这让他笑了。

"要什么？"佐伊问道。

"什么都不要。"他坦率地说。

她坐下了，把档案文件夹放到咖啡桌上，靠近一沓相似的档案文件夹和一些散乱的纸张。

"那是什么？"他问道，"我想你不该工作。"

"噢，既然我们不再被指派去参与芝加哥的案件，这不是工作，"佐伊说，"我想这只是业余爱好。"

他坐在另一张长沙发上，拿起一个档案文件夹，翻开了。那是一个案件档案，所有的文件都是复印的。纸张因年代久远而发黄了，打印的案发现场照片显出颗粒状质地。有一张广角摄影，是一个赤身裸体的女性，躺在看上去像是池塘的水里，受害者的姓名是杰姬·特勒。

"这也是罗德·格洛弗谋杀的一个受害者吧？"他问道，浏览着细节。

"这取决于你问谁，"佐伊说道，"那是自1997年起梅纳德城连环杀手谋杀的三个受害者中的一人。假如你问警方，他们要么会说那是悬案，要么就声称是一个名叫曼尼·安德森的少年干的。这么说很容易，因为他已经死了。"

泰腾点点头，查阅了其余的档案，他瞥了佐伊一眼："你还有芝加哥谋杀案的副本吧？"

"对啊。"

安德丽雅走进起居室时，泰腾正在阅读另一份梅纳德城案件档案。她递给了他一杯咖啡。

"好了，"她说，"我去睡了，今晚我要当班。我睡一下就会回来的。"

佐伊瞥了她一眼："你不必——"

"我就在家里睡会儿，你也许会需要我的，这没什么好讨论的，"安德丽雅说，"再见，泰腾，见到你很高兴。"

她关上了门，声音很响。

泰腾放下了档案文件夹，看着桌上散乱的纸张，它们都是手写的，有些看起来年久了，有些很新。他俯身拿起一张，佐伊差不多要扑向这些纸张了，她伸手"啪"地按住了纸张。

"私人物品。"她说。

"是吗？"泰腾镇静地问道，他大概知道这些是什么了。"我看到过你在给芝加哥连环杀手做罪犯行为特征分析时写笔记，那些纸张看起来就像是这类笔记吧。"

"我把罪犯行为特征分析都写进报告里了。"她尖锐地说。

"是啊。"他点点头，"但这是原始材料吧。"

"所以呢？"

"我想看看。"他说。

"不行。"

他叹了口气："佐伊，我们在一起追踪这个家伙，所有的事都泡汤了，唯一的原因就是你没有告诉我你知道一切。"

她的嘴巴抿成一条薄薄的线条，快成平面形状了。

"听着，"他说，语调柔软了，"我承认我过去真的对你没有多少信心……在专业上。但是，你在过去的这个星期里的工作让我大开眼界，你有真才实学，你看待案发现场的方式是我从来都做不到的。"

她的脸色缓和了，眼睛睁大了。

"但是，你也会犯错，"他说，"请你和我分享你的笔记好吗？我们可以一起讨论。我答应你，我不会对任何人说这些笔记的，好吗？"

她迟疑了片刻，然后把她的手从这些纸张上挪开了。"这是芝加哥连环杀手。"她指指三张纸，"而那些——"她指指其余的纸张，有些发黄了的或者皱起来了的，"是我过去对罗德·格洛弗所做的罪犯行为特征分析的笔记。好多年了。"

他翻阅着这些陈旧的纸张，直到他看到一张似乎是最陈旧的纸，那是写在从螺旋夹笔记本上撕下的纸片上的，那页纸上她的笔迹更为圆润，纸张的底部还有猫咪涂鸦。

他扫了一眼。有些句子下画了几条线，比如有关失火和见到萨拉·米歇尔·盖勒的谎言。她还在"杜兰特池塘"的字样上画了几次圆圈。底部有一行字是"灰色领带"！！！

"那是我十四岁时写的。"佐伊说。她显得有点不太自在，就像一个人的私密诗歌被某人第一次读到似的，"我保存它大多……由于情感的价值。"

"回想起了在昔日的天真岁月里追寻连环杀手的好时光了吧？"

"这是个错误。给我——"

"对不起，"他匆忙说，"我不是有意讽刺的，对不起。"

她就随他去了，让他去阅读那些无异于流水账般枯燥的东西。没时间开白痴般的玩笑了，他开始阅读其他的纸页，困惑也逐渐解开了。

"我没弄懂这一点，"他说，"你写了这些是为了分析罗德·格洛弗，有些已经是十多年前的了。但我看到你提到信封里装的领带，那么，那是——"

她突然站了起来，走开了。"在这里等着。"她说，头也不回地走进另一个房间，然后某个似乎是抽屉的东西被拉开了。她回来了，拿着一沓褐色信封。她把它们扔在桌子上。有两只信封滑到地上去了，他捡了起来，打开了其中的一个信封，朝里看看。

一条灰色领带。

他再查看了另两只信封，里面都是灰色领带。有些信封看起来很陈旧了，有些新一点。它们都是邮寄过来的，一个寄到梅纳德城，有几个寄到哈佛大学，随后又有寄到波士顿的两处不同的地址。最上面的那个信封，掉在地上的两个中的一个，是寄到戴尔市森林公寓的。所有的信封上都有佐伊的名字。

"这里有十一只信封了。"泰腾说着，目瞪口呆。

"他寄了十四只。"她说，声音坚定，富有挑战意味，"我把第一只交给了梅纳德城的警察，可他们什么都没做。当我开始为联邦调查局工作时，我交给主管的特工一只，她差点停止和我一起共事，因为她觉得我纠缠于某些少女时代的往事。我烧掉了第三只信封。然后，我开始收藏这些信封了，我几次尝试过核查指纹和 DNA，但没有结果。"

"而每只信封里都有一条灰色领带吗？"他问道。

"是的。"她尖锐地说，然后她平静地补充说，"有些还有图画呢。画的是我……受到蹂躏时的样子。格洛弗是个相当好的艺术家呢。我，哼……把它们扔掉了。"

泰腾极力克制着自己又想拥抱她的冲动。

"你没法对曼卡索说这些事。"她说，她的声调冰冷，单调，但其背后是一种绝望，"我不再向警方报告这些事了，因为没人认真对待。"

凭他对佐伊的足够了解，泰腾意识到她最痛恨的莫过于别人不认真对待她。

"好吧。"他慢慢地说，"所以……罗德·格洛弗似乎一直在纠缠你，为什么？"

"简单地说，是因为我怀疑了他，闯入他家里，发现了他藏匿的受害者遗物，还有向警方告发了他。"佐伊说。

"我倒很乐意花几分钟时间听听详细的情况。但如果真是那样，警察为什么不逮捕他？"

"他们不相信我的话。"她说着，嘴巴愤怒地扭动着，"他们认为我只是看到他的色情藏匿物时有点歇斯底里了。并且，他们已经有了一个嫌疑犯。而对最后一个谋杀案，格洛弗有了一个严密的不在场证明。"

"有多严密？"

"非常严密。他是搜寻队的成员，出去寻找第三个受害者，她就在此时被谋杀了。我爸爸在那里几次看到过他，其他人也是如此。我曾和他们中的几个人谈过。"

"那么，你如何解释这个情况呢？"

"我不知道。"佐伊无助地耸了耸肩，"也许还有另一个凶手，也许他偷偷地离开了搜寻队，杀害了她，再返回。假如警方仔细调查，他们本来能找出原因的。"

"好吧。"泰腾说，"现在我想听听完整的故事，不是一句话的摘要。你怎么认识罗德·格洛弗的？还有在芝加哥究竟发生了什么事？"

她把一切都告诉了他。而当她说到她还是个十四岁女孩时，她是如何牵涉到这个连环杀手时，他听着，感到难以置信，那几乎是超现实的事……可这个女子却是言之有理。她概要地提及了在芝加哥遇袭之前发生的事。他点点头。

"好吧。"泰腾说道，"还有一个问题：为什么你认为罗德·格洛弗就是在芝加哥杀害这些妇女并对她们做尸体防腐处理的人？"

"什么？"她看着他，震惊了。

"我是说，我得到的是表面上的理由。他在抛尸地点留下了那些领带，他跟踪你，他试图强奸和杀害你。但是，还没有什么证据可以把尸体防腐的事和罗德·格洛弗联系起来，最后一次谋杀的特征非常不同——"

"连环杀手总是在改变他们的作案特征。"

"得了！是的，他们会改变一点，尝试新的花样，但绝不会如此急剧地改变。"

"所有的谋杀都与水有关——"

"不，不是的，"泰腾说，"格洛弗的受害者尸体都是在水里，而芝加哥的凶手是在靠近水的地方把受害者尸体摆成某种姿势。至于维罗妮卡·默里，做尸体防腐处理的连环杀手谋害的最早受害者，人们发现她的尸体时，她就没在靠近水的地方。"

"也许我错判她的情况了，她没有受到尸体防腐处理。"

"你没错判。这个凶手不在乎水，他之所以选择这些地点是因为它们在夜间无人，适合他去摆弄尸体的姿势。"

"我是对的，"她说，"罗德·格洛弗就是杀害所有这些姑娘的凶手。"

"看看你最初的犯罪行为特征分析吧！"泰腾猛然用手指抽出那张纸，"还记得吗？有条有理的？痴迷控制力？这符合你那个梅纳德城的连环杀手吗？他就只是在偏僻的地方，抓住那些在那里闲逛的少女，残忍地强奸她们，杀害她们，然后丢在同一个地点。"

她愤怒地瞪着他，而他也瞪着她，一副挑战的神色。两人的目光都没有移开。

"这是我的想法，"他最后说，"罗德·格洛弗很可能确实在2008年杀害了那三个女子。该死的，他自己承认杀了其中的一个，你没给他任何提示吧，对吗？但除此之外，他在混淆你的视听。他在新闻里看到了你，所以就去了所有这些案发现场给你留下那些信封。他决定跟踪你，也许是希望把你抓到某个小巷里去。可让他高兴的是，你直接去了他喜欢的一个地方，在那里他已经杀害了帕梅拉·万斯。而那个杀害了女性再对她们做尸体防腐处理的……我认为是另有其人。"

"你错了。"佐伊说。

"为什么？"

"因为我的直觉说你错了，"她尖锐地说，"是的，肯定。我擅长我做的事，可那不全是凭经验和推测的，有许多都与直觉有关。而我的直觉说那是格洛弗干的。"

"我要告诉你，当涉及那个心理分析部分，你的直觉不能相信。他对你有一种痴迷——这毫无疑问。但你知道吗，佐伊？你也同样痴迷他。"

"你滚吧！"

他看看她，一言不发。她的眼睛里只剩下狂怒了，一只眼睛上一圈的青肿突出了她的愤怒。

　　最终，他叹了口气，"时间不早了，"他说，"休息会儿吧，好吗？"

　　他起身离开时，她几乎坐着没动。他打开了前门，最后再看了她一眼。然后走了出去，关上了身后的门。

第五十七章

　　正当他开车经过另一个街角时，这个念头突然出现在他心里。随着他降速，一排呆板、空洞的眼睛跟着他的车子，许多声音在呼唤他，向他提供令人反感的短暂消遣，几乎免费。他从那些妇女身上再也看不到任何潜能。他现在知道她们是什么样的人了：诡计多端，满口谎言的泼妇，准备趁他一不注意就在黑暗中戳他一刀。

　　他的脚踩了一下油门，开走了，愤怒得咬紧牙关。她们没资格获得他的礼遇，他永恒的奉献，他的情感。

　　他需要某种东西。

　　他在一家俱乐部附近停了车子。一排少女站在外面，等待着获准进去。他盯着这些少女看。难道这就是他所需要的？难道他的问题是女人的年龄吗？毕竟，这些少女依然天真。有些很可能之前从来没和男子在一起过。他紧紧地握着方向盘，看着其中的一个少女，和她的同伴相比，她没有显见的刺青，几乎没有化妆，她的皮肤光滑。

　　他已经开始在酝酿一个计划。他会在外面等候着，直到她们离开俱乐部，然后他远远地跟踪她。今夜，他要么会有机会抓住她，要么他会发现她住在哪里。

假如不是她，也会有其他人的。成千上万的天真少女，她们只是在寻找一个成熟的男子——

她的朋友向他指指，于是她转过身来看看。他们的目光相遇了，随后，他朝她腼腆地笑笑。

她却朝他弹弹手指，轻蔑地扭了下脸部。他有点惊慌了，快速地踩了一下油门，东歪西倒地冲进了车流。一辆车朝他鸣喇叭，急转了一下以免撞车。他的心脏乱跳。

天真？对啊，该死的妓女。

也许根本就没有真正的爱情这玩意儿，也许他错了。一个又一个的女人，她们都让他失望了。或许他就该拉住她们过上一两个夜晚，让她们永远沉默，享受她们的陪伴，直到臭味成为一个问题为止。

这个想法很有吸引力，但他内心又抗拒它。他比这要好多了，他可不是那种落落寡欢、内心空虚的人，在约会应用软件上，左右刷屏，寻找一夜情。

他在寻求某种真实的东西，某种能填补空虚、驱走孤独感的东西。

就在这时，一个想法产生了，他在想那个想法全错了。他在寻找一个女人陪伴他未来的几年，但一个女人真的不够。在电视上看到所有这些幸福的一对对情侣之后，在现实生活里，他早该在很久之前就解决这个问题了。

一个女人就是另一个孤独的灵魂，像他一样。两个孤独的人无法相互填补对方的空虚，这种关系必然会以失望而告终。

他真正需要的是一个家。

第五十八章

泰腾回到他的寓所时十点刚过。他深深地吸了口气，像圣徒般祈祷，然后打开了门。

起居室几乎是原先的样子。有一张长沙发上出现了怪异的新污渍，电视机上部左角上有了一条三英寸长的裂缝，两棵盆栽植物神秘地失踪了。但除此之外，这地方还算整洁，昨夜泰腾看到的种种邪恶的恐怖景象大多消失了。那条鱼是这个屋子里唯一的模范公民，在鱼缸里游荡着，显得悠闲自得。在鱼缸底部，有个奇怪的东西装饰着鱼缸。泰腾近前一看，原来是一只啤酒瓶。可那条鱼显得满不在乎，所以泰腾也就随它去了。

他检查了一下他的卧室。几条床单都不见了，泰腾倒真希望是某个人烧掉了它们。有一个封闭的袋子，他几乎辨认不出来里面装的是他那双褐色的鞋子，他拿起袋子，走到厨房，把它扔进了垃圾桶。弗雷克尔坐在厨房餐桌上，眼睛里满是深深的轻蔑神色。泰腾确信它有食物和水。他想爱抚一下这只猫，可它却在不到十亿分之一秒的时间里从一只安静的猫变成了一个疯狂乱抓乱咬的魔鬼。泰腾缩回了刚刚被抓破出血的手。

"浑蛋！"他说。

弗雷克尔冲他发出了嘘嘘声，俯卧下来了，很得意地策划着它的邪恶计划而不受妨碍了。

泰腾走到马文的卧室前，敲敲门。

"嘿，马文？"他说。

他的祖父开了门，咧嘴一笑。"欢迎回家。"他说。

"谢谢清扫了这地方。"泰腾说。

"我没清扫。你疯了？你看看现在怎么样？我雇了个很不错的女人清扫了。"

"噢……考虑还算周到，那么谢谢了。"

"当然啦，好的。你要喝茶吗？"

泰腾点点头，跟着他祖父去厨房里。马文在门口站住了，看着弗雷克尔。它瞪了他一眼，眯起了眼睛。

"滚开，弗雷克尔。"泰腾厉声说道，依然为被抓伤的手而恼怒。

那只猫站了起来，伸了伸懒腰，跳下了餐桌，慢慢地走出厨房，显出一副鄙视的神色。

"这只猫很有问题。"马文说着，从碗橱里取出两只杯子。

"没错，"泰腾说，"可我注意到鱼很好。"

"是啊。"马文点点头，"我想它在新的家里很快活。那么，在芝加哥怎么样？"

"不太妙，我有点把事情搞糟了。"

"那里有某个可恶的凶手，我从报纸上读到了，他是你们调查的对象吗？"

"就是他。"

"我还读到他们派了个聪明女人和你一起。"

"报纸上说她聪明吗？"

"没有，但有一张你们两人在一个案发现场的照片，凭我的眼光判断，她很聪明。她好吗？"

泰腾朝老人瞪了一眼，但又宽慰地意识到，马文是指她对罪犯行为特征分析的能力。"她……令人难以置信，真的。"

"那么，为什么你们抓不住那家伙？"

"我们的注意力被分散了，"泰腾说道，"还有另一个连环杀手……或者说，也许他就是同一个家伙，我们还不能肯定。"

"莫非芝加哥还有出产连环杀手的传统？"

"听上去像是这么回事，嗯？"泰腾坐在厨房的餐桌旁。

马文在他面前放下了热气腾腾的杯子，然后坐在桌子另一边，喝着咖啡。"那么，"他说，"你打算去抓住那个家伙吗？"

"警方很可能会抓住他的。"泰腾心不在焉地回答，皱着眉头。他在回想佐伊告诉他的有关梅纳德城连环凶杀案的事。

"有一个地方叫梅纳德。"他说。

"听起来像是某种调味品。"

"不，那是个城镇，在马萨诸塞州。"

"从没听说过。"

"这不奇怪，那是个小城镇。"

"就像威肯堡？"马文问道，语调中透出讨厌的意味。

"是啊，我估计，也许稍微大点。我以为你喜欢威肯堡呢。"

"呸，起初那里显得很奇妙。一个平静的小城镇，那个地方每个人都互相认识，人们在街上互相打招呼。听起来很理想化的，嗯？"

"我不知道是否理想化，但听起来不错，我猜测。"

"你得明白，泰腾，在小城镇里每个人都互相认识，互相之间也会有某种看法。这些看法会坚持下去，有时还会散布出去。你和邻居小小地争论了一下，每个人都会知道了，如果你的孩子在学校里打架，这突然就成了每个人的事了。而这些事情不会远离——它们会积聚起来。我到那里时是马文·格雷，可到我离开时，我成了马文——在一镇议会上—大叫过—一次—总是—和—校长—争论的格雷。"

"这名字够长的，"泰腾说，"我爸爸也是这么个问题孩子，所以你得去和校长争论？"

"那时他是个青少年，偶尔，他有点顽固，并且他从来不会闭上嘴巴。"马文咧嘴笑了，如同他每当谈起泰腾的爸爸时总是那样地笑了起来，"他是个好孩子。但每个人都对他形成了他们自己的看法。当他长大了也从不给自己一个真正了解他的机会。"

"无罪判决之前的有罪推定，是吗？"泰腾慢慢地说着，啜饮了一口茶。

"对啊。"

泰腾看着手中的杯子。"我可能得离开一两天，"他说，"这次请别再把家里弄脏了。"

第五十九章

2016 年 7 月 27 日，星期三，马萨诸塞州梅纳德城

内森·普赖斯是梅纳德城的警察局局长，一个头发灰白的男人，有着一张饱经风霜的、红彤彤的脸。他肩膀宽阔，干瘦健壮，制服之下也显出浑身肌肉的轮廓。他警觉地打量着泰腾，满腹狐疑，这只能是来自几十年警察生涯的敏感。泰腾舒适地倚靠在一把椅子上，这椅子刻意设计得令人不适，但泰腾却毫无戒备地笑着。他累了。从华盛顿到波士顿的夜航班机几乎没给他留下睡觉的时间，可那是他能买到的最早航班了。曼卡索要他下星期就回去，所以他没时间可以浪费。

"我怎么才能帮你呢，格雷特工？"普赖斯局长问道。

"我对梅纳德城以前发生的几桩谋杀案很感兴趣。"泰腾说。

普赖斯局长点点头："我猜想你是要谈谈贝思·哈特利、杰姬·特勒和克拉拉·史密斯的几个案子吧。"

泰腾扬起一条眉毛："你怎么知道的？"

"这是个平静的城镇，格雷特工，我们没那么多的谋杀案，所以我

想你不见得是来了解 1953 年的米尔池塘谋杀案 ① 的吧！"

泰腾点点头："你当然说对了。关于所谓的梅纳德城连环杀手，我想问你几个问题。你是当年负责这个案子的警官吧？"

"没错，"普赖斯局长说，"可我们都深度参与破案了。你可以想象到的，我们可是不遗余力地试图想找到凶手的。"

直到你有了一个嫌疑犯。泰腾友善地点点头："当然，那个凶手从未被审判过——没说错吧？"

"说得对。我们的首要嫌疑犯在谋杀了克拉拉·史密斯之后的几天里就被逮捕了，可在监禁期间他自杀了。"

"然后，连环谋杀就停止了。"泰腾说着，注意到局长多么轻易地就说是那个嫌疑犯谋杀了克拉拉·史密斯。

"哦，那是自然的。"

"我能问你几个有关那个案子细节的问题吗？"泰腾问道，边从他的公文包里取出了那三个案件档案文件夹。

当局长看见泰腾打开了最上面的档案文件夹时，他的眼睛吃惊地瞪大了。最上面是克拉拉·史密斯尸体的照片。

"我……当然可以。可我不能确定是否还记得，已经将近二十年了——"

---

① "米尔池塘谋杀案"（Mill Pond murder）是早在 1953 年发生在梅纳德城的真实案件。4 个孩子的母亲莉拉·塔瑞马（Lila Taryma）失踪 7 星期后在米尔池塘发现了她的尸体。其夫安东尼·塔瑞马（Anthony Taryma）受到怀疑，但因证据不足而未被起诉。——译注

"哦，那是你调查过的唯一的谋杀案，"泰腾说道，"你肯定还能记得大多数情况吧！"

"非常可能，对。"

"好吧。那么，在你对首要嫌疑犯审讯中，发现克拉拉·史密斯遇害的那天，他在图书馆里。"

"是的，"普赖斯局长说，"我记得。"

"那么法医确定的估计死亡时间是……下午六点到七点之间。而曼尼·安德森在图书馆里一直待到四点。"

普赖斯局长伸出手来，泰腾递给了他档案文件夹。局长扫视了一下，说："是，对的。"

"可是克拉拉·史密斯自下午两点起就已经失踪了，她没有从学校回到家里去。"

"我们不知道她失踪了，"普赖斯局长说，"她只是没有回到家里，她可能去了一个朋友家。"

"她的母亲给她所有的朋友都打了电话，但没人知道她在哪里，对吗？所以，你就组织了一支搜寻队。"

局长眯起了眼睛。"你和几个人已经谈过这个案子了吧。"他说。

"是的，"泰腾说，"在电话里。但我想见见你本人。"

"我们认为发生的情况是，"局长有点恼怒地说道，"克拉拉有个男友，连她母亲也不知道。她放学后去见他了。在她回家的路上，她被曼尼·安德森暴力挟持，或者威胁。他把她带到一个偏僻的地方，在那里强奸了她，最后绞杀了她。"

"可你们从来没有找到过这个假定的男友，是吧？"泰腾问道。

"没有。"

"所以，你不能肯定从克拉拉离开学校直到估计的她死亡时间之间她究竟干了些什么事。"

"我们不能。"局长说。他改用单音节词语简略回答了，这是一个明确的迹象，表明泰腾让他心烦不已。

"好吧。"泰腾说，"再问一个问题，我就让你回去工作。我注意到说明死亡时间的法医报告上的签署日期和时间是在谋杀发生的两天之后。"

"嗯—哼。"

"但是，在贝思·哈特利和杰姬·特勒的谋杀案中，签署日期和时间仅在谋杀发生后几个小时。有什么理由说明这次拖延吗？"

"我真的说不清楚，"局长说，"也许她正好在忙——"

"在这个非常时间里？而你们所有的人都在'不遗余力'？"

"她什么时候写的书面报告又有什么关系呢？"

"我同意。"泰腾点点头，咧嘴一笑，"那只是个书面报告，对吗？"

"对，我们手上还有谋杀案调查工作呢，每个人都感到压力——"

"拼命要找个嫌疑犯。"泰腾说。

局长撇撇嘴，显然厌恶："拼命要找到凶手，格雷特工。"

"那也是，"泰腾说着，站了起来，"谢谢你花费了时间，普赖斯局长。"

局长怒目而视，不发一言，而泰腾则朝他点点头，离开了办公室。

第六十章

佐伊不得不承认，她的居家办公室已经看上去像某个她调查对象的房间了。芝加哥四个案发现场的每张照片都挂在墙上，还有 2008 年谋杀案的照片。她有一幅梅纳德城的地图和一幅芝加哥的地图，两幅地图上都标记了谋杀案的案发地点。从她有关梅纳德城连环杀手的剪贴本上拿下来的各种报道星星点点地贴满了墙面。她还购买了两块白板，上面写满了所有受害者的情况，既有梅纳德城的，也有芝加哥的，详细列出了她们的姓名、年龄、职业，还有失踪时间和失踪地点。她本想在似乎有所关联的事情上用线条连接，但还是停止了这个做法。

也许，这才是找到真正嗜好的好时光啊。

房间里有张单人床，因为安德丽雅有时会决定来她的寓所过夜。昨夜，佐伊就在这床上睡着了。早晨她一醒来就被案发现场的照片和案件档案文件夹包围了。她定了定神，就回到工作上去，试图把各个疑点联系起来，把 1997 年和 2016 年之间的空当填满。

有时，她能觉得自己的决心在减弱。她想过随手拿本书看看，或者看看无声电视。可是，随后她又想起了泰腾的脸，当时他在说，他觉得她错了。这又混合着往日的回忆：她父母亲告诉她应该别去管罗德·格洛弗。还有警察告诉她，让成年人去干侦探的事。假如当时他们中有人肯听听她的话，格洛弗早就被监禁了，以后就不会发生那些摧残生命的事了。泰腾更应该明白这一点，可他看着她的时候，他所看到的她只是一介平民，却干起一个真正特工该做的事了。

她明白自己陷入了一种思维不能自拔，她偶尔也会尝试别去把罗德·格洛弗看作是芝加哥连环杀手。她会试试，并且把他称为她心中的凶手。诸如，凶手何时劫持了克里斯塔，或者凶手需要稳定的尸体防腐液供应。但是不久，她的思绪又被拉回到格洛弗劫持了克里斯塔和格洛弗需要尸体防腐液上面去了。

她的腹部和左大腿擦伤了，现在这两处发炎了，不能碰触。但至少她不再感到格洛弗的手指碰到过她了。他的脸庞仍然在追逐着她，还有他在湖边走近她时，他那种捕食野兽般的眼神。他持刀顶着她喉部时的说话声仍在她耳边响起。跪下。这些场景忽然会在她心里快速闪现，她快要失去了思维，站立着，眼盯着如此之多的证据，一阵寒意沿着她的脊背而下。然后，她又会重新开始。

她必须把此事办对。

第六十一章

　　他能透过窗户看到她们，沐浴在厨房灯光那黄色柔和的光亮之下。那两个孩子还小，他透过玻璃窗格只能看到她们的头顶，她们的身体被屋子的墙壁挡住了。其中一个是个小女孩，边对她母亲说着什么边兴奋地跳跃着。

　　这个母亲看上去很可爱，她的美貌几乎不受生育过两个孩子的影响。他已经能想象经过他的处理，她的模样如何了，值得永恒地宠爱，兼有永久的母爱。即使眼下，她也是个好母亲，她的孩子们在周围跑来跑去。她边做着晚餐，边听着她女儿说一天里的事。

　　没有父亲。

　　他不知道整个故事，但他已经知道得足够多了。只有母亲。他已经连续两个夜晚从他的车子里观察着她们，没看到有新男友的脸出现在视野里。这女人依然单身，正如她在一个月之前那样。他能在她们自己的家里做防腐处理。

　　他迫不及待了。他考虑立刻进入她们家，但又意识到，他开错了车子。他所有的工具都在那辆厢式货车里。他轮流使用他的两辆车子，以防有人会注意到这辆奇怪的车子每天夜里都停在街上。邻居们都可能会喜欢偷窥。

不，不在今晚。但会很快，非常快就动手。

他展望着他们美妙的未来。圣诞节的夜晚在一起度过。今生第一次，他会有个理由去买棵圣诞树，装饰它，再买点礼物给孩子们。当他早晨醒来时，他们会在他吃早餐时围坐在餐桌旁。他会把他们放到床上去睡觉，给他们读读睡前的故事。他永远不会像他的父母亲。他会做个好父亲的。

他不会必须忍受痛苦，看着自己的孩子长大，成为陌生人，离开他的家去构筑他们各自的家了。不，这些孩子会永远地和他在一起，爱戴他，和他们的母亲一样。

一个女人，一个男孩，一个女孩。一个家庭，即将属于他了。

永远。

第六十二章

梅纳德城夏季的街道颇有风情，无数的树木在狭窄的道路上投下了树荫。沿街分布着各种大大的庭院，大多数精心打理过。泰腾从他租来的车子里出来，在太阳下站了好一会儿，享受着此地的宁静。最后，他觉得逍遥得差不多了，就沿着这幢房子的私人车道走去，他的车子就停在附近。这是一幢白色的房子，屋顶铺着橙红色瓦片，两个窗户，中间有一扇大门。这是泰腾曾经在孩童时代画过的那种房子式样，那很容易画，真的。用一支蓝色笔在纸页的顶部涂色——那是天空——然后用一支绿色笔把纸页的底部涂抹成草地。草地中央画个大正方形，正方形上面画个三角形，再画上两个小正方形当窗户，一个长方形当门。随你的心思再增加点花卉，色彩由你支配。噢，在纸的左上方画上一个黄色的圆形，那是太阳。这座房子几乎和泰腾画的一样左右对称，尽管是大了一点，还有些小树点缀着草地。

他敲敲门。几分钟后，一位头发灰白、戴着珍珠耳饰的老太太满面和蔼地微笑着开了门。

"找谁？"她问。

"您是福斯特医生吗？"泰腾问道。

"正是。"

他亮出了他的证章："我是联邦调查局调查部门的格雷特工。如果问您几个问题，您不会介意吧？"

"噢。"她睁大了眼睛。他料定这位女士过去从来没有在电视之外见过一个联邦调查局的特工。"有关什么呢？"

"只是对一件旧案的后续调查。"

"好吧。你要喝柠檬水吗？我刚做好了。"

喝柠檬水倒是某种会明显减少紧张的因素。但无论如何，他没想要恐吓这位和善的老太太。所以，柠檬水听起来很奇妙。

"我想来点儿。"他说着，微笑着。

她带他去了后走廊，那里有两把塑料椅子放在一张小桌子旁。他在一把椅子上坐下了，而她则进了屋。他看了看时间，离他乘坐返回航班只剩下几个小时了。他把时间安排得太紧凑了，生活在紧张之中。

福斯特医生一会儿就出来了，手拿着一大罐柠檬水和两只杯子。

"要来点饼干点心吗？"她边问，边在塑料桌上放下水罐。

凡事还得有个限度才好。"不了，谢谢您。"

她坐下了，倒好了柠檬水。"我该怎么帮你啊？"

"我在做克拉拉·史密斯谋杀案的后续调查。"他说。

"噢，"她说，"那可是很久以前的事了，她是被一个心理失常的少年杀害的。"

"真的吗？"泰腾啜饮着柠檬水，"我想没人被定过罪吧！"

"那是因为他自杀了，"福斯特说，"就是他干的，这个事实大家都知道。"

听到"事实"这个词，泰腾几乎要皱眉了。假如你周围的人都一再地重复同一件事的话，这能轻易地从怀疑转化为事实了。

"我想问问您有关您估计的死亡时间的事。"他说着，拿出了一个案件档案文件夹，看看是否拿对了。

"我希望我能够回答，毕竟很长时间了。"

"那是当然。您估计克拉拉·史密斯是死于……下午六点和七点之间。"

"如果你这么说的话。"

"但普赖斯局长告诉我，您起初认定的死亡时间还要早一点。"泰腾说道，这个谎言轻易地脱口而出了。他微笑着，又啜了一口凉柠檬水。

"嗯，是的。我记得。我起先认为时间还要早一点，但我确信我弄错了。估计死亡时间很棘手，尸体是在一个下雪天被抛入水里的，尸体很快就变凉了。"

"完全可以理解。"泰腾点点头，他的怀疑得到证实了，"那么您还记得您起初的评估吗？"

她皱起了眉头："我记不清楚了，大约在中午吧，我想。也许在下午两点吧！"

"但那不可能是对的，"泰腾说，"因为在下午一点到四点之间，曼尼·安德森还在图书馆呢，那么他就不可能杀害了她。"

"哦，就像我说的，我很快就发现我弄错了。"

"没那么快吧，福斯特医生，"泰腾说，"您花了两天时间呢。"他向她出示了那份报告。

她眼中闪过了某种东西，怀疑，精明。这个转变很神秘，如同它的出现一样，迅速消失了。

"我……真的记不清了，那是很久以前的事了。"

泰腾喝干杯子里的柠檬水。"这柠檬水真的很好。"他说，"我有个非常有趣的事实告诉您。在您估计的死亡时间里，有一个搜寻队在寻找克拉拉。在她失踪之后，人们非常担心，所以搜寻队就迅速组织起来了，而杀害克拉拉的真正凶手就在那个搜寻队里。但是，由于您的估计死亡时间，他就有了一个确凿的不在现场的证明理由了。"

福斯特医生的脸逐渐失色了。

"曼尼·安德森从未杀害过任何人，"泰腾说道，"可他却被严重怀疑。当人们受到惊吓时，他们就想找个归咎的对象。普赖斯局长——当然，他当时还不是局长——告诉你说你搞错了，你估计的死亡时间不可能是对的。或许他花了两天的时间来说服你，或许他只花了两天就证实曼尼在那个晚上没有不在场的证明。不管怎样，您修改了您的估计死亡时间，于是曼尼就能被起诉了。"

"那……那是很难确定的，外面那么冷……"

"当然。"泰腾说。

"反正谋杀停止了，那必定是安德森干的。"

泰腾叹了口气。他几乎要告诉她2008年在芝加哥发生的谋杀案了。还有曼尼·安德森的父母经历的悲痛，他们失去了唯一的儿子，然后又多年来一直尝试证明他是无辜的。但是，他保持了沉默，他的职责是抓获凶手，不是去烦扰这位制作了那么好的柠檬水的七十岁老妇。她犯了错误，但她当时吓坏了，绝望了，就像这个城镇里的其他人一样。

"您把估计死亡时间从下午两点改到了下午六点到七点之间，是吗？"

"是的。"她虚弱地说。

"当时您知道曼尼有不在现场的证明吗？"

"是的，但是——"

"谢谢您，福斯特医生。"

第六十三章

佐伊被重重的敲门声吓了一跳，非常可能是安德丽雅回来看看她的情况怎样了。妹妹毫不掩饰她对佐伊心情的担忧，唯一让安德丽雅感到放心的是佐伊的病假快要休完了，一旦她重返办公室，佐伊告诉安德丽雅说，她就很可能不再会为没指定她管的案子烦心了。她根本就不确定这会真的变成事实。她关闭了收音机，走向前门。她从窥视孔里张望一下，叹了口气，然后开了门。

泰腾站在门口，手里拿了个袋子。佐伊觉得这情形似曾相识。

"嗨。"她说。她不想让自己的声音里传递出任何的热情，可让她吃惊的是，发出的却是"见到你——太——高兴了"的声调。也许那是因为她花费了太多的时间把自己禁锢在研究之中，所以，很高兴见到另一个人类，而不是替她担忧的妹妹。

"我带来一些吃的东西，"他说，"这次不是从 7–11 便利店买的。"

"好吧，"佐伊说，"是什么呢？"

"鹰嘴豆沙。"泰腾咧嘴一笑。

"什么？"

"他们在伍德布里奇开了这家中东餐厅，向戴尔市供应。而且，每餐食物中包括了两个中东皮塔饼。"

"你可没让我觉得像个喜欢吃中东食物的家伙。"佐伊说着，让到了一边，让他进屋。

"在洛杉矶我住过的地方附近，有一家非常棒的中东餐厅。"泰腾说着，走了进去。他瞥了一眼起居室的咖啡桌，佐伊从他脸上发现了一闪而过的宽慰神色。咖啡桌上空无一物，没有散乱的研究文件。要是他走进她的居家办公室里，他会说什么呢？

"来吧。"她说着，带他进了厨房。他的时机把握得真准，她正要准备吃饭。他把袋子放在餐桌上，从中取出几个小盒子，还有一个塑料大盒子，里面装着面糊状米色鹰嘴豆泥。佐伊从冰箱里取出一瓶可口可乐，倒进两个杯子里。然后，她把餐具摆放好。皮塔饼的芳香让她的胃期待地咕咕作响，她畏缩了一下，但愿泰腾没听到。可即使他听到了，脸上也不会表现出来。

他们坐下了。佐伊把一团鹰嘴豆沙放进自己的盘子里。她撕了一块皮塔饼，在鹰嘴豆沙里蘸了个透，放进嘴里。饼很温暖，而味道——与她所习惯的那种味道大不相同——既卫生又美味。她闭起眼睛，深深地吸了口气，然后微笑了一下。

"味道很好吧，嗯？"泰腾说。他吃了一大块皮塔饼，再喝了一口可口可乐。

"太好了。"她点点头，"你说它们是被运送到戴尔市的？"

"是啊，这可真让我对这里生活的印象大为改观了，我得承认。"

佐伊给自己准备了另一块皮塔饼和鹰嘴豆沙。至少，这是他们可以谈论而无须争论的食物。

"那么，"泰腾说道，"猜一猜我这两天在哪里？"

"你不在这里吗？"

"不在。"

"那在哪里？"

"你不想猜了？"

"不那么想猜了。"

"我在梅纳德城。"泰腾说，那口吻听起来就像一个魔术师刚宣布在一个原先空空如也的帽子里有一只兔子，那语调是在期待震惊或者掌声。

"是吗？"佐伊冷淡地说。她不想给他任何满足感，尽管心里很好奇。

"那个曾经是连环杀手案首席探员的人现在成了警察局局长。"泰腾说。

"嗯－哼。"

"是的，不管怎么说，你还记得在克拉拉·史密斯谋杀案里那个罗德·格洛弗有不在现场证明的事吗？我设法破解了。"

这次佐伊忍不住惊奇地睁大了眼睛。"怎么破解的？"她追问。他是如何轻而易举地解决了她多年来苦思未果的难题的？难道他确定了一个目击证人，亲眼看见格洛弗离开搜寻队的？或许有个人身材像格洛弗，又是在黑暗里——

"你的注意力放错分析对象了，"泰腾说，"你应该对调查者进行分析。"

"你是什么意思？"她的手掌在哆嗦，她立即把手藏到桌下了。

"警方拼命想把曼尼·安德森牵涉进去，"泰腾说道，"但是在克拉拉死亡时间里他有不在现场的证明，所以，他们就说服法医，让她重新考虑估计死亡时间。"

"然后那就给了格洛弗不在现场的证明。"佐伊说着，震惊得麻木了。

"对啊。"

她怎么会忽视这一点呢？她总是从各个角度去看待的，寻找每一条裂缝，细察每一——

"你不会想到这一点的，"泰腾温和地说，"你那时才十四岁。"

他说得对。在她十四岁时，她从来不可能想到居然还有这个可能性：警方也可能胡乱摆弄证据，把某个人牵涉进去。这个想法对她来说无异于天方夜谭。虽然他们让她生气，但她还时常认为他们只是无能而已。她在十四岁时从来不会想到他们居然可能会以这种方式偏离调查工作的。那得好多年之后，她才会明白一切皆有可能。

但是一想到梅纳德城的谋杀案，她总是停留在十四岁时的思维，总是在相同的想法里翻来覆去，不断加深着固有想法留在她心里的印痕。

"我本来就该想到这一点的。"她说着，颇感受挫，"你不会知道，我在心里不知多少次翻来覆去地想这件案子的各种事实了，它本来应该是很明显了。"

"假如你当时能保持点距离，它就应该明显了。"泰腾说道，"但你不是的。这就是你的童年时代，佐伊。凶手也差点要了你的命。他不断地给你邮寄这些信封，搅乱你的思维，恐吓你——"

"我不怕。"

"是吗，被这浑蛋追踪了几年？当你收到他邮寄来的一只信封时，你真的感觉到了什么？你真的能说它没有把你拖回到那些年代里去？"

她沉默了。

"而当同样的信封在我们调查期间又出现时，你又是什么感觉？你是法医心理学家佐伊，还是十四岁高中女生佐伊？"

"我是——"她开始回答了，却又停住了。回想起那个时刻，从记者手里接过那些信封，感觉到恐惧深入她的内心。

泰腾看着她，他的眼里既有悲哀也有温情，而她真想揎他一巴掌，他太理解她的心思了。她真想让他嘲讽她，贬低她，并且告诉她，她确实是错了。她转过了身。

"该死。"她咕哝着，她的声音哽咽了。

"假如我还有不清楚的地方，"泰腾说，"我认为你在那些年前对格洛弗所做的罪犯行为特征分析非常精彩。而我相信，在这个案子上你的分析会同样精彩，你只是犯了点小错而已。"

"小错？"佐伊几乎要嗤笑了。

"你还想再试试吗？就根据我们已经掌握的情况，而且也没有罗德·格洛弗的干扰？"泰腾问道，"我是说……我知道你在休病假，但是——"

"说下去。"佐伊说着，站了起来。她走进居家办公室，转过身，她正好看到泰腾走进房间时两眼环视了一下，注意到了新的装饰品。

"我的天哪。"他咕哝了一句。

佐伊走近墙壁，伸手撕下了一张粘贴着的报道。"帮我把这些都拿下来，"她说着，又撕下了一张，"我想把这些从脑子里都清除掉。"

第六十四章

佐伊的居家办公室让泰腾觉得恍如在心理学家的大脑里走了一圈，一片混乱。他帮着她拿下所有关于梅纳德城连环杀手案和2008年芝加哥谋杀案的材料。现在只剩下了五个女尸的照片，其中三个已经做了尸体防腐处理。佐伊开始根据她觉得会有点帮助的式样，重新安排了这些照片，而泰腾则去厨房冲咖啡，他冲了一壶特浓咖啡，心里清楚这将是个漫长的夜晚。

他拿着咖啡壶和两只杯子回来了。他递给佐伊一杯热气腾腾的咖啡，她心不在焉地谢谢他，眼盯着白板。泰腾顺着她的目光看去，心里给上面的五张脸部照片排了个顺序。他自己见过其中两个受害者的尸体——克里斯塔·巴克，她被留在沙滩上，还有莉莉·拉莫斯，在她遇害之前，他们曾设法联系她。她俩的照片和其他三个女性的照片并列在一起，泰腾见此情景，情感被牵动了。这个凶手居然自由自在地在芝加哥游荡，随心所欲地杀人，而联邦调查局和警方都拿他毫无办法。他转向佐伊，等她说话。可她没吱声，他叹了口气。

"好吧，听着，"他说，"就像那个案子一样，这没用。"

"什么没用？"佐伊问道，朝他瞥了一眼。

"你把自己禁锢在自己的脑袋里，你从不尝试说出来。"

"不，我说了，我一直在对你说。"

"只有在你知道你想说什么的时候，"泰腾指出，"然后，你就极为高兴地教训我，对我说出你那些令人惊讶的结论。但是，如果你不能肯定，你就只是自己在心里思考。"

她张开了嘴，眼睛眯起，然后又闭上了嘴。泰腾手臂交叉抱着，等她说话。

"很好，"她最终说，"你想干什么？"

"嗯，你说出你在思考的问题，我贡献我的想法，也许我有不同的想法。然后——先别一口回绝我——试试随着我的想法去想想，即使我的想法很愚蠢。我把这称为'头脑风暴'。"

"别用高人一等的眼光看我，我知道什么是头脑风暴。"

泰腾咧嘴一笑。

"好吧，你先开始吧。"佐伊挑战他。

"你已经花费了几天时间，假定这个凶手就是格洛弗，但我认为我们现在都同意，那里可能还有另一个凶手，对吗？"

"是的。"

"我认为我们应该先开始看看我们已知的可能嫌疑犯，缩小范围，或许其中的一个会符合你所建立的小范围的罪犯行为特征分析。"

"我认为那不是——"

泰腾扬起一条眉毛。"先别反驳我，"他说，"随我的想法一起试试看。"

"好吧，好吧，"佐伊嘟囔着，"那么，我们先看看认识苏珊·沃纳的人，对吗？我们有她的一个前男友，她的一个残疾叔叔，一些大学的朋友……"一个想法冒了出来，"比如，也可能是丹尼尔勒的男友，对吗？他叫什么名字，瑞安？"

泰腾微笑着，欣赏她眼中闪出的新火花："再接着说吧，他符合那个分析吗？"

"他的年龄符合，他有辆厢式货车。她提到过他曾经消失了却不说在哪里，这也许意味着他另有地方居住……他是个汽车机修工，显示出许多我们正在寻找的特征。他去过苏珊的寓所，他是个很有可能的嫌疑犯。"她显然变得兴奋起来了。

"太好了。"泰腾咧嘴笑笑，"只有一点，他有不在场的证明。"

"什么样的不在场证明？"

"当所有这些动物被做了尸体防腐实验和剥制标本时，他作为交换生正在威尼斯。"

"噢，对了。"佐伊说着，情绪一落千丈，随后，她瞪眼看着泰腾，"你已经想到过所有这些了吧？"

"也许吧。"他无辜地看着她，"但是，还是值得想想其他可能的嫌疑犯吧，对吗？"

"我……这个主意不坏。"

他笑了，对这位生气的心理学家，他心里突然涌起了一股温情。

"你的想法是什么呢？想分享吗？"

她的嘴唇动了动，可没声音出来，仿佛是她在尝试这种新的谈话方式，却没成功。最后，她说出了几句话："凶杀都是凶手的幻想驱动的，对吗？所有四个最近发生的凶杀案都是。我们能看到他所实施的谋杀行为中有一个逐渐改进的弧线，虽然我们还不清楚他的目的究竟是什么。"

"对，"泰腾同意，"这看起来就像他在创造花样，把人当玩偶来玩弄。"

"对。"她又沉默了。

难道她认为他们的头脑风暴结束了？"那么，他的幻想究竟是什么？"他问道。

"这看起来像是某种权力游戏，只是他已经把她们捆绑起来了……可一旦他对她们做了尸体防腐处理，他就没法和她们发生性关系，而那又似乎像是权力的丧失，对吗？"

"我想是的。"泰腾慢吞吞地说道。

"所以，还有其他的某种东西驱使他这么做。但那又是什么呢？"

"也许他会从她们僵死不动的状态里获得性兴奋，然后手淫一番。"

"不，那不是，那不符合。"佐伊有点不耐烦地说着，咬了一下嘴唇。

泰腾清了清喉咙，这个做法并未引起反应，他得说了："头脑风暴，记得吗？"

佐伊看着他，翻了翻眼睛，"好吧！那就让我们来假定，他会从她们僵死不动的状态里获得性兴奋。为什么尸体的柔韧性那么重要呢？为什么他给她们穿上衣服，给她们戴上首饰？为什么不使用其他某种不那么复杂的保存技术，比如说，冰冻冷藏她们？"

"很好，也许他摆放她们的姿势就像他心里的某种形象或者情景。"泰腾说。

"就像什么呢？"佐伊问道，听起来她很好奇。好迹象。

"我不知道，他在那些现场说了什么？"

"什么现场？"

"最后两个案发现场？它们就像……一个故事的各种片段，对吗？在你还是个孩子的时候，你玩洋娃娃时，你会让芭比娃娃坐在她的小椅子上，在玩偶桌上放上一些小茶杯，就这样，芭比娃娃就开起她的茶会来了。"

"我从来没有玩过洋娃娃。"

泰腾扬起了一条眉毛："当真？"

"我想我有过几个洋娃娃，但我从来不玩，我把它们都送给了安德丽雅。你玩过洋娃娃吗？"

"哦……不是洋娃娃，但你知道的，我有一大群摩比世界①的人物，于是，我就会表演出各种故事，比如，它们会战斗，互相射击。然后，

---

① 摩比世界（Playmobil）是源于德国而在世界各地畅销的拼组情景玩具。成年的摩比世界人物大约7.5厘米高，模型的比例控制在1∶22.5。——译注

我拿下它们的头发，搞些人物改变——"

"为什么？"

"因为这几乎是唯一可拆卸的部分。"

"太奇怪了。"

"没有比光头的摩比世界人物更奇怪的了。它们的头是空洞的，看起来真是畸形。在某个时刻，你拿掉了所有人物的头发部分，所以你只有一大群行尸走肉般的人物——"

"说这些没什么用。"佐伊突然尖锐地插话了。

"总之，我想说的重点是当你在摆放那些洋娃娃时，你在表演你自己的故事，对吗？所以，这里的故事又是什么呢？"

他们看着那些照片。莫尼克·席尔瓦站在桥上，手放在桥栏上，注视着桥下的溪流。克里斯塔·巴克坐在沙滩上，脸埋在双手之间。

"她们都很悲伤。"佐伊说。

"对啊，克里斯塔被摆放得就像她在哭泣。"

"她们为什么悲伤？"

"也许凶手这么摆放是因为她们都死了，所以她们悲伤。"泰腾提议说。

"不……"佐伊说着，摇了摇头，"她们失踪了一段时间。你说得对，这里有全部的故事。假如她们只是因为死了才悲伤，他会在做了尸体防腐处理后就把她们扔了。可他却和她们一起待了很长时间，最后，他才扔掉她们，并把她们摆放得似乎她们很悲伤。"

"对啊。"

"她们悲伤,"佐伊缓慢地说道,"是因为他把她们扔掉了。"

"你是什么意思?"

"克里斯塔·巴克手指上有一枚戒指,"佐伊说,"是订婚戒指。"

"哦……那是枚戒指。"

"那是枚订婚戒指。苏珊·沃纳被发现时身穿晚礼服,好像是有个重要的约会。然后,当他抛弃她们时,她们就悲伤了。"

"等等——"

"他和她们有了某种关系,"佐伊说,她的眼睛盯着泰腾,闪闪发亮,"那就是所有的一切了。他对这些妇女做了尸体防腐处理,这样他就能和她们建立某种关系了。"

"什么,就像是性关系?"

"就像是完整的关系,泰腾,这与性无关。我是说,他有恋尸癖倾向,肯定有。但这关系到有个人陪伴他,在他家里。这都与孤独感有关。"

"很好。"泰腾说。她的热情并无传染性,所以他倒颇感困扰。"那么,这意味着什么呢?"

"嗯,这个凶手可能是某个从未有过成功的长久人缘关系的家伙。"佐伊说道,"他目睹了他人在恋爱,也想要恋爱。但他自己却无法办到——"

"为什么?"

"嗯，依我的想象，他痴迷于全面控制，这使得他几乎不可能与他人建立关系。他还是个古怪的人，有可能假如被害的女人活着，他无法进行性交。"

"很好，所以他挟持一个女性，绞杀了她……那么，为什么还要做尸体防腐处理呢？"

"因为他想要一个永久的关系。"

"那可真是一个疯狂的逻辑，但说得很好。然后又干了什么？把她放在他的床上？早晨他把她抱到餐室的餐桌旁？把她放在电视机前陪他？握着她的手？"

佐伊缓慢地点了点头："差不多，是的。"

"那好吧，"泰腾说，他开始去这么感受，"然后他又扔掉了她们……那又是为什么呢？"

"因为不起作用了。"

"接着说。他们会有问题吗？"

"没有。但他感觉不到她了，无论那是什么样的感觉。他又感到孤独了。她的存在不再让他感到放心了，这场演戏变得……空洞虚无了。"

泰腾的脊椎上升起了一阵寒战："所以，他再找另一个人，这是非常精神错乱的思维，佐伊。"

她耸了耸肩。

"那么，我们如何来利用这一点呢？"泰腾问道。

"我还不知道，我们知道这故事会如何收场，对吗？据推测，这凶手结束了和这女人的关系，就把她放到某个地方，再把她摆弄成她伤心的样子。"

"最为多愁善感的连环杀手。"

"没错。故事又是怎么开始的？"

"嗯，他找到一个妓女——"

"那不是开头，那像是……准备阶段。他还没有完全控制呢，对吗？故事是开始于他完成了尸体防腐处理。"

"好吧，所以，我估计他把她带到家里——"

"我要你在此打住，但这不是因为我不赞赏你的看法，好吗？"佐伊说着，尝试着鼓励性地笑笑。

泰腾一下子哈哈大笑起来："我很高兴地看到，你不愿伤我的感情。"

"我只是……手法巧妙了一点。我能想象这些事情。他完成了对她的尸体防腐处理。现在，尸体防腐处理是件棘手的事，所以，我假定他先脱掉了她大部分的衣服。还记得莉莉的尸体吗？她的颈部都是血水，但她的衬衣却大抵干净。"

"好吧，所以，他把她们揩干净，再给她们穿上衣服。但他没有给莉莉揩干净。"

"没有，他没有时间了，并且他当时惊慌失措，他没有想清楚。但是，在面对其他受害者时，我觉得你是对的。他给她们揩干净，再给她们穿上衣服……"她停住了，盯着那些照片看。

"那是什么？"

"他没有给她们穿上她们自己的衣服，他不想和一个妓女有关系，所以他会给她们穿上新衣服。"

"好吧，我想这有道理，"泰腾说，"所以，他事先买好衣服……"

"可她们的衣服都合身，泰腾，她们每个人都是。"

"所以？"

"他怎么知道该买什么尺寸的衣服呢？"

"她们都是苗条姑娘。我是说，他很可能——"

"可克里斯塔·巴克比莫尼克·席尔瓦高得多了，而莉莉不如她们那么苗条，并且这些衣服可不是廉价的通用尺寸的。对苏珊·沃纳来说，没问题——他有了她整整一个衣柜的衣服随他挑选，因为他是在她家里杀害她的。但那些妓女只有她们身上穿的衣服。"

"你是说，他带她们去购买衣服了。"泰腾慢慢地说出来。

佐伊点点头："就在杀害她们之前，她们仍然把他看作一个客人。他很可能对她们说，他想把她们打扮得漂漂亮亮地共度良宵，然后他带她们去什么地方——"

"购物商场。"

"非常可能。"

"好。"泰腾微笑着。他坐在她的笔记本电脑旁，打开了浏览器。

"你要干什么？"

"我们知道他在哪里接到莉莉的，对吗？克拉克街和格兰德街的街角，在芝加哥北河地区。"他打开了谷歌地图，找到了地点。

"对。"

"我们知道他带莉莉去了休伦街，就在……这里。"泰腾指指地图上休伦街的一个部分，"他会带莉莉在两个地点之间的沿途什么地方，对吗？要么那个店就在他杀害她的地点附近。"

"你无法确定。"佐伊说，"他也许有家他喜欢的店，在横穿芝加哥一半的什么地方。"

"说得对。但我可以猜测，对吗？假如是横穿芝加哥一半的地方，那么我们一无所知。但假如是在这条线路的途中……我们就有了确定数量的大商场。"

"那可仍然是个大数目啊，"佐伊说，但泰腾能听出来她已经为这个想法兴奋了，"但如果你猜得对的话，他很可能会去杀害她的地点附近的某个地方。"

"为什么？"

"嗯，我推测那是他对被害者进行尸体防腐处理的地方。他会感到紧张，所以更喜欢找个他熟悉的地方，某个他曾经去过多次的地方，某个他感觉他更能控制的地方。"

"你认为他总是去同一家商场？"

"我觉得非常可能，是的。"

"好。"泰腾咧嘴一笑，"那么我们来列个表吧！"

"然后呢？"

"然后我们飞回芝加哥，检查莉莉被带去的那个晚上，这些商场安全监控的资料。或许我们能发现她和那个多愁善感的连环杀手。"

"什么？你别当真。"

泰腾耸耸肩，已经在写下那些地址了："你还在休病假，我也在休假，直到下星期，你还有更好的地方去吗？"

第六十五章

2016 年 7 月 29 日，星期五，伊利诺伊州芝加哥

佐伊从不喜欢购物，但她忽然想到，或许安德丽雅会更适合这次调查，安德丽雅能一整天走进走出各个服装店找乐趣。这才是他们去的第五家服装店，可佐伊却感到自己好像已经在服装地狱里转了第十圈了。

那没什么用，他们的调查令人难以置信地乏味，毫无理由。在他们去的一家店里，安全监控录像片段已经消除了，而在另一家，经理拒绝交出来，要有搜查证才行。这个家伙已被泰腾开始称为多愁善感的连环杀手了，即使他真的去了他们列表中的某家商店，他们也可能会漏掉他的。

泰腾在和另一家商店的经理争论，这经理也拒绝交出安全监控录像片段，而佐伊则在店里走动着，深感绝望。这家商店是大型商场之一，能满足男女老幼的需要。店里有几十个聚光灯照耀着一排排的裙子、裤子、衬衣、连衣裙……佐伊尝试着想象那个多愁善感的凶手走进这家商场，挑选什么的情景。但这样的事件发生顺序不太可能。他非常可能就和那些缺乏耐心的丈夫和男友站在一边，让那个妓女自己去挑选。但还得说，他不太可能给那个妓女如此大的自由。或许她全弄错了，或许他没有去商场——

她的眼睛注意到了一个人体模特，它穿的衬衫正是莉莉被发现时穿的那种。

她慢慢地向人体模特走去，几乎好像有点怕把这东西惊吓走了。这个人体模特栩栩如生，是佐伊所见过的最有真实感的人体模特，雕刻和油漆得如此之好，简直就像一个有着魔鬼身材的女人，凝固在时间里，塑料的眼睛茫然地直视着佐伊，这张塑料的脸庞给佐伊一种诡异的感觉。她知道有一个术语可以形容这种现象——恐怖谷理论。某种人工制造的东西越是像真人，它就越显得诡异。

它也显得像是那两具经过防腐处理尸体的人造孪生姐妹：克里斯塔·巴克和莫尼克·席尔瓦。这两人其实是凶手的人体模特。

蓦然，她能想象出那个凶手购买衣服时更为可能的顺序了。他走近了人体模特，这已经与他梦中的女人相似了——一个从不争吵，从不离开的女人，她可以被任意摆弄成各种姿势。然后，他会对最近的售货员说他想要人体模特身上的那种服装，尺寸要符合跟在他身旁的那个妓女。

大多数商店里都有无特征的简单模特，看上去不像真人。但这家商店的人体模特却有头发，颜色与真人相仿，还有漂亮的大眼睛。对那个凶手来说真是太完美了。

这些人体模特很容易刺激凶手的幻想。他在家里也有类似的人体模特吗？派练习体验的用场？佐伊确信他有，或者曾经有过。

"佐伊，"泰腾碰碰她的手臂，"走吧，或许我们的运气在下一家——"

"等等。"佐伊说着，她走近了那个经理，一个脸色严峻的女士，她正用一副讨厌的眼神看着他们两人。

"对不起，"佐伊说道，"我们在寻找——"

"你的搭档告诉我了，那个殡葬人员绞杀案的凶手，对吗？你看吧，我记不得任何奇怪的人在这里闲逛，而如果你想要安全监控录像片段——"

"好吧，"佐伊说，"我明白了。但我有个不同的问题。我们在寻找的这个人非常可能是三十岁出头——"

"我们这里有许多这种年龄的人。"

"而且他非常可能痴迷你的人体模特，他总是买那些人体模特身上穿的——"

"噢，那个家伙。"

佐伊朝这女士眨眨眼。她能感受到泰腾站在她身旁很紧张。

"的确是，他每隔一段时间就来一次。他吓坏了女孩子们。他会站在那些人体模特前看上十分钟，有时二十分钟，只是看着它们。他有几次伸手触摸它们，但我一叫保安来，他就住手了。"

"他带女人来吗？"佐伊问道。

"我想是的。不久前他就带了一个女孩来过，给她买了几件衣服。"

"就是穿在人体模特上的，对吗？"

经理耸了耸肩："不知道。也许吧。"

"他最后一次来是什么时候？"泰腾问道。

"就是昨天。"

"他带女人来的吗？"佐伊急切地问。

"不，他一个人来的。他在下午三点左右来的，我想。他就是盯着人体模特看，像过去一样。"

"但他没买什么吗？"

"我想没有。"

"女士，我们必须得看看安全监控录像片段。"泰腾说。

"我已经告诉过你——"

"那个人就是连环杀手，"佐伊说，"他多次来过这里了，你说的，他也许会决定下次劫持你这里某个售货小姐。"

经理的眼里闪现了害怕的神色。没错，佐伊知道这种感情。

"一旦他物色到一个姑娘，他就不会放手了，"佐伊说着，声音放低了，"他会跟踪她，当她孤身一人时就劫持她。他通常会用套索绞杀受害者。一旦她们死了，他就蹂躏她们的尸体。他还会把她们保存为——"

"好吧，"经理说着，她的嗓音沙哑，泪水涌上了她的眼睛，她颤抖着，"这会帮你们抓到他吗？"

"这是非常宝贵的线索。"泰腾说。

"你们会告诉我们吗,一旦抓住了他?"

恐惧已经扎根了,佐伊明白,这位女士今晚难以入睡了。她不会在晚上独自一人离开商店了。她也许会干脆辞掉这份工作,另觅他处。佐伊扪心自问,觉得没有理由为此内疚,这位女士迫使她不得不如此。

"我们会让你知道的。"她说。

"那么……如果他再来店里呢?"

"报警,并且设法不让他离开。"佐伊说,"你让警方调度员呼叫塞缪尔·马丁内斯警督,告诉他那个殡葬人员绞杀案的凶手就在你店里。"

"好——好吧!"

"安全监控录像片段呢?"泰腾问道。他的声音很柔和。

"对,请跟我来。"

第六十六章

　　泰腾坐在监控录像的控制台前，服装店的保安站在一旁，让泰腾坐在他的椅子上。椅子很舒服，要是换个日子的话，泰腾会有转动椅子的冲动，看看蹬一下能转动多少圈。但是此刻，他的心跳加速，追捕凶手的激动占据了他的全部心思。

　　控制台上有好几个屏幕。其中五个显示店内情况，另有一个定位在店外，连续拍摄进出商店的人流。保安向他展示了如何播放录制的录像片段，如何在各摄像头之间切换。毫无必要的复杂，但是泰腾逐渐地掌握了要领。

　　商店经理站在他身旁，呼吸沉重，佐伊把她吓得惊慌失措了。这招确实管用，但他肯定他们本来也不必如此，还是能说服她的。现在，这位女士会有好几个月不住地回头看看。泰腾暗自决定，一旦他们擒获了这个多愁善感的连环杀手后，立即告诉她。

　　他快进了录像。时间显示 7 月 28 日，14:47:32。他再快进了一个小时，偶尔瞥一眼经理。

　　"看到他了吗？"他问道。

　　她摇摇头。"试试这个摄像头。"她指指其中一个开着的监控屏幕，

"这个靠近他喜欢的人体模特。"

他切换到正确的传播源，输入时间 7 月 28 日，14:30:00，又开始快进了。

当时间印记显示 15:07:06 时，经理急促地说："那儿。"

他停住了录像。她指着一个站在屏幕边角的人，他的脸几乎看不到。

"你肯定就是他？"

"肯定。看看他是如何站在人体模特前的？快进一下——你会看到他还是没动。"

泰腾快进了，看来经理说得对。那男子六分钟多了都没动一下。然后他走开了，从屏幕框里消失了。

"你看到了吗？"泰腾问佐伊。

"看到了。"她回答，语气安静，一只手放在他的肩膀上。他们分享了一个令人激动的时刻，他们刚看到了追踪了两个星期的那个无形杀手。

"我们能看到他去哪里了吗？"泰腾问那个保安小伙子。

"看起来他好像朝出口走去，"他回答，"但在那一点到出口之间没有摄像头。"

"他从同一个方向来的。"泰腾说着，倒退录像，看着那男子出现并停留在那个人体模特前。

佐伊清了清喉咙："他走进商店，直接走到人体模特前，看着它几分钟，然后走出去了。"

"好吧，"泰腾说，"我们来查看一下入口处的录像片段吧！"

那男子在录像片段上出现的时间印记是 15:06:42。泰腾切换到入口处，输入时间 15:04:00。他让录像以正常速度播放着。

"他出现了。"当那男子出现时，佐伊说。他正看着地上，所以他们没法看清他的脸。泰腾再稍微倒退了一点录像片段。

"快看，"他说，呼吸急促了，"我们能看到车子了。"

录像片段上显示出停车场上有十几辆车子。那男子关上其中一辆车的车门，走出来了。泰腾再倒退了一点录像，监视屏上显示出那男子出来前停车的情景。

"很难看清车牌号码。"佐伊说。

"我认识某个人，他能从这个录像片段里轻松地获取车牌号码，"泰腾说着，咧嘴笑笑，"我们找到这个浑蛋了。"

他快进了。那男子消失在店里。七分钟之后，他出现了，却没有走向他的车子，而是向右一拐，从摄像镜头里消失了。

"也许他需要买点牛奶。"泰腾边咕哝着边快进了录像。在 15:32:11，那辆车开走了。他暂停，然后稍稍倒退了一点。他们现在能看到那男子回来了，手里有个袋子。

"是的，他去食品杂货店买东西了。"泰腾说，"我估计他的食物吃完了。"

"那不是超市的袋子，"经理说，"那是隔壁的玩具店的袋子。"

"玩具店？"泰腾皱起了眉头，"那么……什么？这家伙有个孩子？"

"我希望如此。"佐伊语气紧张地说。

"希望如此？为什么？"

"因为如果不是的话，他也许会觉得他生活里需要的不止一个女人，他还需要孩子。"

第六十七章

他按响了门铃。过了一会儿，门开了一条缝隙，约两英寸宽，能看到起居室了，玩具散乱在地上。他噘起了嘴唇。孩子们需要纪律，当他成为他们的父亲时，地上就不再会有任何玩具了，那多半是肯定的。

"谁？"一位妇女从门缝窥视着他，"噢，你好。"

"嘿，小姐。"他对她微笑着，"我听说你又需要帮助了。"

"是吗？我没打过电话。一切都很好。"

"那倒奇怪了。"他皱起了眉头，看了看手里的写字板，"这里有你的名字和地址。"

"那一定是个错——"

"妈咪。"一个尖声尖气的声音在她身后叫道。

"等一会儿，宝贝，"她说着，往后看了看，然后笑着对他说，"我肯定那是个错误。"

"哦，好吧！嗯……请你就在这儿的表格上写'我没有打电话'，然后签名，好吗？我的老板可真是顽固难缠。"

“当然啦。”她说，“等一下。”

她关上了门，随后他能听到她把门上的带链销子拔出来了。然后，门打开了。

于是，他就冲了进去。

第六十八章

　　佐伊关上了乘客座车门，试图集中精力。那家商店的录像片段不停地在她心里闪过。那个男子的姿势以及她瞥见的他部分的脸容似乎有点熟悉，尽管确实很难看清。录像的质量很差，那男子的脸几乎一直被遮挡了。虽然如此，总有什么萦回在她的脑海里，仿佛他就像一个词，就在嘴边了，却又一时想不起来。

　　她摇摇头，看着这个破烂不堪的房子。那是个很小的建筑，墙壁都衬上了白色护墙板，颜色已经斑驳陆离，露出背后的灰色材料。两个前窗积满了灰尘，显得黑黝黝的。房子前面的草地上斑斑点点地裸露出褐色尘土，覆盖着干枯的落叶。草地靠近街边，但没有栅栏可以区分出街道的边缘到哪里为止，屋前的庭院，如果算有的话，又是从哪里开始。房子周围也不太好。

　　泰腾的朋友，某个在联邦调查局洛杉矶分局工作的人，设法从他们发送给他的录像片段里提取出了车牌号码。这辆车，根据机动车驾驶管理处的资料，是登记在伯莎·奥尔斯顿的名下，而这里就是她的家。屋后有个小车库，大小几乎和车子相等。车库门紧闭，根本无法看到车子是否在内。

"在此等一下。"泰腾说。

"呃……不。"

"可能会有危险。"

"所以我就整天跟在一个联邦调查局的特工后面,这样我就安全了。"

他翻了翻眼睛。"你可真是个讨厌的女人。"他开始向前移动着。

佐伊跟在后面两步之遥。他打了个手势,让她靠墙站着,她就温顺地照办了,心"怦怦"乱跳。泰腾倚靠在屋门另一边的墙上,然后伸手敲门了。

他们等待着。几秒钟后,他再敲了敲门。里面没有声音。

"联邦调查局,开门。"泰腾大叫。

除了她"怦怦"乱跳的心,佐伊唯一能听到的就是远处的飞机声和交通的嘈杂声。

她小心地看了看窗户。窗帘拉下了,完全阻挡了看进屋内的视线。无论如何,她不能肯定她可以透过灰尘看清什么。

泰腾又猛烈地敲门,这次是用拳头捶。

"她不在了!"邻居家有个憔悴沙哑的声音对他们大声叫道。佐伊瞥了说话者一眼。一个干瘪消瘦得如同胡桃树般的老妇戴着一副硕大的眼镜,正饶有兴致地看着他们。她举起了一只干枯的手臂,细如扫帚柄,扶正了她那副双筒望远镜般大小的眼镜。

"谁不在了?"泰腾问道。

"哦……你们找谁？"

"我们找伯莎。"

"伯莎死了，几个月前死的。"

"那么我们找住在这屋子里的人，无论是谁，"佐伊说道，"是她儿子吗？"

"哦，没人住了。我想她的儿子们正在想卖掉这个地方呢。"

"您知道他们在哪里吗，夫人？"

"哦，这得看情况了。你们是谁啊？"

泰腾亮出了证章："联邦调查局，夫人。"

她显得毫不在乎："哦，你们想对伯莎的儿子们干什么？"

"我们就想和他们谈谈，夫人。"

她若有所思地点了点，却不说话。

"您能告诉我们哪里可以找到他们吗？"

"哦，我真的不知道。"

泰腾叹了口气。

"他们有麻烦了？"干瘪老太问，又扶正了她的眼镜。

"我们只是想和他们谈谈。"泰腾再次说。

"哦，我就知道他们会惹麻烦的。你没像伯莎的孩子那样成长，所以结果很好。"丑老太咯咯地笑着，仿佛这是她说出的最好的笑话似的。也许是吧！

这个老妇的说话方式——每句话都以"哦"开头——惹得佐伊心

烦："您是什么意思？她虐待孩子？"

"哦，我不知道你说的什么虐待，但她确实常常痛打她的儿子们，她的女儿还要糟糕，我觉得。她会对他们尖叫，向他们扔东西……那是她脑袋清醒的时候。可当她喝醉了，可是真粗鲁。"

"夫人，"泰腾说，"我们真的需要——"

"怎么粗鲁？"佐伊问道。她感到这个满脸皱纹、皮肤粗糙的丑老太也许会有全部的答案，而且她显得很乐意与他们分享。

"哦，她喝醉了就变得该死的疯狂。说她能听到魔鬼在对她说话，或者有时候是她的前夫。她有一次对她的一个儿子喷头发定型剂，想要点火柴烧他，那也是在街上干的。我叫了警察。"

她说"警察"这个词时发音很奇怪，说了"警"字后足足停顿了一秒钟，然后几乎是尖叫出"察"字。佐伊开始怀疑伯莎不是住在这个街上的唯一疯狂的人。

"哦，当然啦，她女儿也有事，你肯定知道的。"

她的语调有点幸灾乐祸，仿佛是她清楚他们不知道，所以急于告诉他们，但他们得先问问才是啊。

"她女儿怎么啦？"佐伊问道。

"哦，我想大家都知道这事。她女儿十三岁时就死了，人们发现她得了肺癌，极有可能是因为伯莎一直在家里抽烟。疯狂的是，她女儿死后，伯莎不告诉任何人，就把她放在家里一个多星期，她说她女儿在休息。后来，我们都发现了，伯莎让她的儿子们都陪伴着死去的妹妹。她把他们锁在屋里，告诉他们说，他们的妹妹终于像个好女孩了。还要他们为她祈祷，祝她好起来。他们都被锁在屋里，和腐烂的尸体一起待了一个多星期，就在那个该死的夏天。"

佐伊瞥了一眼泰腾，他也朝她看了看，他眼中充满了恐怖的神色。那就是了。

"从那里飘出一股臭味，我只好叫警……察了。他们闯进去，发现她女儿尸体上尽是蛆虫，男孩们都病得半死，地上呕吐得一塌糊涂，伯莎喝醉了，不省人事。唉……"她不说了，"我想大家都知道这事。"她最终说道。

"那儿子们怎样了？"佐伊问道。

"哦，他们都在。"

"他们叫什么名字？"

"哦……"这邻居注视着好一会儿，"我真该死，记不得了。有一个改了姓，他恨死他母亲了。另一个没改名。我过会儿能想起来的……"她舔舔牙龈，咂咂嘴，"没了，想不起来了。"

"您知道我们能在哪里找到他们？"

"哦，一个有了职业，某种杂务工吧！电工，我想是的。对，肯定是电工。"

佐伊的脑细胞受到刺激了，一个想法即刻闪现，她的心脏狂跳。莉莉没说是"悍马"或者"卡车司机"。

"我想他是个管道工吧。"她说。

"哦，我想你说对了，"老邻居大声赞同，"是管道工，不是电工。他的名字叫——"

"克利福德·索伦森。"

"对，当他还小的时候，他妈妈一直叫他克利夫。"

第六十九章

泰腾的手指紧握着方向盘，攥得很愤怒，因为交通速度慢如蜗牛。

"都符合了，"他对佐伊说，他的声音强烈而又紧张，"索伦森相信完美的女人是死去的女人，这是他从他那个精神病母亲那里学到的。他那死去的妹妹是唯一没让他母亲生气的孩子。而她把他们关在家里一个星期，还握着死尸的手，为死尸梳头发，天知道还干了些什么。我是说，他当然也变得发疯了。"

"所以，他就杀了他的未婚妻。"佐伊说。

"对，尸体腐烂了——他只得扔掉，否则邻居们会抱怨投诉的。他抛弃了尸体，却变得痴迷起找个死人当配偶的想法来了。"

"他应该认识苏珊·沃纳，因为他在她家修过管道。"佐伊说着，眼盯着前方，咬着嘴唇，"还记得她朋友说的话吗？那个公寓房间的下水道老是溢水？她肯定多次需要管道工了。他就有足够的时间四下看看，搞清楚她是独居了。"

"你见过那个男人，他看上去像安全监控录像片段里的人吗？"

"可能是他，真的很难在录像里看清他的脸，但他看上去确实熟悉。也许是他的肢体语言或者他的姿势吧！"

"也很好地符合了你的罪犯行为特征分析。三十出头,干手工活……他除了他妈妈的车子之外,还有厢式货车吗?"

"是啊。我在那里停留时,有两辆厢式货车,他的雇员往一辆车上装水槽,上面油漆着'索伦森管道公司'字样,这就解释了为什么莉莉知道他是个管道工……"她声音渐低,皱起了眉头。

"怎么啦?"泰腾问道。

"他没那么完整地符合罪犯行为特征分析。我看到他试图搬起一个钢制水槽时弄伤了自己的背。那么,他背部不强,又是如何搬动那些尸体去那么远的地方呢?莫尼克·席尔瓦几乎是放在公园的中部了。"

"也许那就是他背部容易受伤的原因——用力过度。"

"是啊,但是……克利福德·索伦森和女人们在一起时性功能很好。他订婚了,他们试图建立自己的家庭呢——这可不是一个没有人际关系的人。这也不是一个孤独的人。这一点都不符合。"

"好吧,但是,听着,"泰腾缓慢地说着,设法找个办法表示反对,而又无须说也许她弄错了,"也许你是,嗯……"见鬼去吧,"错了,我是说,你不可能已经了解这个故事以及他的母亲。也许他就是偏好死去的女人,所以,和他的未婚妻过了一段时间后,他就决定——"

"另一个兄弟。"佐伊打断了他的话,显然,他的话她连一个字都没听到。

"是吗?对的,是有个兄弟,但克利福德·索伦森是个管道工,而你说——"

"如果另一个兄弟也是管道工呢？克利福德有个雇员叫杰弗里，他显得和他非常亲近，他叫他'克利夫'。那个老妇说他母亲在他还是个孩子时就习惯叫他'克利夫'，所以，他的兄弟非常可能也这么叫他。杰弗里身强力壮，他轻而易举地就能搬动那些钢制水槽了。假如需要的话，他能够搬动一个女人的尸体的。"

"那么，如果你是对的，这个家伙——杰弗里就是那个去苏珊·沃纳公寓修理下水道的人。"

"对，而且杰弗里杀害了克利福德的未婚妻。那就能解释为什么克利福德有严密的不在场证明，因为他真的是无辜的。这还说得通他的兄弟知道克利福德会离开，他就在等这一天，就是克利福德和他朋友去钓鱼的那天。"

"该死的，我们应该给马丁内斯打电话。"泰腾说。

"我们仍然没有任何证据，"佐伊马上说道，"这完全是间接推测，非常可能还不足以签发拘捕令。而且，我们也不应该在此地。"

她说得对。他们正在稀薄的云层上建造一个错综复杂的城堡。"那么，你有什么建议吗？"

"我们四下查看。也许我们能在其中的一辆厢式货车上发现某些血迹。如果我们透过车窗看进去，也许能看到一个装甲醛的容器。我不知道……或者任何会给我们一点真实证据的东西，那就足以向马丁内斯摊牌了。"

泰腾扮了个鬼脸。他又来了，没有后援，直向前冲，也没有请示上级。这次肯定会被踢出这个部门了。

第七十章

那个女人和她的两个孩子都解决了，现在都被捆绑着，嘴里塞上了东西。他很吃惊地发现控制一个母亲是多么的轻而易举啊，他所做的只是威胁要割开她小女儿的喉咙，于是她就心甘情愿地让他捆绑了。之后，再去捆绑惊恐万分的孩子也就只是几分钟的事了。

他注视着这三个人，想要下个决心。那小女孩真可爱，他能想象自己是她的父亲，和她还有她的洋娃娃一起玩，给她穿镶褶边的粉红色衣裙。一想到他们将共同生活在一起，他就笑了。他自己，一个父亲——谁会想得到？他会成为一个好父亲，他永远不会去学他母亲的。他会每天花时间陪他的孩子，从不朝她叫喊或者打她。但那个男孩呢？还是个初学走路的孩子。鼻子里拖下一条鼻涕，他哭过了，眼睛通红，饱含泪水。说句老实话，他不想要两个孩子，他只想要一个，给他们两个都做尸体防腐处理太麻烦了。而且他还得把他们都搬回他家里，更别提那些无穷无尽的琐碎事，因为一旦他们开始一起生活了，就要不断地把他们从家里的一个地方搬到另一个地方。

不，这男孩对他没用。

他猛地拉起了这个小孩。他的刀子放哪里了？他环视周围。那儿，在柜台上。他把小男孩拖到柜台旁,这小男孩像个小家畜似的隔着塞在嘴里的碎布条歇斯底里地尖叫起来了。他一把攥起刀子,顶在小男孩的喉咙上。那个母亲也发出了沉闷的尖叫声,睁大了眼睛,不断地摇着头。

"我不需要他。"他简单地说着,用力压了压刀刃。

但他停下了,抽回了刀刃。

他从未对小孩的尸体做过防腐处理呢,他可能会把事情搞砸了。靠谱的做法是,假定他们的血管很细,他可能会弄坏了那小女孩。所以,有个备用货会有用处的。他可以学会喜欢小男孩,肯定的,假如他必须得这么做的话。

他查看了一下小男孩的喉咙,根本还没有割进去。很好。他把小男孩拖了回来,扔在他姐姐的身旁。

是时候准备好防腐处理的台子了。

就像对待苏珊的那次一样。干此事的最佳场所是浴室,那里的冲淋间既提供了流水,还有下水道。他不想让血液溅得满地都是,那样会脏乱不堪,难以伸脚踏进去。他在厢式货车里有个折叠台,很适合。那不是他工作室里的台子,他也不可能把那台子搬来。

那可费了不少劲,搬动折叠台,装着防腐液的各种容器,注射防腐剂的机器。然后,他攥起前一天购买的那袋玩具。那纯粹是多愁善感了,真的,但是一旦解决了他们,他想给他的孩子新玩具玩玩。他最后一次在那里观察时,注意到他们的玩具大多陈旧破碎了。

他会做个好父亲的。

第七十一章

当他们在小仓库旁停好车后，看到索伦森管道公司门前只有一辆厢式货车。有一个管道工走了。佐伊跳下车子，"砰"地关上了车门，直向剩下的那辆厢式货车走去。她听到泰腾追了上来，感到他的手拉住了她的手腕。

"怎么啦？"她愤然地说。

他关切地看着她："我们没有授权令或者许可证来此地。要……冷静。"

"对。"她咕哝着，可感到无法冷静。

他们一起走近了那辆厢式货车，步子谨慎。他们一靠近货车，泰腾就悄悄地靠了上去，试了试车门把手。车门没拉动，锁上了。佐伊绕着车子转了一圈，朝里面张望，想看清车内情况。货车的后窗昏暗，无法透过车窗看清里面。泰腾也来到她的身旁，一起在货车后部看了看。

"没有血迹，没有甲醛，甚至连一张连环杀手俱乐部的会员卡都没有。"

佐伊闷闷不乐地点点头："我们到里面去。"

"去干吗？"

"嗯……之前我来过这里，我可以说，我来再问几个问题。"

泰腾不太乐意地看着她，而她则耸了耸肩。他们还有其他的选择吗？现在打电话给马丁内斯的话，只会让他们得到一张离开芝加哥的单程票。

她走进了店里，两眼快速扫视了一番店内情况。克利福德·索伦森坐在办公桌后，正在阅读报纸。随着泰腾和她一起进来，克利福德放下报纸，看着他们两人。

"你好。"他说，"你就是联邦调查局来的，对吗？"

佐伊咽了下口水。"对。"她说，"这是格雷特工，我的搭档。"

克利福德朝泰腾点点头。"有什么能帮你们吗？"他问道，语调稍有冷淡。

"只是几个后续问题。"佐伊说道，"你有点时间吗？"

"有。"克利福德说着，两手交叉着抱起双臂。他没请他们坐下或者问他们是否需要咖啡，他们在此不受欢迎。

"我不希望有人无意中听到我们的谈话，"佐伊小心谨慎地说，"这儿就我们三个，或者你的兄弟也在？"

"就你，我，还有你的搭档，"克利福德回答说，"我兄弟去一个客户家了。"

佐伊点点头，暗自感到满意，他们确实是兄弟俩。"好吧！我想证实一下你发现你的未婚妻失踪前的时间顺序。你和你几个朋友出去钓鱼了，对吗？"

"对。"

"就你的几个朋友？没其他人了？"

"没有，就我的几个朋友。"

"我这么问是因为有时候人们会把事情回忆得不一样，尤其过了很长时间之后。你兄弟没和你一起去钓鱼吗？"

"有时候他去，但那次没去。我完全记得那天，那是我生命中最糟糕的一天。"

是吗？难道还能比锁在自己家里和死去的妹妹待在一起更糟糕吗？

"你还记得他为什么没和你一起去吗？"

克利福德眯起了眼睛："我想这不是一个后续问题了，特工。你想把这次谋杀再归罪于我吗？我想我应该叫我的律师来。"

"苏珊·沃纳是你的一个客户吗？"佐伊绝望地问。

"现在，我肯定要找我的律师来了。"

"我们并不是指控你谋杀了你的未婚妻，先生。"泰腾声音低沉地说，"但我们确实有了一个可能的嫌疑犯。而如果你回答我们的问题，那将很有帮助。"

"真的吗？"克利福德说，"因为这听上去好像那些问题都是针对我的。"

她注视着这个男人坚硬的脸部特征，内心五味杂陈。她有多大把握肯定他的兄弟是凶手，而不是他呢？因为，如果她错了，对他说了他们所了解的情况，他会说出他兄弟的住址，然后，一旦他们走了，他也会消失了。谨慎的做法是，和马丁内斯谈谈，设法让他确信，他们在此有个足够好的案子。拿到一张搜查令，也许让某人监视这兄弟俩。

唯一的问题是，她不能动摇了预感，即杰弗里正在寻找下一个牺牲品。也许他甚至已经找到了一个。在另一个妇女被害之前，他们可能只有几小时，或者几分钟。

但一切就是如此，一个预感。据她所知，克利福德就是凶手。或者也许他们兄弟俩都是，或者他们也可能都是无辜的。她真的会危及破案而摊牌吗？

她焦虑地看了泰腾一眼。他的眼睛很平静，还朝她温和地点点头。他相信她。

她转向克利福德·索伦森："先生，我们有理由相信你的兄弟是杀害你未婚妻的凶手。"

他睁大了眼睛，拿起办公桌上的电话，开始拨号。"我给我的律师打电话，"他说，"然后，我打电话给我兄弟确保让他也和我律师谈谈。你们两个浑蛋——"

"再想想吧，"佐伊急忙说道，"杰弗里通常会错过和你一起去钓鱼吗？你说你和他两星期前一起去钓了好几次鱼。但是，就在那个夜晚，他没和你一起去，是吗？那么你未婚妻失踪的那个星期里，在她的尸体被发现之前，他在哪里？"她能看到他停住了拨号，他的手颤抖着，"你见到他了吗？我敢打赌你没有。你认为他那时在哪里？还有什么事比支持他哥哥、帮助寻找更重要吗？"

索伦森的脸色难看。她知道他已经想到了这个可能性，那就是他的兄弟和他未婚妻的尸体在一起。

"还记得你说过的话吗？维罗妮卡告诉你有些苹果不会掉在远离苹果树的地方。她不是指你父亲和你，她是谈论你兄弟和你母亲。我们了解你的经历，索伦森先生。我们了解你母亲的病。如果杰弗里开始对维罗妮卡说些奇奇怪怪的话该怎么办？如果他的荒谬行为吓坏了她该怎么办？那就解释了为什么她那么紧张的原因，为什么她不想独自待在家里的原因。杰弗里有你家的钥匙吗？在你妹妹的事发生后他精神稳定吗？或者也许他有什么麻烦了。他和什么人约会过吗？见过他的女朋友吗？你能肯定那不是你兄弟干的吗，索伦森先生？"

这可是从一支霰弹猎枪爆出的一连串猜测和预感，他的脸色则显示出，一些甚至是大多数的霰弹都命中了目标。他慢慢地把电话机放回了底座。佐伊知道震惊会逐渐消退，一两分钟之后，他就会开始理性思考，找出回答她问题的答案。她得不断打击，趁热打铁。

"有个叫苏珊·沃纳的姑娘几个月前死了，"她说道，"你也许已经从报纸上读到过这个消息了。我们有理由相信，她的死和维罗妮卡的死都与你兄弟有联系。所以，我们怀疑她可能是你的客户，而你兄弟去过她家多次了。你能查一下吗？可能我们完全错了，可能这所有的一切只是个巨大的误解罢了。"

克利福德转向他的笔记本电脑，开始打字输入。他击键动作机械，表情茫然。最后，他往后一仰，以一种泄了气的单调声音说："苏珊·沃纳是我们的客户，杰弗里去过她家三次。"

佐伊的心里"嗡嗡"作响。她还有那么多的问题要问这个男子，但有一个问题必须最先问。

"你兄弟现在在哪里？"她问道。

"我……我不知道，他没说。"

"你说过他去见一个客户了。"

"那是我猜测的，他没告诉我。"

"我们需要你兄弟在过去三个月里经手处理过的所有客户名单。"泰腾说。

"那可是上百个名字了。"

"让我们来查，好吗？"

克利福德的好斗精神已经崩溃了。他给他们显示如何在笔记本电脑上阅读 Excel 表格的内容。泰腾在电脑旁坐下了，开始逐一查看名单。佐伊正想争辩几句，可随后她就看到，在操作数据方面他显然比她更为专业。尽管他是个直率的联邦调查局特工，可他具有令人敬佩的电脑技术。

名单上有九十三个名字。

"他会在她家里攻击她，"佐伊说道，"那就意味着他非常可能把目标指向单身女性。"

泰腾排除了男性，只留下了四十一个名字。

"你认为他会把目标锁定在一个有孩子的女性身上吗？"泰腾问道。

"非常可能，"佐伊说，"但我们从这个名单上无法确定这个客户是不是单身母亲。"

"劳拉·萨默，"克利福德说，"她想要折扣，因为她是个单身母亲。"

佐伊瞥了一眼那个名字。"他去过她家两次，"她说，"我觉得就是她。"

"我们需要确定。"泰腾说。

佐伊拨了文件上的电话，她听着电话铃声时说："把这个名单发给马丁内斯。我们在路上给他打电话做解释。"

泰腾点点头。他一边操作，一边问克利福德："杰弗里有手机吗？"

"哦……是的，有手机。"

"我们需要手机号码。"

克利福德点点头，抓起了一张纸。

佐伊等待着，焦急地用脚拍地，萨默没接听电话。

"没接听电话。"她说。

泰腾按了一下"发送"按钮，站起身来，一把攥过写有杰弗里手机号码的纸。"我们走。"

第七十二章

佐伊第一次在索伦森管道公司见过的那辆蓝色厢式货车就停在劳拉·萨默家的门前，立刻就让佐伊的希望破灭了。她原本以为杰弗里·阿尔斯顿真的是在为某人维修下水道呢。泰腾关闭了发动机，检查了一下手枪。

佐伊在路上打电话给马丁内斯，以极为普通的话语解释了他们的发现。马丁内斯听上去非常生气，但其职业理性让他意识到重中之重是把连环杀手从街上抓走。他会以后再来对付这个无赖的联邦调查局人员。警方小分队已在路上了。

"我去把住后门，以防他们来时他把门闩上，"泰腾说，"你就等在车里，看好前门。如果他从前门出来就让我知道。等骑兵队来了，迎接他们吧。"

佐伊点点头，当然，她现在没用了。她没受过训练，她会待在车里。

泰腾从脚踝枪套里抽出一把小手枪，递给佐伊："这是格洛克43型手枪，有七发子弹，迫不得已时使用。"

她麻木地点点头，从他手里接过了这金属玩意儿。手枪冰冷，却令人吃惊地轻巧。她举枪偏离他们两人，瞄着，非常害怕。

泰腾打开了司机座车门，下车了。

"别充英雄。"佐伊说。

他朝她笑笑，与其说是真正的微笑倒不如说是扮了个鬼脸。随后他关上了车门。

佐伊看着他悄无声息地沿着屋子去了后门。他动作流畅，警觉迅速，每个步骤都计算好了，避开了窗户的视线。随着他侧身移步，俯身下蹲，持枪在手，她发觉自己很陶醉于搭档的技巧。因为她和泰腾一起待了几天，熟悉他的愚蠢玩笑和滑稽动作，就很容易忘记他受过严格训练、足以应对眼下的敌手情况了。

他消失在墙角了，她就只剩下孤身一人了。几乎顷刻之间，她嘴里就尝到了胆汁似的苦味了。她的喉咙收缩，呼吸沉重，眼睛直盯着屋子。那里面发生了什么？萨默和她的孩子们已经死了吗？杰弗里眼下正在通过萨默的喉部用泵输入尸体防腐液吗？

握枪的手颤抖着，她害怕不慎走火，于是把枪放在旁边的座位上，座位上还留有泰腾的体温。他只不过半分钟之前才离开的，但感觉像过了几个小时了，甚至几个星期了。

她瞥了一眼公路，还有多久警察才能出现？

她想起了莉莉·拉莫斯，透过塞在嘴里的布条嘶叫着，祈求警察在她遇害前出现。

于是她攥紧了拳头，等待着。

第七十三章

劳拉·萨默家的后院里四下撒满了孩子们的各种玩具，还有一辆生锈的小三轮车，从邻居家的树木上飘落过来的枯叶满地。要在那脏乱不堪的地方悄无声息地移动只能缓慢进行。走进后院一半路时，泰腾踩在层层枯叶下的一根小树枝上，蓦然传出的"噼啪"声在他听来就像是枪声，穿透了空气。他僵住了，瞥了一眼后门，等待着。

它纹丝未动。

他的目标是门旁的墙壁，但是一个能看到后院的大窗户妨碍了他侧身悄悄贴近。于是，他蹲伏下来，慢慢移动，希望不在大窗户的视线范围内。他明白，如果有人决定走到窗前，向外张望，他就完全暴露了。

或许谨慎的做法是他定位远一点，手枪对准后门，等待前来的后援。但他的心思在劳拉·萨默和她的两个孩子身上。

他祈祷他们还活着。

后门离他仅三步之遥，但窗台已在他身后了，这意味着他可以站起身来了。于是，他站了起来，透过玻璃窗格看进去。从他这个新的有利位置他能看到孩子们。

他们还活着。

他们被捆绑着，扔在房间角落里，嘴里塞了东西，满脸泪水，但毫无疑问还活着。见此情景，泰腾宽慰地长长呼出一口气。现在他只有——

一阵沉闷的尖叫吸引了他的注意。屋里有什么东西坠落地上发出了碰撞声，他看到孩子们叫得更厉害了，眼睛都看着他视角之外的某个东西。他们的母亲，肯定是了，而根据声响，她在拼命挣扎。

出于本能的反应，他冲到门前。他后退一步，一脚蹬开门，转过他手里的格洛克手枪，瞄准了那两个搏斗的人。

那个男子，泰腾认定他就是杰弗里·阿尔斯顿。他攥住了一个女人，嘴巴被胶带封住了。她的两手被反绑在身后，脸对着泰腾，而杰弗里则站在她背后，他的身体几乎完全被遮挡了。当杰弗里看到发生的情况时，睁大了眼睛，条件反射地低下了头，用人体盾牌做掩护。

萨默的脸色青紫，眼睛鼓起，一根尼龙绳套在她的脖子上。她比杰弗里瘦弱，所以他的身体部分地暴露在外，几乎足以射击了。

但萨默身体弯曲扭动，缺乏空气逼迫她拼命挣扎着，所以，泰腾难以射击。如果他射偏了，会射到萨默身上。

两个男子都僵立原地，但杰弗里先作出反应了，他侧身扑去，从柜台上抓起了刀子。他举刀顶住了女人的喉部。

"放下枪！"他吼叫一声。

萨默抽搐着眼睛翻向天花板，她离窒息而死仅剩几秒钟了。

泰腾用枪拼命瞄准杰弗里突出的身体，"把她脖子上的东西拿走，否则我就开枪了。"

"放下枪，否则我杀了她。"

"如果她窒息死亡，我就杀了你，浑蛋。把那东西拿走。"

杰弗里显然明白自己失去优势了，于是他在女人脖子背后扭动了什么东西，绳套松开了。那女子喘息起来，试图透过被堵塞的嘴吸气。她的鼻孔一张一翕，吸入空气到肺部去。

"放下该死的枪，否则我就割开她的喉咙。"

刀刃在绳索下割进了萨默的喉部，血液"滴滴答答"地顺着刀刃流下来了。泰腾迟疑了一下，明白在此令人绝望的情形下没有正确的答案。但警方正在赶来的路上。他能设法拖延点时间。

他垂下了枪口，心剧烈地跳动着，设法看清周围的情况。两个孩子被捆绑在角落里，他们睁大了眼睛，正在胡乱尖叫着，嘴里也被塞入破布并用胶带封上了。一张小咖啡桌倒在地上，肯定是萨默在杰弗里想要绞杀她时踢倒了它。那就是泰腾之前听到的碰撞声。

"把枪放在地上。"

泰腾非常缓慢地蹲下身子，把格洛克手枪放在地上，他的眼睛始终不离杰弗里和他架在萨默脖子上的刀。

"踢过来。"

泰腾迟疑了一下，心里盘算着。如果杰弗里拿到了枪，那就没什么能阻止他向泰腾开枪，然后杀了萨默和她的孩子们。

"快点！"

泰腾稍微踢了一下枪，枪在地上旋转了一下，停在他们两人的中间。杰弗里瞪着他，眼神凶恶。

"别干任何会让你后悔的傻事，"泰腾说道，"如果你杀了这女人，你就会终身待在牢里了。"

他希望杰弗里不会弄明白究竟出了什么事。这男子不知道泰腾来自联邦调查局，或者警方已经知道他是谁了。杰弗里肯定知道的就是一个带枪的男子闯进这屋子来救萨默。

"你仍然可以离开，"泰腾继续温和地说，"在此没人受到伤害，对吗？也没人需要知道。"

"闭嘴，去坐在那里。"杰弗里用头示意孩子们在哭叫的那个角落。

泰腾点点头，开始移动，可他的第一步却更靠近了杰弗里和萨默。

"离远点！"杰弗里的声音歇斯底里了，"我会割她——听到吗？我会割她喉咙。"

鲜血依然从萨默的喉部滴下，泰腾僵住了。他非常缓慢地点了点头，举起了两手，沿着墙壁侧身走到了哭叫的孩子们身边。

"坐下，坐地上。"

"好吧。"泰腾往下坐去，慢慢地蹲下。

"坐下，屁股坐下。"

该死的警察在哪里？泰腾坐下了，眼睛盯着杰弗里，后者似乎一时有点犹豫不决。

"离开吧——"

"安静！你们都安静。"

泰腾闭上了嘴巴，但孩子们还是无法控制地啜泣着。他们的哭声似乎让杰弗里更恼怒了。他看看他们，再看看地上的手枪。他朝手枪跨出了一步。

泰腾坐着，所以没法猛扑过去及时拿到枪。杰弗里会先伸手碰到枪，但他会不得不从萨默的脖子上移开刀子，蹲下去捡枪。那将是泰腾唯一能够行动的时机。他浑身绷紧，准备着那几乎不可能的猛扑。

然而，前门却慢慢地打开了。令泰腾惊恐不安和无法相信的是，居然是佐伊站在门口，举着她空空的两手，高过头顶。

第七十四章

佐伊从窗户看到屋里搏斗的片段，她意识到他们只是缺乏时间。她下了车，奔到前门，正好看到泰腾放下了枪。他别无选择，她知道。他非常可能计划拖延，希望警察及时赶到。也许这是最好的做法了……但佐伊不能肯定。

杰弗里·阿尔斯顿在压力之下会变得行为怪异，他没有想清楚。他可能会决定向泰腾开枪，向萨默和孩子们开枪，然后逃跑。他可能会割开了萨默的喉咙，只是为了摆脱她。他甚至也可能意外地失手杀了萨默。

她强迫自己镇静下来，想个办法。她花费了最近的两星期分析了此人的罪犯行为特征。她清楚什么会促使他动手，什么是他想要的，什么是他向往的。

她形成了一个计划。

她感到宽慰的是前门没有上锁。当前门打开时，杰弗里的目光转向她，然后又转向泰腾，后者坐在地上没动，然后又转向她。

"我没有武器，"她马上说着，跨进了屋子，两手保持着高举状，"我要去关上门了。"

　　她得让他感到是他在掌控一切。让他镇静下来。眼下，他的行为难以预测，非常危险，是个定时炸弹。她谨慎地放下了右手，推着门关上了。

　　"我会宰了她，"杰弗里警告说，他的眼睛不断地转来转去，"放下你的枪。"

　　"我没有枪。"

　　"绝不可能。你们俩都是警方探员。"他眼睛快速瞥了一眼泰腾，泰腾似乎稍微动了一下，"别动。"

　　"我不是警方探员，"佐伊说，"我是个心理学家。"

　　他哼了一声："绝不可能。"

　　他所需要的是控制权。对他而言，他总是在乎控制和孤独，尤其在涉及女性时，那就是他幻想的刺激剂，而这些幻想又指挥着他的行动。他梦想有个死去的女性，她的尸体永不腐烂，永远陪伴着他。这就是促使他一次又一次杀戮的动因。她得运用策略，让自己进入他的幻想中去，从他那里接过控制权。

　　"我没有武器，"她再次说道，"我会展示给你看的。"

　　慢慢地，她解开了衬衣最上面的纽扣，然后再解开第二颗纽扣。

　　"你应该让这个女人走，"她说道，"你不想进监牢吧。"

　　"不管怎么说，我总要进监牢了。或许我该割了她的喉咙找个乐趣，嗯？"

　　"如果你杀了她，你就没法带她跟你走了。警察已经在路上了，你没时间把她放到你的车上去。"她解开了最后一颗纽扣，敞开了衬衣，让它慢慢地掉在地上。她看着他的眼睛，寻找他的兴奋点，但没发现。她没能引起他的兴趣。她在说着话，有点自以为是，是个活人。他宁可他们都死了，永远沉默。

"你和她甚至连五分钟的乐趣也没有。"她说着，拉开裙子的拉链，慢慢地、非常小心地脱下了裙子。他站着没动，看着她，仿佛是在看一件家具似的。

这个男子的想象力天马行空，毫无控制。她必须得给他的想象力增添某些东西，激发它运转起来。

"我有个更好的主意给你。"她说。

"别说话。"

"带上我吧，我不会挣扎，你也不需要扛着我去放进你的车子里，我会乐意去。"她直截了当地说。她站在他面前，身上只有胸罩和内裤。她知道这足以让他相信她没带武器，她可以停下了。

可她却没有停止，相反，她伸手去摸她胸罩上的搭扣。

"那边的那个男人，"她说着，用头指指泰腾，"他有一副手铐。他能把我的两手反铐在背后，这样就确保我不会干其他事了。"

她朝泰腾稍稍移动了一下，杰弗里的手把刀握得更紧了，他咬紧了牙关。她就停住了。

"等你带我到了某个安全的地方，就可以把那条带子绕在我的脖子上，然后收紧。"

她取下了胸罩的左边带子。寒战蔓延到两条手臂上，但她不能肯定那是由于寒冷还是纯粹害怕的缘故。

"一旦我停住了挣扎，你就能在我身上找到乐趣了。而且不止一次呢，或许甚至是两次。有的是时间，对吗？"

他的目光闪烁，嘴巴稍稍张开了。但握着刀子的手却依然僵硬地顶着萨默的脖子。

"然后你就能做你想做的事，来确保永远持续下去，为我们俩持续下去。那不正是你想要的，对吗？有个人在夜晚躺在你身旁，在早晨你吃早饭时坐在你身旁。"

她向泰腾走了一步，又走了一步。

"某个女人无条件地爱你？能做得比我更好吗？她比我更好吗？"

拿着刀子的手摇摆不定了。

"你能明白吗，杰弗里？我的嘴巴永远不动了，我的皮肤冰冷，我的手臂和大腿随你怎么摆放？你能在心里想象一下吗？"

又走了一步——再走了一步。总是面对着他，她的目光锁定了他的目光，她的动作缓慢，精心计算过的。她热切地希望杰弗里会保持不动，还希望塞在她背后内裤束腰带里的格洛克小手枪不会掉到地上去。

"我们每天都在一起。你打扮我，抚摩我，亲吻我。最终你的生活里有了某个女人，某个永远也不会离开你的女人。"

她又走了一步，那把手枪动了一下，稍有点下垂。她的心跳加快了一拍，但枪没掉下来，内裤的束腰带托住了。她又走了一步。再走了一步。

"她们其余的人你都弄错了。我才是货真价实的。"

她走到了泰腾和孩子们这边。

杰弗里咽了下口水。"你！"他对泰腾咆哮着，"把她的手铐起来。动作慢一点。"

佐伊等待着，听到泰腾在她背后动了。她感到一只冰冷的手铐在她左手腕上铐紧了，然后她感到内裤束腰带里的手枪动了，第二只手铐在她右手腕上铐紧了。

她向前走了一步，小心地用身体挡住了泰腾。

"最终我们两人都会有爱的人。来吧，杰弗里，走吧！警察快来了。"

杰弗里稍稍点头，刀子垂下了。她又向前走了一步。

然后，她低头滑向地上。

她的肩膀撞到了坚硬的地砖，而她被铐住的手无法阻止她倒下。此时，只听到连续三声枪响。一阵剧烈的疼痛传来，她感到嘴里一股铜味的血流。她咬到自己的舌头了。

有人攥住了她的双手，"咔嗒"一声。右手上手铐的压力顿消，她扯出了手，转过身来。

泰腾递给她钥匙，她尝试去打开第二只手铐，太难了。她的手指在哆嗦着。

警笛声鸣响着靠近了，她真想哭泣。她终于打开了手铐，卸了它，站起身来，奔向那个妇女，快速撕开她嘴上的封条，抽出了她嘴里的堵塞物。那妇女喘息着吸了口气，啜泣着。

"我的孩子。"她说。

"他们很好，"佐伊说，"别担心。他们很好。"她察看了一下萨默的喉部。还在流血，幸好割伤得不深，没事了。

泰腾正蹲在杰弗里身旁。一时间，佐伊想愤怒地朝他叫喊。他们得先把她的家人都松绑了才是。接着她看到杰弗里正咳嗽出血，他还活着。泰腾把凶手的衬衣撕开。他找到了一点布条，塞进了杰弗里流血的腹部。

佐伊眨眨眼，看着泰腾。他集中精力在杰弗里身上，没看她。"你该把衣服穿上。芝加哥一半的警察快要冲进来了。"

"我没法穿了，"佐伊说道，她的声音绷紧，用一只手臂遮住了胸部，"你刚才把我的衬衣撕了当绷带了。"

泰腾对着塞在杰弗里腹部的衬衣。"噢，对不起。"他清了清喉咙，"那可真是件不错的衬衣。"

第七十五章

2016 年 8 月 1 日，星期一，弗吉尼亚州匡提科

佐伊皱着眉头，边在办公桌上敲着合上了笔帽的钢笔，边第三次阅读着她讯问克利福德·索伦森的笔记。此事办得有点糟糕，她对自己有点失望。这次讯问是在杰弗里被捕两天之后才进行的。克利福德依然处在震惊之中。真相是毁灭性的。他的亲兄弟杀害了他的未婚妻，把尸体藏匿在家里，反复踩躏，而克利福德还在四处寻找她。然后，他兄弟又利用在克利福德管道公司的工作之便，去找了其他的受害者，使用克利福德提供的厢式货车去帮助他实施那些谋杀。

在讯问中，他漫不经心。佐伊不能肯定他是否喝醉了，吸毒了，或者只是精神崩溃了。她的问题很基本，很浅显。

她在此获得了一个令人惊讶的观察机会。两个男子有着同样的童年时代。一个在长大后成为社会中的专业性成员，有着自己的公司，和一个女性保持着有意义的关系；而另一个，却成了连环杀手。这可能回答了许许多多的有关连环杀手的难解之谜。

但是，此刻杰弗里还是拒绝开口说话，而克利福德对她说话的唯

一原因是他还在挣扎着想要获得真相。

笔记快要从她的手指间滑落了。她得报告曼卡索，让她批准延长再去芝加哥的出差时间。或者，也许他们可以把杰弗里调到更近点的地方，并在电话上讯问克利福德吗？她可以答应杰弗里什么以换取他的合作吗？他似乎对名声毫无兴趣，不像其他的连环杀手。那怎么才能让他开口呢？

她叹了口气，放下了笔，往后一靠。如果去向曼卡索要求什么事的话，还没到好时机，真的。

有人在她办公室门上敲了一下。

"谁？"她问了声。

门开了，泰腾站在门口。"嘿，"他说，微笑着，"你感觉怎么样？"

"很好。"她说着，手指抚了一下臀部。有两处缝针在冲进劳拉·萨默家时迸裂了，她不得不在事后立即去重新缝合了伤口。他们会在几天后拆线，但佐伊坚持说她已经康复，可以上班了。

"很高兴听到你这么说。我要去曼卡索那里。她说想和我谈谈。"

佐伊严肃地点点头："我刚从那里回来。她……不太高兴。我们长谈了一次。"

"但她没有解雇你，对吗？"

"还没有。"她嘴上挤出了一个勉强的微笑。

他咧嘴大笑："太好了。哦，我去看看她要把我撵到哪里去。我听说在阿拉斯加州的分局附近有个很好的钓鱼场所。"

"祝你好运。"佐伊说着，有点担忧了。她期待着和泰腾一起工作，但她知道曼卡索可能为了保护她而不得不撵走泰腾。她后悔没能早点谈谈泰腾的事。她原本可以对曼卡索说都是她干的，这次泰腾本想严格按规矩办事的。她怀疑部门主管是否会相信她，但还是……

"谢谢。"他眨眨眼，"我回来经时再来。"

他关上了门，佐伊则直盯着门看，心情沉重。她决定以后和曼卡索谈谈，也许她还可以为泰腾承担责任。

她的手机响了，在办公桌上颤动着。铃声是蕾哈娜的《你在哪里》，专为安德丽雅来电设定的铃声。她拿起了手机，接通了电话。

"嘿。"她说，感到心烦意乱。

"你看到他们发表的有关你的报道了吗？"安德丽雅半是问话，半是尖叫。

"曼卡索提到过了，"佐伊说着，放低了手机的音量，"我还没有机会读到呢。"

"天哪，佐伊，你要知道，我刚才在网上搜了你的名字，这篇报道都被到处转载了。"

"别那么激动，很快就会一个个地平静下来的。"

"我有两个朋友打电话给我，问我佐伊·本特利是不是真的是我姐姐，"安德丽雅说，"她们想要你的签名呢。"

"那太愚蠢了。"佐伊说。她开始再次阅读索伦森的讯问记录，虽然安德丽雅还在喋喋不休地说着。

"我是说，你出名了，姐姐。就像全国新闻那样出名，真是疯狂。今天在街上有个家伙拦住我，想知道你是不是我的姐姐，还要求给我拍张照。"

"是的，对。"佐伊大笑。

"喂。你可以如你所愿地避免出名，我可要趁机赚一把了。从现在开始，你可以叫我安德丽雅。我—姐姐—是—佐伊—我—能—免费—享用吗？本特利。"

"今晚你来吗？"佐伊问。

"不来，要上晚班，但我明天很可能过来。"

"好吧，我没在做什么惊奇的事。"

"那好吧，我会做晚餐，喝你的酒。"

"回见，安德丽雅。"

"回见。"

她挂了电话，又开始阅读那份讯问，却心思不集中，魂不守舍。她在想情况会对泰腾糟糕到什么程度。

第七十六章

泰腾舒舒服服地坐在死刑犯椅子上，而曼卡索则靠在办公桌上阅读着一份多页报告，刻意不理会他。她的嘴唇紧抿，她"哗哗"地翻阅着纸页，显得很生气，仿佛纸上尽是向她投掷过来的侮辱话。泰腾怀疑她的怒气与其说是与她阅读的报告有关，还不如说是与他有关。难道他又要被调往另一个城市了？或者还是干脆从部门里解雇了事？他不能排除这种可能性。他瞥了一眼主管背后的鱼缸，心里在猜想那些鱼能否感觉到它们主人的心情。所有的鱼眼下都聚集在最远离主管的那个角落里。不是个好兆头。

他决定准备一个表情复杂的面容。他知道对付那些生气的管理者有个完美的秘诀。三分赎罪表情，三分谦卑神态，其余部分平均分为好脾气和同情心。送上冷淡，带点酸橙味，几句道歉话，不必发自内心。

终于，曼卡索抬头看着他。

"那么……"她说。

"主管——"

"闭嘴，听好了。"

不错。极有可能希望是最好结果，因为他没有再说什么。

"我今天上午和马丁内斯谈了谈，充分详尽。你该死的交了好运，格雷特工。首先，你很幸运，杰弗里·阿尔斯顿救活了，被逮捕了。其次，你很幸运，劳拉·萨默非常详细地描述了你和佐伊是如何救了她和她孩子们的性命，你做了你唯一能做的事。最后，你很幸运，因为这篇报道。"她在抽屉里翻寻了一下，拿出一张报纸，"啪"的一下放在办公桌上。《芝加哥每日新闻》头版标题：《殡葬人员绞杀案凶手被捕》。

"这是四个版面的报道。"曼卡索说。

"噢。"泰腾让自己稍稍地咧嘴一笑，"那么，它说了我不少好话吧？"

"哦，"曼卡索说，"我们来读读有关你们两个的部分吧！"

她快速看了一下报道，翻开了一页，最后点点头："我们从这儿开始。'第二个赶到案发现场的是联邦调查局的格雷特工'。"

泰腾等待着，曼卡索却折叠起了报纸。

"就这个？"泰腾问道，很震惊。

"是的。这可是有关逮捕的最长报道之一。你可以谢谢 H. 巴里热情洋溢的赞美之词。"

"这是四个版面的报道。这就是他写的所有关于我的话了？"

"不完全是，我只转述了几句。"曼卡索重新展开报纸，把它转向泰腾，让他能看到。她指指正确的那行字，他读了。

"第二个来到案发现场的是德雷特工……德雷特工？"泰腾一把抓起报纸，晃了晃，仿佛是假如多晃动几下，印刷错误就会改正似的。

　　"记者 H. 巴里对芝加哥警察局长——马丁内斯警督，还有我做了长时间的采访，"曼卡索说，"我们都想……最大限度地减少联邦调查局的卷入。"

　　"上面有——"他扫了一眼报道——"关于佐伊的两个版面。他却没写错名字。"

　　"是啊，但你会注意到他提到她是个顾问，没有说她为谁工作，所以你看看，一切都圆满了。"

　　泰腾把报纸放在办公桌上，耸了耸肩："我不明白。这可真是家好报纸。究竟为什么你们想最大限度地减少——"

　　"我不需要一个赞扬我们的报道，"曼卡索尖锐地说："当然，这本来也不错，但下一次再发生了连环杀手的案子，你认为警方还会找我们吗？这个行业里尽是些自我膨胀的人物，很容易受伤。而我希望这个部门有个坚实的咨询声誉。我们不会乘虚而入，控制一切，我们不会在警察的鼻子底下进行我们自己的调查，并且我们不会自己去逮捕凶手，差点在行动中击毙他。"

　　"好吧。"泰腾举起双手做投降状，"我不在乎，我根本没有自我。"

　　"这就对了。"曼卡索说着，抓起报纸，塞进了抽屉。这次她轻轻地关上了。

　　"现在要我干什么？"

　　"你去看看分配给你的办公桌吧，我想你还没见过。然后起草几份报告。以后我或许需要你看看几个案子，提出你的看法。"

泰腾仔细想了想："你不打算把我调走了？"

"格雷特工，我眼睛没瞎。我看到你在这个案子上所做的工作了。尽管我不赞成你和本特利博士采取的某些做法，但我还是觉得在正确的引导下，你可以成为一个出色的特工。"

"那么，'在正确的引导下'，你的意思是——"

"你就严格按照我说的做吧！"

"真了不起。"

"坦率地说，你们两人倒是很好的团队。我在考虑建立一支小型的实地特别行动队，针对的就是类似这个案件的各种案子。而你和本特利……哦，我们再看看吧！"

"好吧！"泰腾对这次会面的进行感到有点不安了。

曼卡索在她办公桌上阅读起什么文件来，然后抬起眼睛："你怎么还没走啊？"

"嗯，对，那么，我走了。"他站起身来，走近了门口。

"格雷特工。"

他停住脚步，回头看着她。

"不会有第三次机会了。"

第七十七章

　　佐伊的公寓房间里一片安静，她在一个锅里油煎了一些胡萝卜片和豌豆。她很喜欢这种宁静的氛围。最近没给自己留下多少时间。即使在过去的几星期里独处时，她总是想着那个案子，在心里发疯似的反反复复地思考着，想要完成这个谜一样的拼图。她思绪沉静时倒是令人宽慰了。佐伊切了几片生姜，放进锅里，刺激的气味充斥着厨房，她吸进呼出着这种气味。

　　泰腾依然在行为分析部工作，这让她放心了。她还不清楚他目前在这个部门的角色，但这很好。一想到偶尔在午餐时和他见面，或者在走廊里不期而遇，都让她感到温馨、快乐。

　　她稍稍炒了几下蔬菜，然后就把锅里的菜都倒进了一个盘子里，接着再把一碗米饭全倒进了锅里，让它煎着变脆。她边炒边瞥了一眼柜台上那个盘子旁放着的报纸。

　　头版上有一张杰弗里·阿尔斯顿被铐在病床上的照片，旁边是她的照片，在马丁内斯的照片之上。她有点生气地摇摇头，拿起了盘子。她把炒好的蔬菜倒进了米饭里，一起炒，然后，用一只勺子在炒好的米饭中挖了小洞，敲了两个鸡蛋放进去，再开始炒。她的手机又响了，屏幕上显示"哈里·巴里"。

她接听了："你在写了这种荒唐报道后还有胆量给我打电话？"

"你不喜欢吗？你成了英雄。"

"一半的内容脱离了具体实情，某些声称差不多就是谎言——"

"修饰润色而已，真的。"

"而你还只是说了部分的故事。"她把炒蛋搅拌到米饭和蔬菜里，动作生硬，神色气恼，结果一些米饭和胡萝卜就逃到地上去避难了。

"我只写读者感兴趣的东西。"

"是吗？泰腾也在那里。你知道吗？你甚至还知道他是谁。"

"是的，是的。听着，人们不在乎联邦调查局特工，他们已经有了多如牛毛的联邦调查局特工了，人们在乎的是普通的英雄。现在，一个罪犯行为特征分析员在她年少时遇见了一个连环杀手之后，抓获了两个连环杀手——那才是真正的英雄。"

佐伊放了点酱油，搅拌着。"胡说八道，我的职业头衔是法医心理学家。"

"我更喜欢弄简单点，现在谈谈我的出书协议是不是个好时机？"

"什么出书协议？"她把锅子从炉灶上拿下来，想象着要是用这个锅来打哈里的脸他会有什么感觉。

"我收到了一份出书协议，专写佐伊·本特利的。现在，我已经有了几个有关你的好故事，但我真的有兴趣再要几个。"

"见鬼去吧！"

"我想说，我没有提你极可能想保密的那些事。"

"比如？"

"比如你的推论，芝加哥的连环杀手就是梅纳德城的连环杀手。或者那件事，当杰弗里·阿尔斯顿被击中时，你出于某种理由只穿了内衣。"

佐伊牙齿咬得"咯咯"响。

"你可以和我合作写这本书。你对我们写的一切有最后决定权。否则，我能写一本书，说一个罪犯行为特征分析员露出乳房来分散凶手的注意力。那真是你的——"

她挂断了电话，怒火中烧。为了让自己冷静下来，她把米饭从锅里铲到了盘子上。她给自己倒了一杯红酒，然后端着盘子和红酒，走到起居室里，坐在长沙发上，打开了立体声音乐。碧昂丝的专辑《双面碧昂丝》在里面。她跳过了《假如我是个男孩》，直接到《光晕》这首歌。随着掌声伴着音乐响起，她高兴地摇晃着身体，抿了一口红酒。碧昂丝征服了她，那是肯定的。她舀了一勺米饭，放进嘴里，闭上了眼睛。剩下的红酒则为生姜和米饭的味道增添了色彩，而碧昂丝只为她一人歌唱。

有人按响了门铃。她很恼怒，在桌上放下了盘子和酒杯，走向房门。

她从窥视孔里看出去，只见一个身穿邮电制服的男子。

"谁？"

"有你的信，女士。"

她开了门，看了一眼他手上的褐色信封，心一沉。她签了名收下了信件。

"你知道是谁寄的吗？"

"不知道，我刚从中心——"

"好了。"她之前曾试图从这条邮路来追踪，可总是以走进死胡同告终。

她关上了门，看看那个信封。或许这次她会给泰腾看，或许他们能一起调查。这想法让她笑了起来，信封也就顷刻之间变得不那么具有威胁意味了。她撕开了信封。一条灰色领带，那是自然的。

信封里还有什么东西———张四方纸。她惊恐地把它抽了出来。

她瞪眼看着照片，恐惧、惊悚沿着她的脊椎慢慢上升。

今天在街上有个家伙拦住我，想知道你是不是我的姐姐，还要求给我拍张照。

印出来的自拍照上安德丽雅对着她一脸笑容，她的上臂被咧嘴大笑的罗德·格洛弗拥抱着。

鸣　谢

正如我其他的书一样，本书如无我妻子利奥拉（Liora）的支持，无法写就。当我打断了孩子们的教育问题讨论，问她是否认为经过防腐处理的尸体还能柔韧到足以摆放姿势时，她并未回避畏缩，也未为此而寻找一个擅长打离婚官司的律师。相反，她和我一起进行了头脑风暴。于是，我们一起创作了一个更好的故事。然后，我们又回到孩子们教育的话题上去了。需要特别说明的是，本书是在我们的假期里构思而成的，她花费了假期里的大量时间和我讨论连环杀手的问题。

克莉丝汀·曼卡索（Christine Mancuso）提供了宝贵的意见，帮助这部小说形成特色鲜明，更加迷人的风格。她不断地告诫我，要让读者感觉到他们仿佛能通过人物的眼睛，去体验书中的各种情节，并且，她总是指出哪些部分我没能达到这个要求。会有一天，我将学到这一手。

伊莱娜·摩根（Elayne Morgan）呕心沥血地编辑了本书的第一稿，其中不乏无穷无尽的语法错误和情节漏洞，最终完成了。

感谢杰西卡·特里布尔（Jessica Tribble）给予本书出版机会，还有她那令人敬畏的编辑手记。在她写下那些手记之前，佐伊的过去可谓一片混乱。现在依然存在混乱，但这是有意而为的混乱，并非出于意外。

布莱恩·奎特慕斯（Bryon Quertermous）是我的策划编辑，他挑出了故事中的诸多薄弱环节，用其编辑之笔，不遗余力地为之修正润色。当布莱恩第一次读到本书结尾，那只是一只伤心的毛毛虫而已，毫不引人注目。而当他完成编辑之后，本书结尾就变成了一只血腥暴力的蝴蝶，令人惊悚。

斯蒂芬妮·周（Stephanie Chou）接收了最终稿，但她却证明，"最终"只是个相对的术语，她敏锐的编辑眼光使她为本书修改了无数的错误和前后不一致。

感谢萨拉·赫什曼（Sarah Hershman），我的代理人。她对本书抱有信心，致力于推动本书的出版，给予本书以了不起的机会。

感谢理查德·斯托克弗德（Richard Stockford），已退休的班格尔警察局长，他以圣徒般的耐心和勤勉回答了我所有的问题。

罗伯特·K.雷斯勒（Robert K. Ressler）写了一本书，《无论谁与魔鬼作战》，此书已在本书中提及。它对我的相关知识，对这本小说的创作，帮助巨大，远超我在研究中所得到的发现。

感谢"作家之角"里的所有作家。在我写作本书的每一步中，他们都在那里，在我最需要他们时，给予我急需的无尽忠告，鼓励我，并帮助我。

感谢我的父母。他们给予我宝贵的建议和无穷的支持。